CHOLULA

Jean-Marc Cosset

CHOLULA

Les Éditions de la Neva

Editeur : Les Editions de la Neva
40, rue Madeleine Michelis
92200 Neuilly-sur-Seine
www.editionsdelaneva.com

Impression : BOD – Books-on-Demand - Allemagne

ISBN : 978-2-916830- 087
Dépôt légal : juillet 2018

Prologue

Les trois blocs de métal qui fonçaient vers la planète bleue étaient restés groupés, presque soudés, depuis la nuit des temps.

Ils ne ressemblaient pas à des météorites ordinaires.

Leur forme bizarre, irrégulière aurait plutôt évoqué des morceaux de... d'on ne sait quoi de plus volumineux, de plus complexe...

Mais quel « on ne sait quoi » ?

Et depuis combien de temps ces blocs de métal noircis naviguaient-ils à travers l'espace ?

Il n'y avait pas beaucoup d'espoir de pouvoir répondre à cette question.

Les météores ont tous une histoire, mais ils n'ont pas les moyens de nous la raconter...

Dommage.

1ère Partie

1

Syphax ne dormait pas.

Et pourtant, le chef garamante était épuisé ; la dernière bataille contre les tribus noires du Sud, qui cherchaient à lui disputer les routes commerciales du grand désert de sable, avait été rude.

Finalement, et surtout grâce à la vélocité de leurs chars à quatre chevaux, les Garamantes de Syphax avaient pu mettre en déroute les fantassins mal armés et mal organisés des tribus du Sud, pourtant supérieurs en nombre.

Syphax était allongé sur le dos, les mains derrière la tête. Il pensait à la cinquantaine de ses braves qui avaient péri dans le combat, et particulièrement à son jeune cousin, Massipal, tué dès le début de l'affrontement, transpercé par une sagaie. Il revenait maintenant à Syphax de prévenir la jeune épouse de Massipal. Une annonce qu'il redoutait ; quasiment plus que de partir au combat !

Il les vit venir de l'ouest ; les trois points lumineux se déplaçaient à grande vitesse. Dans le ciel constellé d'étoiles du grand désert d'Afrique, Syphax avait l'habitude de voir passer des étoiles filantes. Mais ici, c'était différent ; il comprit rapidement que les météores arrivaient sur eux et allaient s'écraser tout près. Il les vit passer juste au-dessus de lui, avec un sifflement suraigu qui réveilla ses compagnons et affola les chevaux.

Il se leva et suivit des yeux les points lumineux ; là-bas, à l'est, se dressait la grande falaise. Une muraille de roc quasi verticale.

Il y eut comme un énorme coup de tonnerre, et Syphax sentit le sol trembler sous ses pieds.

Il détacha l'un des chevaux de son attelage et se jeta à cru sur sa monture. Une demi-douzaine de ses hommes l'imitèrent. À la clarté de la pleine lune, ils galopèrent à bride abattue vers la grande falaise.

À distance, ils s'arrêtèrent brusquement.

Le spectacle était fantasmagorique : trois boules incandescentes s'étaient encastrées dans le mur de roche vertical ; elles ne paraissaient pas très grosses, mais formaient un triangle de feu dont le rouge vacillait sous les vents du désert.

Syphax était celui qui s'était le plus avancé. Ses hommes s'étaient arrêtés derrière lui, à une distance respectueuse. Syphax se retourna et les apostropha : « Eh bien, avancez ! De quoi donc avez-vous peur ? ». Les plus jeunes baissèrent les yeux. Le plus vieux marmonna quelque chose d'inaudible. Syphax s'énerva ; « Qu'est-ce que tu dis, Massias ? ».

Le vieux soldat désigna les trois blocs rougeoyants :

« Les trois yeux du diable... Venus des Enfers... Ces bolides portent malheur : il vaut mieux retourner, Syphax ».

L'interpellé éclata de rire :

« Retourner ! Tu n'y penses pas ! Nous allons attendre que ces pierres du ciel refroidissent, et nous irons les cueillir. Les Puniques nous en offriront plus de vingt fois leur poids en or ! Les amis, ce sont les dieux qui sont avec nous ce soir, et notre fortune est faite ! ».

Massias grommela pour lui-même :

« Maudites... Ces pierres sont maudites ; elles sont envoyées par les diables, pas par les dieux.

2

Le moins que l'on pouvait en dire était que Scipion Emilien n'avait pas la tête de l'emploi.

Le brillant stratège, le grand chef de guerre romain, était en effet de taille médiocre, d'allure ordinaire et de constitution fragile.

La courte barbe frisée, un peu clairsemée, arborée par un menton fuyant, ne parvenait pas à durcir un visage aux traits quelque peu empâtés, et la natte tressée qui ornait la nuque ne manquait pas, à Rome, de faire ricaner les sénateurs de l'aile conservatrice.

Seuls les yeux, sombres et enfoncés dans leurs orbites, brillaient d'un éclat inquiétant.

Ce regard seul trahissait, pour un observateur averti, l'inflexible énergie du second grand homme, après l'Africain, de l'antique famille des Scipions.

Cette année-là, toute la volonté de Scipion Emilien s'était tournée vers un seul et unique but : exécuter l'ordre du vieux Caton, dit « le censeur », ordre repris à son compte par le sénat de Rome : « Delenda est Carthago » : il faut détruire Carthage !

Oh, ce n'était pas de gaité de cœur que le grand capitaine romain s'acquittait de cette tâche.

Il avait appris à connaître, et, dans une certaine mesure, à apprécier, cette culture carthaginoise si différente de celle de son peuple. Il n'avait jamais caché son admiration pour les incroyables qualités de stratège du grand Hannibal, l'homme qui avait presque réussi à mettre Rome à genoux, l'homme que son grand-père, Scipion l'Africain, avait fini par vaincre à Zama, mettant fin à la seconde des guerres dites puniques.

Mais aujourd'hui, Scipion Emilien avait dû mettre ses scrupules de côté.

Le sénat romain avait décidé que l'existence même de Carthage mettait sa patrie en danger, et qu'en conséquence Carthage devait être rayée de la carte. Scipion avait espéré, ou voulu espérer, que les Carthaginois accepteraient de quitter leur cité presque millénaire pour aller la reconstruire dans l'arrière-pays, à distance des côtes, comme leur proposaient, ô combien généreusement, les sénateurs de Rome. Mais les Puniques, après avoir cédé sur tout, après avoir payé d'incalculables dommages de guerre, après avoir, avec quel déchirement, vu leur flotte entière brûler au large de Carthage, avaient brutalement fait volte-face devant le dernier diktat des Romains.

Quitter Carthage ? Quitter la Cité de Didon, la ville de leurs ancêtres, qui avait régné sur toutes les mers pendant des siècles ? Jamais !

Du coup, les rares Romains qui se trouvaient dans la ville au moment de ce retour de flamme avaient été exécutés avec la sauvagerie inouïe dont pouvaient faire preuve les Puniques dans certaines occasions, et les lourdes portes de bronze de la ville s'étaient refermées sur ses presque mille ans d'histoire.

Et maintenant, Scipion Emilien campait devant ces portes. Depuis sept mois, il menait un siège qui, il le savait, resterait gravé dans les esprits et dans les livres, quelle que soit son issue.

Du côté de la terre ferme, en face de la triple muraille d'enceinte de Carthage, aux murs si épais que les puniques y gardaient leurs éléphants de combat, il avait dressé ses propres fortifications, enserrant la ville et coupant toutes communications avec l'arrière-pays.

Du côté de la mer, il avait barré la sortie du port en construisant une immense digue. Certains de ses capitaines s'étaient étonnés d'une telle entreprise, qui avait coûté cher en vies humaines, car menée sous les flèches, les javelots et les contre-attaques incessantes de l'ennemi.

De fait, le grand port de guerre militaire circulaire, qui s'ouvrait au fond du port de commerce rectangulaire, était vide de tout navire depuis que la flotte avait été détruite. Mais Scipion connaissait les fantastiques capacités de construction navale de ses adversaires, et deux précautions valaient mieux qu'une.

Il aurait d'ailleurs fallu dire trois précautions, en l'occurrence, car en face des énormes murailles qui plongeaient dans la Méditerranée, et en retrait de la grande digue élevée par les soldats de Rome, Scipion avait aligné la flotte de guerre la plus puissante qu'avait jamais rassemblée la république romaine. Et comme si cela ne suffisait pas, il avait disposé cinquante trirèmes en arc de cercle et les avaient reliées les unes aux autres par une énorme chaîne. C'était ainsi un gigantesque collier de fer qui étranglait la vieille cité de Didon.

Scipion se tenait debout à la proue de son navire-amiral, au-delà du demi-cercle de la grande chaîne. Il fixait les remparts face à lui dans la clarté de l'aube. Il semblait soucieux. Sempronius, son aide de camp, s'en étonna.

— Les Puniques sont à genoux, général. Jamais on n'a mis en œuvre un blocus aussi hermétique autour d'une cité assiégée ! Et pourtant, tu parais inquiet. Je ne comprends pas : la ville a sombré à l'évidence dans un abattement total...

Scipion se retourna.

— Tu te souviens, Sempronius, de ces vers qu'Homère met dans la bouche du Troyen Laocoon, voyant arriver dans Troie le fameux cheval : « Timeo danaos, et dona ferentes » ; je crains les Grecs, même quand ils apportent des présents... Et bien moi, je crains les Puniques, même quand ils se tiennent tranquilles.

— Mais tu as déjà gagné, Scipion ; tu... Qu'est-ce que c'est que ça ?

Au-dessus de la grande muraille qui protégeait le quartier du port de guerre, voilà que l'on semblait agiter des...

16

tissus de couleur ; des fanions ? Des drapeaux ? Scipion ne distinguait pas bien, à distance. Sempronius sourit béatement :

— C'est fou ; on dirait qu'ils font la fête...

Les tissus colorés, portés sur des sortes de grandes perches, se rapprochaient des murs qui plongeaient dans la mer.

Scipion comprit ce qui allait se passer, une fraction de seconde avant que l'énorme muraille ne s'écroule brutalement sur soixante coudées de large. Au travers d'un gigantesque nuage de poussière, se profila alors majestueusement une image qui pour les Romains semblait sortir tout droit du royaume des Enfers.

Sempronius ne riait plus. Il balbutia :

— Mais... mais qu'est-ce que c'est que ça ?

Scipion avait redressé sa courte taille.

— Ça, Sempronius, c'est la plus extraordinaire quinquérème qu'il m'ait été donnée de voir de toute mon existence !

A partir de leur port de guerre, qui ne débouchait que dans le port de commerce et était donc tout aussi bloqué que ce dernier par la grande digue des Romains, les Carthaginois avaient creusé un canal qui traversait les quartiers des entrepôts, jusqu'aux remparts extérieurs qui dominaient la mer.

Dans le même temps, les arsenaux puniques avaient construits douze trirèmes, ainsi que le fantastique vaisseau qui s'avançait à présent à travers la brèche soigneusement programmée pour lancer vers le large cette flotte improvisée.

Scipion avait raison : l'immense quinquérème qui venait de sortir de Carthage ne correspondait à rien de ce qui avait été élaboré jusqu'ici pour courir les océans. Sa longueur était de plus du double des plus grandes trirèmes romaines, mais c'était surtout la proue qui faisait frémir les plus courageux des soldats de Rome : une montagne de métal superposant cinq gigantesques rostres ; une véritable scie de bronze de plus de quinze mètres de haut !

Les Romains commençaient à distinguer le roulement des tambours de nage, et les marins se regardèrent avec effarement : aucun de leurs capitaines n'aurait osé imposer un tel rythme. Ils n'auraient même jamais pensé qu'il était possible de ramer à une telle cadence...

Mais à bord de la grande quinquérème, tout comme sur les bancs de nage des douze autres vaisseaux puniques qui s'étaient positionnés en triangle derrière elle, ce n'était pas la chiourme habituelle d'esclaves qui tirait sur les rames. Ceux qui faisaient littéralement voler sur les flots les navires carthaginois étaient des citoyens de la cité, choisis parmi les plus robustes. Et ces hommes libres ramaient avec une force d'autant plus décuplée qu'ils avaient embarqué avec eux toute leur famille, pour tenter de reconquérir leur liberté perdue.

La gigantesque quinquérème fonçait sur l'hémicercle de la chaîne romaine ;

Sempronius avait repris un peu d'assurance ;

— Ces imbéciles vont aller s'empêtrer dans la chaîne ! Jamais ils ne parviendront à la briser, même avec ce mastodonte !

Mais Scipion, l'œil sombre, avait anticipé la manœuvre carthaginoise.

— Ils ne se dirigent pas sur la chaîne...

C'était vrai. Ce n'était pas sur la grande chaîne que la quinquérème dirigeait son quintuple rostre de bronze : elle fonçait tout droit vers le vaisseau romain qui se trouvait au centre de l'hémicercle de fer. Derrière elle, les douze trirèmes carthaginoises avaient resserré leur dispositif en triangle.

Le capitaine de la trirème romaine centrale comprit presque aussi vite que Scipion. Pris de panique, il commit alors une erreur fatale : sans se dégager des chaînes attachées à ses flancs et qui entravaient ses mouvements, il tenta une manœuvre pour échapper aux rostres du monstre carthaginois. Du coup, au lieu de se présenter de face avec une cible plus réduite, il se positionna par le travers, offrant à l'ennemi son flanc bâbord. Quand il comprit son erreur, il était trop tard. Sous l'impact des cinq rostres superposés, la trirème romaine fut proprement pulvérisée. Les deux morceaux de chaîne attachés à ses flancs plongèrent vers les profondeurs avec ce qui restait du navire.

Le capitaine romain de la trirème de l'est eut la présence d'esprit de larguer immédiatement l'autre extrémité attachée à son vaisseau. Le capitaine de la trirème de l'ouest, lui, n'eut pas ce réflexe. La lourde chaîne, plongeant vers les abîmes, fit basculer son navire qui coula à pic avec tous ses occupants, y compris les rameurs enchaînés à leurs bancs de nage.

Les vaisseaux carthaginois avaient réussi à rompre le premier encerclement.

Au-delà de l'hémicercle de fer maintenant brisé, Scipion avait déjà réagi. A grands renforts de buccins et de signaux optiques, il rameutait sa flotte.

De fait, au moins dans l'immédiat, il avait fait son deuil de la quinquérème. Le grand vaisseau avait déjà pris le large et aucun de ses propres navires ne semblait en mesure de la rattraper, ni d'ailleurs de livrer bataille avec quelque chance de l'emporter, au cas improbable où il l'aurait rejoint seul...

Scipion cherchait seulement pour l'instant à limiter les dégâts.

Depuis l'est et l'ouest, la flotte romaine fonça, à force de rames, sur l'adversaire. Seules, deux trirèmes puniques parvinrent à s'échapper et prirent le large à la suite de la grande quinquérème. Les dix autres opposèrent une résistance aussi acharnée que désespérée avant de succomber sous le nombre. Les Carthaginois avaient préféré périr au combat, familles comprises, plutôt que revenir s'enfermer dans une Carthage qu'ils savaient condamnée. Et puis, en se battant jusqu'au dernier souffle, ils retardaient les vaisseaux romains qui allaient immanquablement se lancer à la poursuite de leurs frères et sœurs qui avaient réussi à s'échapper.

Une fois les dix trirèmes puniques coulées, les capitaines romains vinrent féliciter Scipion : ils furent plutôt mal reçus.

— Vous venez crier victoire, alors que les meilleurs d'entre eux ont réussi à s'échapper ? Que l'on envoie tout ce que l'on a comme vaisseaux à leur poursuite, avec des rameurs frais, et envoyez des vaisseaux légers dans tous les comptoirs et toutes les anciennes bases puniques. Je veux que l'on me ramène la tête de celui qui vient de ridiculiser l'armée de Rome !

Celui qui venait d'infliger ce revers à l'une des plus puissantes armadas navales de l'Antiquité était Grand Amiral de la flotte Carthaginoise. Il était de la famille des Barca, celle qui avait donné à Carthage Amilcar et Hannibal.

Il s'appelait Magon.

Et dans les flancs de sa grande quinquérème, Magon venait de faire sortir de la cité assiégée, au nez et à la barbe des Romains, le trésor secret de Carthage, celui qui de tout temps restait enfermé sous triple garde dans les profondeurs de la citadelle de Byrsa, qui dominait la ville.

Au sein de ce trésor, il y avait un lourd coffre de bois et de plomb.

Et dans ce coffre dormaient trois blocs de métal noir.

3

Magon était à l'image de son aïeul Hannibal : même profil régulier- celui que l'on retrouvait sur les rares pièces en bronze à l'effigie du grand stratège - mêmes yeux noirs, même collier de barbe frisée, châtain clair.

Il existait pourtant une différence de taille, et ce dans les deux sens du terme : Magon était exceptionnellement grand, dominant de presque deux têtes la plupart de ses concitoyens.

Mais ce n'était pas sa prestance qui lui avait valu le plus haut titre de la flotte carthaginoise, même si les adversaires obstinés des Barca, au sein du Conseil des Cent, ne se gênaient pas pour prêcher le contraire.

Magon était un grand marin, dans la lignée de ces illustres explorateurs carthaginois, comme Hannon, qui avait atteint le golfe de Guinée, ou Himilcon qui, ralliant la Cornouaille, avait ouvert à Carthage la route de l'étain.

Magon était connu pour être capable d'écumer la Méditerranée sans carte et par n'importe quel temps. On savait aussi qu'il avait passé à plusieurs reprises les Colonnes d'Hercule, et que ses absences au-delà des Colonnes avaient souvent duré plusieurs mois.

Mais le secret qui entourait les routes carthaginoises sur le Grand Océan s'appliquait aussi aux voyages du dernier amiral de Carthage. Les espions romains lancés à ses trousses en étaient réduits aux suppositions, du moins ceux qui avaient vécu assez longtemps pour revenir en parler au Sénat, et ceux-là étaient plutôt rares.

Les espions démasqués étaient suppliciés avec un luxe d'imagination destiné à frapper les esprits et à décourager les vocations : on racontait que certains de ces inconscients, enchaînés au sol, avaient été piétinés par les éléphants ; d'autres étaient simplement attachés sur le dos, nus, face au soleil du désert, après qu'on leur eut consciencieusement découpé les paupières...

Seuls quelques rares indices faisaient état d'échanges réguliers avec les peuples de la Petite et de la Grande Bretagne.

Fait inhabituel, Magon avait beaucoup navigué en famille, ce qui ne manquait pas d'intriguer ; mais cet attachement à la cellule familiale lui avait coûté très cher. Cinq années avant le siège de Carthage, les grandes fièvres qui venaient régulièrement, pendant plusieurs jours, le secouer de terribles frissons avaient emporté son épouse et son fils unique, sur les côtes océanes de l'Afrique.

Depuis, on ne lui avait connu aucune aventure féminine : Magon avait consacré tout son temps et son énergie à redresser la puissance navale de Carthage, et à fonder de nouveaux comptoirs.

Cette incroyable sortie de Carthage assiégée, Magon la préparait depuis six mois. Sur la grande quinquérème et les douze trirèmes, il avait embarqué presque deux mille personnes ; un millier était des citoyens libres de Carthage, en âge de porter les armes ; les autres étaient leurs familles, femmes, enfants, et quelques vieillards dont la science pouvait être utile. Syphime, le vieux précepteur grec de Magon, avait dû être embarqué de force, car il voulait laisser sa place à plus jeune que lui.

Les officiers de Magon lui avaient conseillé de masser uniquement des soldats, et parmi les plus valeureux, dans la quinquérème et les trois trirèmes de tête du dispositif. Contre leur avis, Magon avait tenu à ce que les familles complètes prennent place sur les mêmes vaisseaux : ainsi, elles resteraient unies, dans la liberté, l'esclavage... ou la mort.

Avec la quinquérème et les deux trirèmes qui avaient réussi à s'extirper du blocus romain, ce n'était qu'environ cinq cents de ses concitoyens que Magon menait maintenant. Il ne cachait pas sa déception : la réaction de Scipion Emilien avait été plus rapide qu'il ne l'avait prévu. Il pensa que ce Scipion-là était digne de son aïeul l'Africain, le vainqueur d'Hannibal.

Si les dix vaisseaux puniques encerclés s'étaient battus jusqu'à la limite de leur force, gagnant aux fuyards un temps précieux, Magon savait bien que la chasse n'allait pas tarder.

Il fit relever les rameurs, épuisés par l'effort qu'ils avaient fourni pour briser le cercle de fer romain. Il fit déployer sur la quinquérème la plus grande voile carrée que l'on n'ait jamais vue sur une galère, et, comme cela risquait de ne pas suffire devant la meute romaine, il fit hisser à la proue du navire, sur un curieux mât penché vers l'avant, une voile additionnelle triangulaire, inspirée de certains vaisseaux barbares qu'il avait rencontrés au cours de ses multiples périples.

Enfin, l'amiral carthaginois fit allumer un grand feu à la poupe de la quinquérème.

Si Magon était déçu de sa demi-victoire, Scipion, lui, était furieux.

Ses capitaines, en face de lui, n'en menaient pas large.

— Qu'avez-vous envoyé à la poursuite des navires puniques qui nous ont ridiculisés ?

Sempronius balbutia :

— J'ai immédiatement lancé à leurs trousses nos dix trirèmes les plus rapides, général, avec nos meilleurs marins et les meilleurs de nos légionnaires. Mais de toute façon, leur entreprise est désespérée. Leur énorme vaisseau ne pourra jamais soutenir bien longtemps la vitesse qu'ils lui ont donnée pour franchir notre chaîne. Normalement, les nôtres devraient fondre sur eux bien avant qu'ils aient à chercher un abri au coucher du soleil. Et nous sommes très supérieurs en nombre... Et puis...

— Et puis quoi ?

— Et puis, tu as vu que les navires puniques étaient encombrés de femmes et d'enfants, avec seulement une moitié de soldats ; les Carthaginois n'ont vraiment aucune chance de s'en sortir !

— Je l'espère pour toi, Sempronius. Un nouvel échec me ferait reconsidérer tes aptitudes à commander cette flotte. L'entretien est terminé.

Sempronius se redressa, fit claquer son poing droit sur son armure, au niveau du cœur, et sortit.

Malgré son assurance affichée, il était tout de même vaguement inquiet. Mais Septimus, qui commandait les dix trirèmes romaines lancées à la poursuite des Puniques, était l'un de ses meilleurs capitaines. A un contre trois, voire même quatre, les Carthaginois étaient condamnés.

Septimus, lui, ne comprenait pas très bien ce qui se passait.

Plein vent arrière, avec ses mercenaires tirant sur leurs rames à un rythme effréné, il aurait dû remonter rapidement sur les fuyards. Au minimum, il aurait dû rattraper la quinquérème, beaucoup plus lourde que ses fins vaisseaux de ligne.

Et pourtant, là-bas, à l'horizon, l'étrange double voile du grand vaisseau punique ne grandissait pas. Par un prodige qu'il ne parvenait pas à comprendre, l'énorme navire carthaginois allait aussi vite qu'eux ! Mais au moins, il ne risquait pas de le perdre de vue : le temps était clair, le ciel dégagé, et les deux grandes voiles ainsi que le feu allumé à la poupe étaient parfaitement visibles.

Un des officiers romains s'étonna du curieux fanal brûlant à l'arrière du vaisseau punique. Septimus avait une réponse toute trouvée :

— Les Carthaginois ont l'habitude de lancer des flèches enflammées sur nos vaisseaux quand ils s'approchent. Ils s'attendent à nous voir les rattraper et ils ont déjà préparé le brasier auquel ils allumeront leurs traits ; n'allez pas chercher plus loin...

Le soir tombait déjà ; les dix trirèmes romaines avaient un peu réduit l'écart avec la quinquérème carthaginoise, mais cette dernière restait à une distance appréciable.

Dacius, qui commandait en second l'escadre romaine, s'approcha de Septimus ;

— Ils vont devoir chercher un abri pour la nuit : nous les tenons !

Septimus était songeur.

— Oui, bien sûr... Mais je ne les vois pas s'approcher de la côte. Ils continuent plein ouest, vers Utique.

— Mais ils n'atteindront jamais Utique avant le coucher du soleil !

— De toute façon, Utique a pris notre parti depuis le début de cette guerre. Ils ne peuvent espérer aucune aide là-bas... Je ne comprends pas.

Une heure plus tard, l'obscurité était presque totale, et les capitaines romains commençaient sérieusement à s'inquiéter.

— Septimus, il ne nous reste presque plus de temps pour trouver un abri sur cette côte avant la nuit noire ; et en ce moment il n'y a même pas de lune !

— Peut-être, mais regardez : là-devant, les Carthaginois continuent, eux. C'est clair, ils préfèrent prendre le risque de naviguer de nuit plutôt que de nous voir fondre sur eux à l'amarre.

Dacius s'inquiétait.

— Mais nous, Septimus, nous ne connaissons pas ces parages. Aucun des nôtres ne sait naviguer aussi près de ces côtes. Comment comptes-tu nous diriger ?
— Mais en suivant ceux qui savent !

Septimus tendit le bras vers le fanal qui brillait à deux ou trois milles de distance.

Certains capitaines romains ne paraissaient pas convaincus, et Septimus s'emporta.

— Par Jupiter, est-ce que vous imaginez le sort que nous réservera Scipion si nous ne rattrapons pas ces Carthaginois ?

L'argument porta et eut raison des dernières résistances.

Les dix trirèmes romaines se mirent en formation sur deux lignes parallèles ; les deux files de cinq navires s'enfoncèrent dans l'obscurité. Tous les yeux étaient rivés sur le fanal qui continuait à briller, là-bas à l'ouest, à la poupe de la grande quinquérème.

Sur l'une des trirèmes romaines de tête, Septimus se voulait rassurant ;

— Je te dis que nous gagnons du terrain, Dacius : regarde bien ! Nous nous rapprochons régulièrement. Si cela continue, nous allons procéder au premier abordage nocturne de l'histoire de la flotte romaine ! Tu vois bien qu'il n'y avait rien à crain...

Un choc épouvantable l'interrompit et le propulsa vers l'avant, le faisant passer par-dessus bord. Le navire s'était brutalement immobilisé. La première galère de l'autre file heurta aussi un écueil presque au même moment. Eventrés, les deux vaisseaux coulèrent en quelques minutes. Trois autres trirèmes s'empalèrent sur des rochers à fleur d'eau. Les autres s'immobilisèrent tant bien que mal. Quand les capitaines lancèrent leurs sondes ; ils s'aperçurent avec horreur qu'ils étaient bloqués sur un socle rocheux qui affleurait la surface. Les vagues, qui se levaient, jetèrent deux autres navires sur de nouveaux écueils.

Les survivants se regardaient incrédules. Ils avaient suivi la route tracée par la grande quinquérème. Comment ce monstre, dont le tirant d'eau était bien supérieur, avait-il pu traverser ce champ d'écueils sans encombre ?

L'aurore se leva sur un spectacle de désolation pour les Romains. Cinq de leurs trirèmes avaient coulé, engloutissant la plupart de leurs occupants. Les rameurs avaient été incapables de se dégager de leurs bancs de nage, et les légionnaires, empêtrés dans leurs armures, avaient coulé à pic. Deux navires restaient en surface, mais empalés, éventrés sur les rochers. Trois trirèmes avaient réussi à stopper, mais la lumière naissante découvrait à leurs équipages qu'ils s'étaient aventurés dans un invraisemblable dédale de récifs, d'écueils et de hauts fonds. Ils n'étaient même pas capables de retrouver le chemin qui les avait menés dans ce piège sans issue. Certains capitaines romains commençaient à murmurer que les Carthaginois étaient un peu magiciens...

Magon n'était pas magicien.

Il avait seulement exploité sa parfaite connaissance des côtes d'Afrique du Nord ; Un peu d'astuce avait parachevé le travail. Quand l'obscurité était tombée, il avait mis à l'eau une grande chaloupe mâtée. Le fanal bien visible à la poupe de la grande quinquérème avait été précautionneusement transféré au haut du mât de la chaloupe ; les Romains n'y avaient vu... que du feu !

La barcasse punique, manœuvrée par deux pilotes qui connaissaient par cœur chaque rocher de la région, s'en était alors allée musarder dans une zone connue (des Carthaginois) pour être l'une des plus dangereuses de la côte.

Pendant ce temps, dans l'obscurité la plus totale de cette nuit sans lune, les trois vaisseaux carthaginois, naviguant à la voile pour éviter tout bruit, avaient obliqué et mis le cap au nord-ouest.

Au petit matin, plus aucune voile carthaginoise n'était en vue ; le piège s'était refermé sur les Romains. Tout s'était déroulé comme l'avait prévu l'amiral de Carthage.

Magon rallia alors une crique abritée, un peu à l'ouest d'Utique, où des partisans des Barca l'attendaient avec trois trirèmes destinées à accueillir les passagers de la quin-quérème ; Il n'était pas question de pouvoir poursuivre à ce rythme avec l'énorme vaisseau. Astarton, l'un des capitaines de Magon, demanda à son amiral s'il devait mettre le feu au navire, afin qu'il ne puisse jamais servir aux Romains. Magon lui fit remarquer que la fumée risquait d'alerter les traîtres qui avaient pris le pouvoir à Utique.

De fait, il préférait une autre fin pour le grand navire, ce mastodonte bardé de bronze qui leur avait servi de clef pour ouvrir la porte de la prison dans laquelle Scipion avait enfermé leur ville.

Avec quelques marins, il ramena la grande quinquérème au large.

Il fit ouvrir quatre voies d'eau et quitta le bord en dernier. De l'embarcation où il avait sauté, il regarda couler le grand vaisseau, qui s'enfonça majestueusement par l'arrière. Pendant quelques secondes, le quintuple rostre de bronze se dressa à la verticale au-dessus des flots, puis il plongea vers l'empire de Poséidon, semblable aux grands monstres des mers dont parlaient les peuples du Nord dans leurs légendes.

Le lendemain, les vaisseaux carthaginois reprirent la mer et firent route vers les Colonnes d'Hercule.

4

Magon franchit les Colonnes d'Hercule deux jours plus tard.

Il fit alors route au nord, longeant la côte ibérique, remontant vers Gadès.

Mais le grand comptoir punique de la côte océane n'était pas sa destination. Même si ses espions lui avaient appris que Gadès était resté neutre et avait refusé de prendre parti dans la troisième guerre entre Carthage et Rome, en profitant lâchement de la distance qui séparait le vieux comptoir punique des deux grandes capitales qui se déchiraient depuis des siècles, Magon se doutait bien que Gadès devait être truffée d'informateurs de tous bords, trop heureux d'aller le vendre (cher) aux Romains.

A quelques dizaines de miles des Colonnes d'Hercule, il fit relâche dans une crique abritée, où l'attendait une bien étrange escadre.

Les huit grandes nefs vénètes venues de la petite Bretagne, alignées bords à bords dans la crique, ne ressemblaient en rien aux trirèmes carthaginoises. Si leur longueur était à peu près la même, elles dominaient les ponts des trirèmes de la hauteur de deux hommes, et elles étaient deux fois plus larges que les navires de Carthage.

Les nefs bretonnes étaient construites en cœur de chêne, et elles donnaient une singulière impression de puissance et de robustesse. Mais ce n'était pas qu'une impression ; leur réputation de robustesse était loin d'être usurpée, et les marins qui avaient bourlingués avec Magon sur le Grand Océan sur ce type de navire le savaient bien.

On disait même, dans les bouges des ports, tant romains que puniques, que les plus lourds éperons des trirèmes de guerre se révélaient incapables d'entamer les flancs des grandes nefs du Nord. On se transmettait de bouche à oreille cette histoire d'une puissante trirème pirate qui s'était aventurée à éperonner un lourd vaisseau de commerce vénète sur la route de l'étain. Sous le choc, l'éperon de bronze s'était désolidarisé du navire, et le pirate avait coulé à pic sans laisser de survivants. La nef bretonne avait paisiblement rallié Gadès avec son chargement d'étain, et avec une vague éraflure à son flanc droit...

Magon fit tirer ses vaisseaux au sec.

Un peu en retrait de la côte, les Vénètes avaient dressé leur campement. De la plus grande des tentes gauloises sortit alors une espèce de colosse barbu et aux longues moustaches, à peine plus petit que l'amiral carthaginois, mais deux fois plus large. Cambys, c'était son nom, passait difficilement inaperçu.

Il tomba dans les bras de Magon.

— Salut à toi, monstre marin ! Lança le Carthaginois ; tu as encore pris quarante livres depuis la dernière fois !

— La dernière fois remonte à trois ans, Magon : tu ne voulais quand même pas que je me laisse mourir d'inanition depuis tout ce temps ?

— Je n'ai jamais eu la moindre inquiétude de ce côté. Par contre, je suis heureux de voir que mes messagers sont parvenus à te joindre en temps utile.

— Et moi, je suis heureux de voir que tu as réussi à t'échapper d'une Carthage en bien mauvaise posture, d'après ce que l'on m'a raconté. Je n'étais pas très sûr de te voir arriver.

— Je n'ai malheureusement pas pu faire sortir tous ceux que je voulais...

Cambys le Gaulois était redevenu sérieux sous ses grandes moustaches.

— Viens sous ma tente, nous avons des choses à discuter.

Les deux hommes entrèrent et firent retomber les lourdes tentures.

Cambys sortit un flacon :

— Un peu de vin de notre beau pays, Magon ?

— Si tu veux... Tu sais, je n'ai pas trop la tête à m'enivrer ; je devrais peut-être, après tout...

Cambys remplit à ras bord une grande coupe. Il hésita un peu et se lança :

— Carthage peut s'en sortir ?

— Je ne crois pas, Cambys, je ne crois pas. Pas cette fois-ci. Le sénat romain veut nous voir disparaître de la face du monde.

— Ce n'est pas la première fois, non ?

— C'est vrai, mais après nous avoir étranglés, ils nous ont envoyé ce qui se fait de mieux en matière de chef de guerre.

— C'est toi qui dis ça ?

— Oui, c'est moi. Je sais reconnaître la valeur de certains de mes ennemis.

— Et c'est qui, ce phénomène qui fait peur même au Grand Amiral de Carthage ?

— Je n'ai pas peur de lui, mais je sais qu'il ne lâchera pas prise avant d'avoir pris notre ville ; il en a les moyens, tout autant par son habileté et par la puissance de son armée. Il s'appelle Scipion.

— Scipion ? Comme le...

— Comme le Grand Scipion, le Scipion que nous appelions l'Africain, celui qui a vaincu Hannibal. Ce Scipion-là est son petit-fils.

— Je vois ; il a de qui tenir...

Magon changea de sujet.

— Cambys, j'ai jeté un coup d'œil aux vaisseaux que tu m'as amenés ; tu as fait du beau travail !

— Je pense. Et ce n'était pas facile en si peu de temps ! J'ai fait renforcer encore nos coques, comme tu me l'avais demandé. Nous les avons même testées involontairement.

— Qu'est-ce que tu veux dire ?

— Je veux dire que nous avons essuyé un gros grain, vraiment très gros, dans le grand golfe entre les Gaules et l'Espagne...

— Classique dans cette zone ; j'y ai déjà perdu plusieurs vaisseaux, et des plus solides !

— Et bien là, aucun problème : les navires que je t'ai amenés n'ont pas subi la moindre avarie : solides comme du roc !

— Tu féliciteras tes charpentiers vénètes. Au fait, qu'est-ce que c'est cette sorte d'éperon de bois que tu as rajouté à la proue des vaisseaux ?

Cambys se fendit d'un grand sourire :

— Tu n'avais jamais vu ça, toi, le plus grand marin de Carthage ?

— J'en avais entendu parler, mais je n'en avais jamais encore vu ; cela sert à quoi ?

— A rendre le navire plus ardent quand la mer est grosse ; je te jure que c'est très efficace ! Nous appelons ça un taillemer... Tu me diras ce que tu en penses.

— Il y a toutes les chances pour que je ne puisse jamais te donner mon sentiment là-dessus, Cambys.

— Qu'est-ce que tu veux dire ? Je ne te connaissais pas si pessimiste...

— Je veux dire simplement que je risque fort de ne jamais revenir sur ces côtes.

— Admettons. Dommage !... Mais on ne sait jamais, non ?

— Tu as raison. On ne sait jamais.

Magon ne paraissait pas vraiment croire à ce qu'il venait de dire.

Cambys se racla la gorge.

— Tu n'oublies rien, Magon ?

Magon rit franchement.

— Tu t'inquiétais vraiment, monstre des mers ? Non, je n'oublie rien !

Magon se dirigea vers l'entrée de la tente, et releva la tenture qui la fermait ;

— Astarton : la caisse !

Le capitaine carthaginois arriva avec une lourde caisse et la posa devant Magon.

— Voilà de quoi payer tes charpentiers, Cambys, et aussi tes marins; et comme je sais ce que je te dois, tu trouveras là-dedans le double, en pièces d'or, de ce que je t'avais promis.

Cambys regarda la caisse de bois renforcée de grandes bandes métalliques.

— Je n'en attendais pas moins de toi.

Il hésita.

— Et... tu n'oublies rien... d'autre ?
— Bien sûr que non : ta récompense personnelle est dans la caisse, juste au-dessus des pièces d'or.

Cambys se pencha sur la caisse.

— Je peux ouvrir ?
— Evidemment que tu peux ouvrir, bâtard de Poseïdon ! Tout cela est à toi !

Le grand Gaulois ouvrit précautionneusement la caisse. Elle était remplie presque à ras bord de pièces d'or, comme promis. Au-dessus du trésor, était posée une toute petite boîte en bois, pas plus large qu'un pouce et paraissant très ordinaire.

Cambys parut un peu décontenancé.

— C'est... C'est ça ?

Magon sourit.

— Oui, c'est ça ! Tu t'attendais à quoi ?
— Tu m'avais promis, en échange des vaisseaux, de me faire partager l'un des secrets les mieux gardés de Carthage...
— Effectivement : et je tiens ma promesse !
— Attends ; tu veux me dire que le secret de votre navigation hors de vue des côtes, ou quand le soleil ou les étoiles sont cachées, se trouve dans ce... cette...
— Cette petite boîte. Exactement. Tu es surpris ?
— Un peu... J'attendais quelque chose de plus... impressionnant.
— Ouvre donc.

Cambys se pencha, prit la petite boîte de bois et l'ouvrit : ses pupilles se dilatèrent.

— Magon : tu te moques de moi ?

L'amiral carthaginois souriait toujours.

— Que vois-tu dans cette boîte ?

Le Gaulois regarda à nouveau ;

— Je ne vois qu'un minuscule morceau de ferraille, de la taille de deux de mes ongles, et rien d'autre. Si c'est une plaisanterie, elle est plutôt de mauvais goût, Magon.

— Ce n'est pas une plaisanterie. Il te faut simplement quelques explications.

Cambys triturait sa petite boîte.

— Je t'écoute...

— Il y a presque un siècle, un de nos capitaines acheta à un nomade du désert une pierre du ciel. Pas très grosse, de la taille d'un gros caillou. Ce capitaine avait beaucoup voyagé, en particulier en Egypte. Là, il avait appris que le jeune pharaon Toutankhamon s'était fait forger une petite dague avec le métal d'une pierre du ciel ; le pharaon était même enterré avec sa dague... Notre capitaine se mit alors en tête de se faire fabriquer une arme du même genre avec ce métal.

Cambys intervint.

— Mais c'est presque impossible de forger ces pierres ; leur métal est plus dur que tous ceux que l'on trouve sur terre !

— Tu as dit « presque », Cambys ; tout est dans ce « presque ». Effectivement, presque tous nos forgerons s'y sont cassé les dents, ou plutôt leurs outils d'ailleurs. Pourtant, à force de patience, certains ont réussi à forger de tout petits morceaux de pierres du ciel. Après plusieurs semaines d'efforts, le forgeron à qui notre capitaine avait confié sa pierre à lui avait réussi à forger une minuscule lame, à peu près comme celle que tu vois dans ta boîte. Inutile de te dire que le capitaine était aussi déçu que toi du résultat.

Cambys opina ;

— On peut le comprendre, non ?

— Tout à fait, mais bien entendu, l'histoire ne s'arrête pas là. Chez lui, à Carthage, notre capitaine avait laissé sa petite lame plate sur une table de marbre. De la pièce à côté, il entendit alors son fils de trois ans rire aux éclats. En s'approchant, il s'aperçut que le bambin hurlait de rire en touchant la petite lame de fer du ciel. D'un doigt, le petit faisait un peu tourner la lame, et elle reprenait sa place... toute seule ! Notre capitaine tenta l'expérience : il fit doucement pivoter la lame sur la surface lisse du marbre, et il vit le petit morceau de fer reprendre sa position tout seul. Il renouvela son geste dehors avec le même résultat, et il observa alors que la petite barre de métal indiquait systématiquement la position nord-sud.

— Tu veux dire que cette ridicule petite lame de métal est capable de donner la direction nord-sud dans toutes les conditions ?

— Exactement.

— Et tu veux me faire croire que cela a été découvert par un gamin de trois ans ?

— Exact. Comme quoi il faut savoir être modeste.

— Et cette... lame-là, dans la boîte ?

— Elle va te permettre la même chose ; tiens, donne-la moi.

Cambys alla chercher la petite lame plate au fond de la boîte ; vu la taille de ses doigts, il eut un peu de mal à l'attraper. Il la tendit à Magon.

Le carthaginois prit son verre de vin et en renversa un peu sur la table basse en bois qui trônait au centre de la tente.

— Tu n'as pas de table en marbre, mais tu vas voir, on peut s'arranger autrement...

Magon posa très délicatement la lame sur la flaque de vin : elle était si légère qu'elle resta à la surface ; elle trembla un peu. Magon se pencha et ramassa à terre une brindille. Il fit pivoter la lame de quatre-vingt-dix degrés, et la lame revint doucement à sa position initiale. Il répéta plusieurs fois l'expérience et releva la tête vers Cambys.

— Tu es convaincu ?

Le grand Gaulois ne trouvait pas ses mots.

— Alors, c'est... comme ça que tu arrives à naviguer par les nuits sans lune, ou quand les nuages te cachent le soleil ou les étoiles ?

— Et tu partages maintenant ce secret avec moi ; je n'ai même pas besoin de te faire jurer de le garder, ce secret ; tu n'as aucun intérêt à ce que tes concurrents ou tes ennemis l'apprennent... Et même s'ils s'emparent de la lame, elle ne leur servira à rien s'ils ne savent pas s'en servir !

Sans un mot, Cambys ramassa précautionneusement la petite lame de fer du ciel. Il la remit dans la boîte.

— Magon, si j'avais su, je t'aurais amené deux fois plus de vaisseaux !

— J'en ai plus qu'il n'en faut, puisque je n'ai pas pu faire sortir de Carthage tous ceux que j'aurais voulu, Cambys. Tu penseras seulement à tes amis carthaginois chaque fois que tu te serviras de ta lame magique.

— Ça, tu peux en être certain, Magon.

Le lendemain, l'amiral de Carthage fit transférer sur les grandes nefs vénètes tous ses équipages et tout ce qu'ils avaient réussi à sortir de la ville assiégée. Magon amena lui-même dans sa cabine son lourd coffre de bois et de métal.

Le surlendemain, les grandes nefs gauloises commandées par Magon prirent la mer.

Sur la falaise, au nord, Cambys les regarda partir. L'un de ses capitaines s'étonna.

— Ils mettent le cap plein ouest ; mais il n'y a rien là-bas ; où vont-ils donc ?

— Je ne sais pas où ils vont, Axtos, mais je suis certain que Magon, lui, le sait parfaitement. Et tu peux me faire confiance, par Bélénos : là où il va, les Romains ne le retrouveront jamais.

2ème PARTIE

5

Alex sursauta.

Le téléphone...

Le téléphone ?

Mal réveillé, il décrocha maladroitement son téléphone fixe sur sa table de nuit.

— Oui...

Il eut conscience que sa voix n'était pas bien claire.

— Alex ? C'est Patrick ! Tu dormais ?

Alex jeta un coup d'œil à son réveil.

— Pas du tout ; généralement, à trois heures et demie du matin, je fais mon jogging...

— Ton portable ne répond pas ?

— Ah bon ? J'ai dû l'oublier dans la poche de mon pantalon. Désolé. Qu'est ce qui se passe ?

— Il se passe que l'AIEA essaie de te joindre depuis une demi-heure ! Heureusement que moi j'avais ton fixe ; tu ne le leur avais pas donné ?

Alex rassemblait ses esprits.

— Si, mais tu sais que je viens de déménager il y a dix jours et ils m'ont changé de numéro.

— Et tu as oublié de leur donner le nouveau...

— J'allais le faire, nom d'un neutron ! Et toi, je te l'avais donné tout de suite ! Ecoute, tu ne m'appelles quand même pas à trois heures du matin pour m'engueuler parce que j'ai omis de signaler à l'Agence que j'ai changé de numéro de fixe depuis une semaine !

— Non ; je t'appelle parce que l'Agence a besoin de nous et parce que c'est urgent, si tu vois ce que je veux dire.

— Allons bon ! Raconte : encore une source radioactive paumée dans la nature ? On en sort ! Je te rappelle que l'on était en Turquie pour un truc comme ça il y a quinze jours !

— Non ; cette fois-ci, on donne dans ta spécialité.

— Ma spécialité ? Merde ! Un accident de radio-thérapie ?

— En plein dans le mille, et pas piqué des hannetons, l'accident ; une cinquantaine de malades avec des gros trous partout ; certains ont déjà passé l'arme à gauche.

— Ça s'est passé où ?

— Au Mexique ; plus précisément dans un hôpital flambant neuf de la banlieue de Mexico.

— Laisse-moi deviner ; l'Agence veut qu'on y aille illico presto ?

— Tout juste : ils reconstituent la grande équipe ; Brad est déjà en route ; Laura aussi. William est prévenu et va nous rejoindre. Il y aura aussi probablement Luis-Felipe et Victor, et peut-être deux ou trois autres de nos copains habituels. Et je t'ai déjà pris ton billet.

— Merci du cadeau ! Et on part quand ?

— Rendez-vous à Roissy dans trois heures.

— Attends, tu rigoles ? il faut que...

— Il faut que tu sois à Roissy dans trois heures.

— Mais l'hôpital ? Et mes consultations ?

— Arrête ! Tu ne consultes pas demain samedi ; et avec le poste mi-temps que tu viens d'accepter à l'AIEA, tu n'es prévu à l'Institut Curie que jeudi prochain ; d'ici là, tu dépends de l'Agence et cette mission est bien entendu prise sur ton temps de travail. Et si cela dure plus longtemps que prévu là-bas, le week-end te laisse le temps d'annuler tes consultations ou de te trouver un remplaçant.

Alex soupira.

— Donc c'est comme d'habitude : tu as tout prévu et tout arrangé...

— C'est mon boulot, non ?

— OK ! Je fais ma valise et j'arrive ; quel vol ?

—Vol AF 053 ; Paris-Mexico direct ; ne te rendors pas, si tu vois ce que je veux dire !

— Aucune chance...

6

Ces deux-là se connaissaient depuis plus de dix ans.

Depuis plus d'une décennie, Alex Cormelon et Patrick Gousset formaient un couple infernal — digne d'un « buddy movie » américain série B — d'experts à l'AIEA, l'Agence Internationale pour l'Energie atomique.

Il faut savoir que chaque fois que survenait un accident d'irradiation de par le monde, l'Agence de Vienne, comme on appelle aussi l'AIEA, envoyait sur place sans délai un groupe de spécialistes triés sur le volet.

En fait, il faut bien dire que cela ne se passait pas tout à fait toujours comme ça dans la vraie vie : il y avait un bémol, et de taille, le bémol : pour que l'AIEA intervienne, il fallait impérativement que le pays concerné en fasse la demande...

Et cela, c'était plutôt loin d'être systématique : l'Agence savait bien que nombre de pays impliqués dans des accidents mettant en jeu le nucléaire (civil ou militaire d'ailleurs) préférait garder un silence assourdissant sur ce type de problèmes, pour de multiples raisons qu'il était assez facile d'imaginer : secret défense plus ou moins justifié (plutôt moins que plus) ; sources radioactives récupérées et/ou conservées dans des circonstances suspectes voire totalement illégales, incompétence criante dans le maniement et la gestion de ces sources, on en passe et des meilleures, ou plutôt des pires...

Le résultat est que les pays qui déclaraient leurs accidents et qui appelaient l'AIEA en renfort étaient en règle générale... ceux où se produisaient le moins d'accidents de ce type et ceux où les problèmes étaient généralement les moins graves !

L'AIEA ne se faisait pas trop d'illusions sur ce qui se passait réellement dans certaines contrées où la transparence n'était pas considérée comme vertu maîtresse...

Moyennant quoi, certains de ces « dérapages » nucléaires dûment signalés à l'Agence étaient malgré tout susceptibles de faire de gros dégâts : victimes en nombre, et/ou conséquences plus que fâcheuses voire désastreuses sur l'environnement, avec des contaminations radioactives plus ou moins sévères selon les cas.

La gestion de ces accidents d'irradiation nécessitaient de pouvoir disposer de compétences multiples et complémentaires ; en clair devaient souvent intervenir sur place ; des médecins spécialistes en radiopathologie (c'est-à-dire spécialistes des affections liés à des surexpositions aux radiations), des radiophysiciens rompus à la mesure des doses de rayons et aux reconstitutions a posteriori des circonstances de l'accident, de savants radiobiologistes capables d'estimer a posteriori les doses reçues par les victimes, des écologistes des radiations pour évaluer l'impact sur l'environnement, des spécialistes de la gestion de crise en cas d'afflux massif de victimes, des psychologues spécifiquement formés à ces situations délicates, etc.

L'Agence de Vienne avait à sa disposition sur place (à Vienne donc) certains de ces spécialistes, mais sur des cas particulièrement graves et complexes, elle devait, assez souvent, faire appel à des compétences extérieures pour envoyer sur place des groupes de médecins et physiciens ad hoc, capables d'intervenir au mieux dans les pays qui l'appelaient à l'aide.

Parmi ces « compétences extérieures », celle de la France était particulièrement appréciée.

La France n'était pas pour rien le pays où Pierre et Marie Curie avaient découvert le Radium. Elle était aussi le premier pays au monde à avoir créé à Paris une consultation de Radiopathologie, dans les années 50. Cette consultation spécialisée avait été voulue par Irène Joliot-Curie, la propre fille de Marie Curie, pour prendre en charge tout à la fois les incidents ou accidents liés aux « rayons ».

Il n'était donc pas très étonnant de retrouver dans les groupes de spécialistes mandatés par l'AIEA, un, ou, le plus souvent d'ailleurs, plusieurs Français. Ces spécialistes nationaux, intervenant de façon récurrente aux quatre coins de la planète (selon l'expression consacrée mais passablement inadaptée à une sphère), venaient d'ailleurs de faire l'objet d'un reportage à sensation dans un hebdomadaire à grand tirage. Jamais en reste de formules percutantes, les journalistes les avaient qualifiés de « Pompiers du Nucléaire ». La formule leur avait valu de la part de leurs confrères médecins, scientifiques ou gestionnaires de crise, bon nombre de sarcasmes... Pourtant, elle était assez bien vue.

Patrick Gousset était le prototype du professionnel dont le profil intéressait particulièrement l'AIEA. Médecin militaire et radiobiologiste de formation, ayant rang de général, il avait été détaché du corps des Armées pour prendre la direction du département de Radioprotection de l'Homme (dit « DRPH ») à l'Institut de Radioprotection et de Sureté Nucléaire (dit « IRSN »). Doté d'un tonus à épuiser tous ses collaborateurs, ce grand escogriffe d'un mètre quatre-vingt-dix, au visage taillé à la serpe, s'était rapidement imposé comme l'une des pièces maîtresses de la radioprotection en France. Ses laboratoires étaient capables d'évaluer rétrospectivement, avec une précision diabolique, les doses reçues par les accidentés quand, ce qui était fréquent, les conditions de l'irradiation accidentelle étaient trop floues pour pouvoir fournir des indications précises sur les doses impliquées.

Et puis Patrick avait développé des collaborations étroites avec plusieurs équipes médicales capables de prendre en charge dans les meilleures conditions les malheureuses victimes de ces accidents. Afin d'assurer à ces victimes les meilleures chances de guérison, il avait tissé toute une toile, un réseau, d'hôpitaux complémentaires. Ainsi, un grand centre hospitalier parisien, spécialisé en hématologie, se chargeait des problèmes sanguins. Un hôpital militaire de la banlieue parisienne, spécialiste des brûlures, s'était recyclé dans le traitement des radionécroses. Enfin, bien entendu l'historique Institut Curie, rue d'Ulm, à côté du Panthéon, gardait une place de choix dans le dispositif, du fait de son plus d'un demi-siècle d'expérience de prise en charge de ce type de patients.

C'était précisément à l'Institut Curie qu'officiait notre second larron, Alex Cormelon.

Il y était arrivé comme jeune radiothérapeute une douzaine d'années auparavant. A cette époque, le responsable de l'Unité de Radiopathologie, figure tutélaire de la profession, venait de faire valoir ses droits à une retraite bien méritée, et les candidats ne se bousculaient pas pour prendre une succession difficile. La main un peu forcée, Alex s'était donc lancé, et s'était rapidement passionné pour cette prise en charge des pauvres gens victimes d'accidents de sur-irradiation.

Pourtant, intégrer cette activité à son travail de cancérologue radiothérapeute n'était rien sauf facile : de fait, il pouvait se passer deux à trois mois sans le moindre incident ou accident à se mettre sous la dent, c'est-à-dire la version nucléaire du « Désert des Tartares »... A l'inverse, dans d'autres périodes, des accidents graves pouvaient se succéder, demandant une disponibilité de tous les instants pendant plusieurs semaines...

Alex, dans la foulée, avait été nommé à la Commission Internationale de Protection Radiologique (la « CIPR », pour les intimes) ; plus précisément au Comité numéro trois, chargé de la Radioprotection en Médecine. Au sein de ce groupe, il avait tissé de solides amitiés : il faut dire que de se retrouver aux quatre coins du monde, toute affaire cessante et en catastrophe, pour tenter désespérément de gérer des situations souvent ingérables, cela rapproche ...

Ces interventions mélangeaient quasi systématiquement de la médecine pure et dure et des aspects « politiques », avec des susceptibilités locales à ménager. S'y mêlaient parfois des côtés plutôt inconfortables, avec des disparitions suspectes de sources radioactives, et la crainte permanente qu'elles se retrouvent entre... disons... des « mains criminelles », pour reprendre, telle quelle, l'expression de Pierre Curie dans son discours de réception du Nobel, reçu avec Marie son épouse en 1903. Cette fort lucide anticipation n'avait d'ailleurs pas été parfaitement comprise à l'époque. Elle prenait de nos jours un relief saisissant.

Dans ce contexte bien particulier, Patrick et Alex avaient rapidement dû travailler ensemble. La quarantaine bien sonnée tous les deux, et une passion (une vocation ?) commune pour leur métier, les avaient vite rapprochés, et ce malgré quelques différences évidentes au premier coup d'œil. Plus petit, plus posé, Alex avait parfois un peu de mal à suivre le rythme d'enfer imposé par son ami. Il avait pourtant appris à apprécier l'invraisemblable tonus de son ami, et avait fini par s'accoutumer à son débit de parole à la mitraillette, débit agrémenté de locutions récurrentes, dont l'une revenait toute les trois minutes pour s'assurer que l'interlocuteur était bien en phase et parvenait bien à suivre : « Si tu vois ce que je veux dire ».

Fort pudiques tous les deux, ce n'est qu'au bout de plusieurs années qu'ils avaient commencé à échanger sur leurs vies privées respectives. Patrick était marié depuis vingt ans à une adorable Jeanne, scientifique de haut niveau en biologie moléculaire, une sorte de sainte laïque s'étant adaptée aux disparitions brutales mais heureusement temporaires de son cher et tendre, au rythme des demandes (fréquentes) de l'Agence de Vienne. Jeanne et Patrick avaient une fille, qui terminait son droit à Paris.

Alex était célibataire, mais pas du genre endurci, encore qu'après l'échec d'une longue vie commune avec une Véronique qui n'avait pas eu la patience de Jeanne et avait fait ses valises il y avait un an, il traversait actuellement une période passablement calme sur le plan sentimental.

Et puis, tout récemment, à la surprise de Patrick et de ses autres amis, Alex avait demandé à l'Institut Curie de ne plus faire qu'un mi-temps et avait accepté un poste plutôt administratif à l'Agence de Vienne pour le second mi-temps. Quand on savait l'attachement d'Alex à ses patients, cette décision avait de quoi surprendre ; il ne s'en était pas expliqué, et Patrick attendait sagement que son ami lui explique le pourquoi de cette décision étonnante d'abandonner partiellement une activité médicale dont tout le monde savait bien qu'elle le passionnait.

7

Alex tentait de se frayer un passage dans l'étroit couloir de l'Airbus d'Air France : malgré ses « pardons » réitérés, la grosse dame d'un certain âge qui obstruait le passage continuait imperturbablement à vider sur son siège tout le contenu d'un énorme sac à main, son postérieur proéminent bloquant toute progression de la file des passagers qui souhaitaient rejoindre leurs sièges. Alex aperçut au fond de l'appareil Patrick, qui lui faisait des grands signes. Il lui fit comprendre par mimiques qu'il pouvait difficilement jouer à saute-mouton par-dessus la grosse dame. Finalement, une hôtesse vint gentiment expliquer à la brave mémé qu'elle gênait un peu...

Alex rejoignit Patrick.

— C'est pas vrai ! On a encore droit à la bétaillère !
— Pas le choix ; l'Agence n'a pas les moyens de nous payer la classe affaires.
— Mon œil ! Ne me dis pas que le Directeur de l'AIEA voyage en classe éco ?

— Alex ; je sais bien que tu es maintenant temps partiel à l'Agence, mais si j'ai bien compris, tu n'as pas encore été nommé directeur...

— Attends un peu ; je viens d'arriver... N'empêche que l'on va encore arriver cassés en deux, avec ces sièges prévus pour des gosses de douze ans !

— J'ai fait ce que j'ai pu ; c'est tout ce qui restait de toute façon ; impossible même d'avoir des sièges « plus », ceux où on peut un peu mieux allonger les jambes.

— C'est bien ce que je dis ; ils ne vont jamais pouvoir nous déplier à l'arrivée !

On fermait les portes de l'avion. Ils eurent droit, pour la trois cent douzième fois, aux explications et aux démonstrations de sécurité. Ce moment mettait toujours Alex mal à l'aise ; les pauvres hôtesses et stewards chargés de ce pensum s'en acquittaient avec une louable conscience professionnelle, alors que la quasi-totalité des voyageurs n'écoutaient pas un traître mot de ce qu'ils racontaient. Alex, qui avait fait un peu de théâtre dans une vie antérieure, ne pouvait s'empêcher de penser à de pauvres artistes qui se produiraient dans une salle où aucun des spectateurs ne prêteraient attention à leur jeu. Du coup, Alex faisait semblant de porter une vague attention au speech soporifique et répétitif du malheureux personnel volant.

L'avion décolla.

Alex se tourna vers Patrick.

— La nuit a été courte : je vais piquer un petit roupillon.
— Je te réveille si on demande un toubib ?

— Parle pas de malheur ! Et puis tu es médecin, toi aussi !

— Tu sais bien que je suis plus à l'aise avec les animaux de mes laboratoires qu'avec les malades : c'est toi le clinicien, si tu vois ce que je veux dire.

—D'accord, et du coup, c'est moi qui dois m'y coller chaque fois que l'on demande s'il y a un médecin dans l'avion, et cela arrive une fois sur deux !!

—Bof, le plus souvent, ce n'est pas bien méchant, non ?

— C'est vrai que le plus souvent, c'est le genre malaise vagal qui passe vite ; encore que ...

—Encore que quoi ?

— Encore que la dernière fois, on appelle un toubib ; je fonce et je tombe sur un type tout blanc la tête basculée en arrière et la bouche grande ouverte. Franchement, j'ai cru qu'il était mort !

—Et il ne l'était pas ?

— Je l'ai ressuscité avec deux grandes baffes.

— Il ne devait être tout à fait mort...

—Tu sous-estimes l'efficacité de mon intervention ?

— Je m'en garderai bien ; je connais ta susceptibilité.

— Bon, c'est pas tout ça : si tu me disais un peu pourquoi tu m'as tiré du lit en pleine nuit et pourquoi on se retrouve une fois de plus à rappliquer toutes affaires cessantes sur la scène du crime ?

— Je croyais que tu voulais dormir ?

—Et bien je n'ai plus sommeil ! Tu me racontes ou tu me laisses mourir idiot ?

Patrick sortit le gros dossier qu'il avait glissé dans la pochette du siège devant lui.

— Tout est là. Si j'ai bien compris, cela risque d'être un peu chaud.

— Allons bon ; pourquoi ça ?

— L'accident s'est produit dans un hôpital de la banlieue de Mexico.

— Ça, tu m'as déjà dit.

— Tu me laisses parler ?

— Oui chef.

—Bon ; je disais ; dans cet hôpital tout neuf, il y a un service de radiothérapie tout aussi neuf. Et dans ce service, une cinquantaine de malades viennent de présenter des troubles digestifs gravissimes après des radiothérapies de tumeurs abdominales ou pelviennes ; essentiellement des cancers de l'utérus chez les femmes et des cancers de la prostate chez les hommes, si tu vois ce que je veux dire.

— Ils ont été surdosés ?

— Cela y ressemble.

— Et on s'en est aperçu comment ?

— Il y a déjà eu des morts et les malades qui ont survécu jusqu'ici sont tellement mal que l'information s'est vite répandue ; c'est la presse locale qui a sorti le pot aux roses.

— La presse ? Pas les toubibs ?

— Non, pas les toubibs.

— Ils ne s'en étaient pas aperçus ? Vu ce que tu me décris, cela parait difficile de passer à côté, non ?

— Je suis d'accord ; on ne comprend pas bien.

— C'est fou ton truc ! Et on a une idée de la cause du surdosage ? C'est quand même rarissime, ce genre de chose.

— Heureusement que c'est rarissime ! Mais souviens-toi quand même que nous, nous avons eu Epinal.

— Difficile de ne pas se souvenir ! Cela nous avait même valu un plateau télé en direct éprouvant pour les coronaires, rappelle-toi.

— Je me souviens ; les collègues ne s'étaient pas bousculés pour passer à la télé, ce soir-là.

— Mais là-bas, on a une idée de ce qui s'est passé ? Et pourquoi les toubibs ne s'en sont-ils pas aperçus plus tôt ? Même chose qu'à Epinal ? Ils ne suivaient pas bien leurs malades ?

— Aucune idée, mais d'après les documents que m'a passé l'Agence, il va falloir que l'on la joue très fine, la partie.

— Ah bon ? Pourquoi ?

— D'abord, parce que les autorités mexicaines voulaient initialement gérer le problème toutes seules, sans aucune aide ni intervention extérieure.

— Alors pourquoi on est là, nous ?

—Parce qu'il y a eu une campagne de presse nationale dénonçant l'incapacité des spécialistes locaux à prendre en charge et à traiter les victimes ; il y aurait déjà eu une douzaine de morts, et ceux qui restent semblent en triste état.

— Attends : ce n'est pas du tout certain que nous, on puisse faire des miracles, non ?

— Non, mais au moins on aura essayé de mettre les meilleurs traitements à leur disposition, si tu vois ce que je veux dire. Et puis il y a autre chose.

— Quoi donc ?

— Le chef du service de radiothérapie est le propre fils du ministre de la Santé.

8

Ils arrivaient. Ce n'était pas la première fois qu'Alex atterrissait à Mexico, mais à chaque fois, il était frappé par l'énormité de la mégapole : l'avion devait survoler la ville pendant un temps qui semblait interminable avant finalement de se poser, après avoir rasé les toits des dernières maisons déglinguées genre *favella* situées à l'extrême bordure de l'aéroport.

Dès la sortie de l'avion, ils tombèrent nez à nez avec trois policiers brandissant des pancartes ; « Señores Gousset y Cormelon ». Ils comprirent vite qu'ils avaient droit à un traitement de faveur. Ils suivirent les policiers mexicains qui leur firent passer la douane en doublant toutes les files. De même, ils furent les premiers à récupérer leurs bagages.

Alex se tourna vers Patrick.

—Pas à dire ; le piston, ça a parfois du bon !
—D'accord, mais on ne peut pas dire qu'ils aient l'air très aimables...

À ce moment, deux militaires arborant des grades incompréhensibles pour le Français moyen, mais apparemment élevés, s'approchèrent. Les policiers qui les avaient escortés jusqu'ici se mirent au garde à vous. Le plus âgé des militaires se tourna vers les Français :

— *Soy el Commandante Albanez : Usted habla español ?*

Alex parlait à peu près la langue de Cervantès.

— *Si, un poquito...*

Le gradé sembla un peu rassuré. Apparemment, il n'avait pas prévu d'interprète.

— Je suis le commandant de la section de protection de la présidence de la République. C'est nous qui sommes chargés de votre protection pendant votre séjour. Nous allons devoir vous faire attendre un peu ; votre collègue américain arrive dans un peu moins d'une heure. Nous partirons ensuite tous ensemble pour votre hôtel. Trois de vos collègues sont déjà arrivés, et le médecin russe arrivera demain. Un point important : nous vous demandons instamment de n'avoir aucun contact, je dis bien aucun contact, avec les journalistes. Vous m'avez bien compris ?

Alex peaufina son meilleur espagnol pour signifier qu'il avait parfaitement intégré. Il glissa à Patrick :

—Tu as compris ?

Patrick ne parlait pas espagnol, mais le comprenait à peu près ;

— Je crois bien. Je t'avais dit que l'on met les pieds dans des sables mouvants...

— Tu n'aurais pas une autre comparaison ?

— Pourquoi ?

— J'ai toujours été impressionné par la séquence du film Lawrence d'Arabie où le gamin est englouti par les sables sans que le héros y puisse quelque chose.

— Et bien disons que nous partons pour traverser un champ de mines...

— Pas beaucoup mieux.

— Au moins, les journalistes sont censés nous laisser tranquilles. Tu te souviens de la Turquie ?

— Si je m'en souviens ? C'était la meute dès l'aéroport ! Et moi j'étais arrivé avant toi, directement de Vienne ; je t'avais raconté mon histoire avec la blonde ?

— Je ne me souviens pas ; ce n'était pas dans ton rapport...

— Et bien je débarque à deux heures du matin à Istanbul ; du coup, à cette heure-là, je m'attendais à trouver un aéroport désert ! Tu parles ! Une vraie manif de journalistes et de photographes ; j'aurais été Madonna que cela n'aurait pas été pire !

— Faut dire que les sources perdues faisaient la une de tous les journaux ; je me souviens d'un énorme titre ; « Tchernobyl Alaturk » !

— Donc moi, j'arrive un peu cassé, et même beaucoup, et sans beaucoup d'infos sur l'accident, et je suis happé par la meute, avec une douzaine de micros tendus et autant de bonhommes me demandant mon avis sur la chose. Comme ils me parlaient en anglais, je crois très intelligent de botter en touche en répondant, en français, que je n'y comprenais rien et que je ne parlais pas un traître mot d'anglais.

— Quel menteur...

— On peut avoir des trous de mémoire, non ?

— Et ils t'ont cru ?

— Il faut croire. J'ai été tranquille pendant un quart d'heure.

— Et après le quart d'heure ?

— Alors, j'ai vu arriver une sublime créature blonde issue d'un croisement entre Marilyn Monroe, Kim Basinger et Claudia Schiffer, me mettant un micro sous le nez et me demandant d'une voix suave et dans un français parfait : « Vous pouvez certainement me dire quelques mots, Docteur Cormelon ? ».

— Et je parie que tu lui as dit quelques mots.

— J'ai balbutié deux ou trois trucs...

Une grosse voix les interrompit.

— *Alex ! Patrick ! That's so nice to see you here !*

C'était Brad. Brad Gettler, le « chairman » du Comité trois de la CIPR. Brad était radiologue, mais il possédait une solide culture sur tout ce qui touchait aux « rayons », y compris bien entendu en radiothérapie.

D'allure extérieure, Brad correspondait à l'Américain typique version USA, costaud, la cinquantaine, le crâne un peu dégarni, des lunettes finement cerclées, une centaine de kilos pour un mètre quatre-vingt-cinq, capable d'arborer des chemises et des cravates aux couleurs improbables, des jambes de pantalon perpétuellement trop courtes et des chaussettes de couleurs criardes à faire hurler les puristes.

Par contre, pour qui le connaissait bien, Brad sortait franchement de l'ordinaire du citoyen des États-Unis. Fort cultivé, il s'intéressait de près à tous les pays qu'il visitait, lesquels, compte tenu de ses activités à la CIPR, étaient nombreux. Et comme il vivait au Nouveau-Mexique, il parlait même vaguement l'espagnol, ce qui en faisait une exception exceptionnelle parmi ses compatriotes, lesquels en règle générale ne faisaient pas trop d'effort sur les langues étrangères, considérant que le monde entier se devait de parler couramment l'anglais, ou plutôt l'anglo-américain, ce qui n'est pas tout à fait la même chose.

Alex et Patrick appréciaient leur collègue américain à sa juste mesure. Il faut dire que Brad était l'un des meilleurs spécialistes mondiaux, se donnait à fond à ses missions, et n'hésitait pas à « rentrer dans le lard » des extrémistes de tout bord, assez fréquents dans la profession.

Ces « extrémistes », on les trouvait du côté des pro-nucléaires simplistes, qui prétendaient sans rire, par exemple, que Tchernobyl n'avait fait qu'une trentaine de victimes, ou, à l'inverse, on pouvait les trouver du côté des anti-nucléaires primaires, adeptes d'une certaine pensée unique, et qui calculaient avec le même sérieux que Tchernobyl avait fait un million de morts... Brad n'hésitait pas à se ranger dans le groupe des courageux scientifiques qui osaient dire que la vérité devait se situer quelque part entre les deux, une position a priori raisonnable mais qui leur valait d'être voués aux gémonies, pour des raisons diamétralement opposées, par les deux franges extrêmes de la profession.

Après les congratulations d'usage, Brad, Alex et Patrick furent entassés dans les Hummers blindés des gardes du corps de la présidence. Alex se demanda un moment si on allait leur mettre des gilets pare-balle, mais le commandant sembla considérer que le blindage des véhicules devait suffire. Une colonne de trois Hummers démarra donc de l'aéroport sur les chapeaux de roue, précédée de trois voitures de police toutes sirènes hurlantes. Alex remarqua avec ses amis que tous les croisements avaient été sécurisés et bloqués par la police, si bien qu'ils firent d'une traite, sans aucun arrêt et le pied au plancher, le trajet jusqu'à l'hôtel. Alex se dit que leurs amis mexicains avaient dû voir trop de téléfilms américains bas de gamme. Une fois arrivés à bon port, les gardes armés jusqu'aux dents sécurisèrent les dix mètres de trottoir entre les véhicules et l'entrée de l'hôtel avant de les autoriser à rejoindre le hall d'accueil.

Alex se retourna vers Brad ;

— Dis donc, c'est du sérieux ! Tu as déjà vu ça ?
— Oui, une fois, à Panama City : j'avais l'impression d'être le Président des États-Unis en personne ! Les gardes du corps ne m'ont pas lâché de toute ma mission.

On leur donna les clés de leur chambre. Le *Commandante* revint les voir :

— Il vaut mieux ne pas sortir de l'hôtel ; le quartier peut être dangereux. Vous ne serez pas ennuyés par les journalistes ; ils ont interdiction formelle d'entrer. Ils n'assisteront qu'à la conférence de presse du ministre que demain soir. Dans une heure, vous pourrez rejoindre les autres membres de votre mission dans la salle de bal, au rez-de-chaussée. Si vous avez besoin de quoi que ce soit, ou d'une protection pour sortir, le lieutenant Rodriguez, ici présent, sera en permanence dans le hall avec ses hommes. Vous pourrez le joindre à tout moment en le demandant à la réception. *Buenas noches !*

9

Une heure plus tard, après avoir fait un brin de toilette, Alex et Patrick rejoignaient leurs collègues déjà arrivés dans une des salles de conférence de l'hôtel. Le groupe se connaissait bien. A plusieurs reprises déjà, tous s'étaient déjà retrouvés embarqués dans des missions similaires dans divers pays du globe. Embrassades, *big hugs* et *abrazos* furent au rendez-vous.

Brad, d'habitude très posé, paraissait passablement nerveux.

— Comment ça, on ne t'a rien donné comme dossier ou comme explications depuis quatre heures que tu es là ?

Cela s'adressait à William.

William Rosenbaum, arrivé le premier sur place, était l'un des meilleurs radiophysiciens de la planète. Il exerçait ses talents, largement reconnus par ses collègues, à l'Université de Bruxelles, dans l'un des plus gros services de Radiothérapie d'Europe.

Pas très grand, le cheveu grisonnant plutôt dégarni, l'air modeste, de grosses lunettes de myope sur le nez, ce diable de bonhomme qui n'en imposait pas vraiment s'était révélé capable de démêler des écheveaux inextricables dans certaines affaires précédentes. Du coup, il était mis à contribution presque toutes les fois où l'Agence de Vienne était appelée pour des problèmes d'irradiation accidentelle dont l'élucidation s'annonçait difficile.

— Rien de rien ! On m'a fait attendre ici depuis le début d'après-midi. On m'a seulement dit que les médecins nous préparent un dossier pour demain matin.

— Les médecins ? Ok ! Et tes collègues physiciens, ils ne sont pas venus te voir pour t'expliquer ce qui s'est passé ?

— J'ai cru comprendre que cela ne leur était pas vraiment possible.

— Ah bon ? et pourquoi ?

— Ils sont en prison.

— Aah ? Et bien ils vont vite en besogne pour trouver les coupables, dans ce pays.

Luis-Felipe s'avança.

— On dirait que tu n'es pas habitué à certaines mœurs latino-américaines, Brad.

— C'est toi qui me dit ça, toi le Péruvien ?

— Oui, c'est moi. En fait, je crois que les choses peuvent se révéler tout aussi tordues aux USA, mais chez vous, c'est un peu moins direct, c'est tout.

Luis-Felipe, la cinquantaine passée, semblait descendre en ligne directe des conquistadors du seizième siècle. Aussi grand que Brad, le teint clair, les cheveux gris toujours impeccablement lissés vers l'arrière, il était, comme Alex, radiothérapeute, et il dirigeait le centre anti-cancéreux de Lima. C'était la crème des hommes, et tous les membres du Comité se souvenaient de la manière dont il les avait reçus deux ans auparavant à Lima pour leur réunion annuelle. Ils avaient tous eu l'impression d'avoir été invités dans leur propre famille.

Luis-Felipe continuait.

—En fait, il parait clair que nous ne sommes pas totalement les bienvenus ici. Il va falloir faire avec, c'est tout.

Patrick s'interposa ;

— Je me suis laissé dire que l'affaire a été révélée par la presse et que les... autorités mexicaines ne souhaitaient pas, initialement, que cela s'ébruite.

— Exact ; et la presse en question est plus précisément la presse d'opposition.

— D'opposition au président ?

Là, c'était Alex qui avait pris la parole. Luis-Felipe se retourna vers lui.

—L'opposition au président, bien entendu ; et vous n'êtes pas sans savoir que nous sommes ici en pleine période pré-électorale.

Brad s'ébroua.

— *Sorry*, ça m'avait échappé. Luis-Felipe, tu penses que l'on va nous mettre des bâtons dans les roues ?

—Pas vraiment, tant que nos conclusions iront dans le sens que souhaite le ministre.

— Le ministre de la Santé ?

— Oui.

— Et pas le président ?

— C'est pareil. Ces deux-là sont... comment tu dis, déjà, Alex, en français ; « copains comme porcs » ?

Alex sourit.

— « Copains comme cochons ».

— C'est pareil, non ?

— Pas tout à fait.

— Dites, les *macho men,* on ne pourrait pas en venir à nos pauvres malades en train de passer l'arme à gauche, plutôt que de disserter sur les versions argotiques de nos idiomes respectifs ?

C'était Laura.

Jusque-là, la grande Canadienne était restée assise un peu à l'écart, sirotant son jus d'orange. Laura, la quarantaine mais paraissant dix ans de moins, à la fois médecin de talent et physicienne brillante, c'était le fantasme vivant de tous les membres mâles du comité. Ceci étant dit, c'était en tout bien tout honneur, car aucun ne pouvait se targuer de la moindre aventure sentimentale avec elle. Moyennant quoi, il était difficile pour tout hétérosexuel masculin normal de ne pas craquer devant son mètre soixante-douze, ses grands yeux verts, son visage de madone, et son corps qui aurait pu servir de modèle aux bronzes art déco de la grande période, celle des nudités toutes fines aux formes parfaites... Dans ces conditions, inutile de dire que son arrivée à la dernière réunion du Comité, accompagnée d'une petite Italienne toute jolie, brune aux yeux bleus et qui était à l'évidence un peu plus que la copine de voyage, en avait effondré plus d'un !

Alex avait du regard fait le tour de la salle ; pas d'Italienne en vue cette fois-ci. Il reprit.

— Justement, les malades, on va les voir quand ?

Laura s'était levée.

— A priori, si on a bien compris, ils viennent nous chercher demain matin à sept heures trente avec leurs chars d'assaut pour nous emmener à l'hôpital, qui n'est pas très loin d'ici. Là, on est censés se partager en deux groupes ; les toubibs iront voir les malades avec les radiothérapeutes du service, et les autres auront une réunion avec des physiciens qui devraient leur ouvrir les dossiers techniques et toutes les données de contrôles des appareils.

Alex reprit ;

— On en sait un peu plus sur les malades ?

C'est William qui répondit.

— la seule chose qui semble ressortir, c'est qu'il s'agit de patients qui avaient, soit un cancer de l'utérus, soit un cancer de la prostate, et que, au vu de ce que l'on a lu dans la presse, l'erreur sur la dose a dû être énorme.

— Tu dirais quel ordre de grandeur ?

— Je dirais quelque chose comme le double.

— Eh bien ; et nous qui venons de publier une recommandation internationale qui fait considérer comme inacceptable un surdosage de plus de cinq pour cent !

Luis-Felipe s'était rapproché.

— Si William dit vrai, il faut bien nous mettre dans la tête que nous tombons au beau milieu d'un énorme scandale sanitaire, avec plusieurs dizaines de malades qui risquent d'y laisser la vie. L'un des pires accidents jamais survenus dans le monde dans notre spécialité.

Brad continua ;

— Et avec un toubib potentiellement responsable qui se trouve être le fils du ministre de la Santé, lequel est le meilleur ami d'un président qui cherche à se faire réélire dans deux mois.

Patrick susurra à l'oreille d'Alex ;

— Donc on est un peu dans la panade, si tu vois ce que je veux dire !

10

Le groupe se retrouva au restaurant de l'hôtel le lendemain matin à sept heures.

Victor venait d'arriver de l'aéroport.
Victor Baroustov était un cas à part.

La trentaine passée, plutôt petit mais massif, le cheveu blond très clair déjà un peu dégarni, Victor était médecin, mais possédait de plus un solide bagage scientifique, attesté par une thèse de Sciences de l'Université de Moscou.
Son intégration au comité trois de la CIPR ne s'était pas faite sans mal.

En fait, pendant plus de cinq ans, Victor avait servi d'interprète à Ivan Vassilief, vieillard cacochyme imposé à la CIPR par la Russie, pour des raisons à l'évidence davantage liées à la politique internationale qu'aux compétences réelles de la momie bolchevique. Bien entendu, ce rescapé de l'âge d'or de la gérontocratie soviétique, celle où il n'était pas question de confier la moindre responsabilité à quelqu'un de moins de quatre-vingt ans, ne parlait ni ne comprenait un traître mot d'anglais.

Pendant des années, les membres du comité avaient donc admiré la patience de Victor, qui, des heures durant, traduisait consciencieusement à l'oreille de son patron l'intégralité des discussions et des conférences auxquelles ils assistaient.

Et encore, cela, ce n'était pas le plus difficile. Le plus dur, pour Victor, c'était quand le vieil oligarque se levait ex abrupto et sans crier gare, de préférence en pleine session plénière et dans des salles combles, pour demander la parole, interrompant sans vergogne l'orateur.

Par respect pour les cheveux blancs résiduels du grand vieillard, et pour éviter tout incident diplomatique, le président de séance acceptait de lui donner ladite parole. Ivan Vassilief se lançait alors, en russe bien entendu, dans une tirade de plusieurs minutes à laquelle la quasi-totalité du public ne comprenait goutte. Le zombi stalinien se rasseyait alors, tout content de lui, mais l'air toujours un peu étonné de ne pas déchaîner un tonnerre d'applaudissements. C'était alors à Victor que revenait le terrible pensum de traduire une intervention sans queue ni tête qui n'avait en règle rigoureusement rien à voir avec les discussions ou présentations en cours, et qui n'avait pour but réel que d'être mentionnée dans les « minutes » de la réunion, ceci afin de prouver aux maîtres du Kremlin que leurs sbires avaient bien signifié aux occidentaux qu'il fallait encore compter avec la Sainte Russie...

Deux ans auparavant, l'octo ou nonagénaire (son âge semblait faire partie du secret défense) avait brutalement disparu des écrans radars. Comme on n'avait pas annoncé son décès, les membres de la CIPR en avaient conclu que l'avancement de son gâtisme avait dissuadé les autorités russes de continuer à l'envoyer représenter son pays. Un vent de jeunisme soufflant alors avec Poutine sur le Kremlin, c'est Victor que l'on avait nommé à sa place, une décision qui n'était que justice et qui avait réjoui les membres du comité.

Ce n'était pas pour autant que Victor était un partenaire facile. Alex en savait quelque chose. Il se trouvait que Victor était à la tête du centre de Radiopathologie de Moscou. Avec l'Institut Curie de Paris (au centre du réseau français monté par Patrick), il s'agissait des deux centres spécialisés les plus expérimentés au monde. Curieusement, les Américains étaient un peu à la traîne sur le sujet, avec des structures d'analyse très performantes, mais peu d'hôpitaux spécifiquement dédiés à la prise en charge clinique tous azimuts de ce genre de malades.

Du coup, l'institut de Radiopathologie de Moscou et l'institut Curie se retrouvaient quelque peu en compétition. Il était même arrivé, au décours de certains accidents, comme récemment en Albanie, que les victimes soient réparties par l'AIEA entre les deux centres. Il en résultait une saine émulation, la volonté évidente de sauver les patients se doublant du désir plus ou moins nationaliste de faire mieux que le centre concurrent.

Quelques mois auparavant, Alex s'était donc retrouvé à Moscou pour le « debriefing » de l'accident albanais. Deux patients avaient été traités à Moscou et deux à Paris ; les quatre avaient été tirés d'affaire, avec plus ou moins de difficultés. Le but de la réunion était de comparer les options chirurgicales — différentes — prises à Moscou et à Paris. Alex arrivait avec deux films gravés sur CD, détaillant les interventions effectuées à Paris : les collègues d'Alex à l'institut Curie, aidés par les chirurgiens militaires, avaient carrément fait des miracles. Dans ce contexte, Alex ne doutait pas que ses films allaient manifestement montrer que l'option prise par les Français (qui avaient réussi à « monter » dans le thorax de grands morceaux de péritoine pour aller « boucher » le trou béant laissé dans ledit thorax par l'irradiation accidentelle) avait été plus performante que celle, plus classique, suivie par les Russes.

Seulement voilà : au moment de passer les films français, le vidéoprojecteur moscovite était brutalement tombé en panne. Alex, un peu naïf, avait ensuite raconté l'épisode à Patrick :

— Tu te rends compte ? Vraiment pas de chance !

Patrick avait souri.

— Et tu crois vraiment que c'était un hasard ?

11

Le petit-déjeuner fut expédié rapidement. Toute l'équipe, maintenant au complet, tentait de se concentrer sur sa mission, et essayait de comprendre un minimum ce qui s'était passé, en prenant en compte les informations minimalistes mises à leur disposition jusqu'à présent.

En fait, celui qui semblait avoir le plus de détails sur l'accident, c'était Luis-Felipe, et ceci essentiellement parce qu'il avait pu se procurer discrètement des journaux mexicains qui parlaient de l'affaire, par l'intermédiaire de collègues et amis qui lui avaient envoyé des exemplaires desdits journaux à Lima.

Il en ressortait que c'était le fils d'un patient, un certain Alvaro Dominguez, lui-même fonctionnaire de l'État, qui s'était étonné de la tolérance passablement épouvantable de la radiothérapie que suivait son père pour un cancer de prostate. Il s'en était ouvert auprès du médecin responsable, qui se trouvait être le patron du service, et qui avait accepté, manifestement à contrecœur et au bout de trois semaines, de les recevoir, son père et lui.

Le toubib, très sûr de lui, avait balayé le problème d'un revers de main, leur disant qu'il était bien connu que certains malades toléraient l'irradiation moins bien que les autres, et que tout cela allait bien entendu rentrer dans l'ordre très rapidement dès que l'on arrêterait les rayons.

Les choses non seulement n'étaient pas rentrées dans l'ordre, mais avaient empiré dans les semaines suivantes : le pauvre patient devait uriner toutes les trois minutes, avec des douleurs insupportables, et surtout il présenta bientôt des hémorragies digestives, de plus en plus cataclysmiques, qui finirent, malgré les transfusions et les divers traitements appliqués, par entraîner son décès.

Surfant sur le Web, Alvaro Dominguez avait pris conscience que cette évolution n'était en rien banale, les radiothérapies modernes du cancer de prostate étant décrites en règle générale comme plutôt bien tolérées de nos jours. Quasiment nulle part il n'avait trouvé, dans les sites spécialisés visités, mention d'une évolution mortelle aussi rapide, sauf peut-être en cas d'une hypersensibilité majeure aux « rayons » (laquelle semblait très rare), ou alors en cas d'accident...

Il demanda alors un nouveau rendez-vous au patron du service de radiothérapie, mais cette fois-ci, ledit patron refusa de le recevoir.

Tenace, Alvaro commença à mener sa propre enquête auprès du service.

Au début, les choses ne furent pas faciles ; les membres du personnel paraissaient complétement terrorisés par leur chef. La direction, mise au courant des démarches d'Alvaro, lui envoya un autre médecin radiothérapeute du service, qui ne fit que reprendre l'exposé lénifiant de son patron, à savoir que c'était des choses « qui pouvaient arriver », et que cela s'appelait de « l'aléas thérapeutique » ; et puis, de toute façon, son père serait certainement mort rapidement de son cancer, alors ce n'avait pas changé grand-chose !

A ce moment, Alvaro reçut un appel d'un médecin d'un autre service de l'hôpital, qui lui donna rendez-vous dans un endroit discret et éloigné. Là, Alvaro apprit qu'en fait, son père faisait partie d'une longue série noire qui commençait à être bien connue dans tout l'hôpital. Plusieurs patients étaient déjà morts d'hémorragies digestives après le même type de radiothérapie de la partie inférieure de l'abdomen, et un nombre plus élevé était encore en vie, mais avec des complications gravissimes.

A la question de savoir pourquoi cette information avait été totalement passé sous silence, il lui fut répondu que le patron du service non seulement était un personnage difficile, mais qu'il bénéficiait en outre de protections haut placées, se trouvant être le fils du ministre de la Santé.

Notre petit fonctionnaire s'acharna : il réussit à contacter d'autres familles qui avaient perdu l'un des leurs dans les mêmes conditions, et put identifier dans des services de gastro-entérologie des hôpitaux alentours plusieurs patients moribonds sortant des griffes du sinistre patron de la radiothérapie locale.

Quand il eut rassemblé les informations sur une douzaine de patients, il débarqua à la rédaction d'un tabloïd d'opposition, qui se fit bien entendu un plaisir de dévoiler le pot-aux-roses en caractères énormes en pleine première page. Le numéro eut tant de succès que d'autres tabloïds bas de gamme lui emboîtèrent le pas, rapidement suivis par la grande presse. Les journalistes mexicains ne donnant pas dans la demi-mesure et n'hésitant pas à en rajouter dans le sanglant et le sordide, on pouvait comprendre l'agacement d'une présidence pour laquelle un scandale sanitaire ne tombait pas vraiment au bon moment, à quelques semaines d'une réélection espérée dans un fauteuil...

Le groupe commençait à prendre conscience que la partie allait être un peu difficile à jouer.

Patrick le prit avec philosophie :

— Bof, cela ne va pas être pire que toutes les fois où on identifie des sources disparues corps et biens, et suspectes d'avoir été récupérées par des terroristes pour fabriquer des bombes sales ; Alex, tu te souviens de...

— Patrick, je te rappelle que l'AIEA nous impose un devoir de confidentialité !

— Parce que tu crois vraiment que ces infos restent secrètes ? Il n'y a qu'à lire entre les lignes les rapports officiels publiés par l'Agence...

Le *Commandante* était arrivé. On enfourna tout le groupe dans les trois Hummers et tout ce beau monde prit la direction de l'hôpital, toujours précédés des trois voitures de police, toutes sirènes hurlantes.

12

Ils arrivèrent à l'hôpital. On commença par leur faire visiter le service de Radiothérapie. C'était un des assistants du chef de service, le docteur Mariposa, qui avait été chargé de cette tâche. Tout était nickel : les locaux, tout neufs, avaient manifestement fait l'objet d'un grand nettoyage de printemps. Les machines, récentes, avaient été astiquées avec le même soin que les revêtements de sol. Le personnel était plutôt réduit, et semblait tétanisé. Luis-Felipe tenta gentiment de discuter avec une manipulatrice-technicienne. La réaction de la jeune fille le glaça; la peur se lisait dans ses yeux et elle balbutia péniblement quelques mots pour dire qu'elle n'avait pas été en charge des patients qui avaient eu un problème et que... Elle ne put aller plus loin : l'assistant l'avait interrompue.

— Ne vous inquiétez pas ! Nous allons vous donner tous les éléments disponibles dans quelques minutes, juste après cette visite. Et puis, vous savez, le personnel a été très peiné et choqué par ces incidents : ils ne sont pas bien placés pour vous répondre...

Alex maugréa, suffisamment fort pour que Patrick, juste à côté, puisse entendre :

— Il appelle ça des « incidents » !... Qu'est-ce qu'il appelle un accident, alors ?

La visite terminée, on les emmena dans une grande salle de conférence. Le docteur Mariposa prit place derrière une grande table, face à la salle où on avait fait asseoir les envoyés de l'AIEA.

Il commença :

— Chers collègues, tout d'abord, je suis chargé par notre ministre, le Professeur Andrès Vargas...

Alex se pencha vers Luis-Felipe ;

— Il est professeur, le ministre ?
— Pas à ma connaissance, mais cela fait mieux dans le tableau, non ?

Mariposa continuait.

— ... de vous accueillir et de vous remercier d'avoir accepté de faire ces longs voyages pour venir nous aider à gérer ce difficile et douloureux problème. De même, je vous souhaite la bienvenue de la part de notre directeur, le Professeur Rodillo, et aussi de la part du docteur Octavio Vargas, le chef de notre service de Radiothérapie...

Brad l'interrompit ;

— Je pense que nous pourrons rencontrer ce dernier...

La question posa manifestement un petit problème à Mariposa.

— En fait... malheureusement...

Brad tendit l'oreille.

— Malheureusement ?...
— Et bien malheureusement, je ne crois pas que vous pourrez rencontrer le docteur Octavio Vargas.

Alex fit l'imbécile.

— Il est malade ?
— Non, non, pas du tout ! Il n'est tout simplement... pas libre.

Luis-Felipe s'intercala.

— Il est en congrès ?

Mariposa commençait à transpirer plus que la normale. Il prit une grande inspiration.

— Le docteur Vargas avait prévu de prendre des... vacances, d'ailleurs bien méritées après tous ces ennuis. Et il pouvait difficilement les annuler. Donc, là, il est aux Bahamas, avec sa femme et ses enfants, mais vous savez, il a beaucoup travaillé pour tout organiser afin que vous puissiez disposer de tous, je dis bien absolument tous les éléments, pour que vous puissiez faire votre travail dans les meilleures conditions.

Le groupe n'eut pas un mot, mais les regards échangés n'avaient pas besoin de traduction phonique. Alex bouillait intérieurement : « Ce salaud dirige un service où plusieurs dizaines de malades sont été surdosés de façon mortelle, et il se tire en vacances aux Bahamas quand on lui envoie une mission de l'AIEA : on rêve ! ».

13

Le docteur Mariposa avait demandé à Brad comment le groupe d'experts souhaitait se répartir.

Brad, avec Alex, Victor et Luis-Felipe, souhaitait aller voir les patients. Laura, avec Patrick et William, se chargeraient de l'étude des dossiers techniques.

Le petit groupe des cliniciens suivit donc un autre médecin, qu'on leur avait présenté comme le Professeur Santas, le chef du service de chirurgie digestive. Ce dernier, à qui l'on donnait une bonne soixantaine, arborait une expression butée. Au premier abord, Alex se demanda si cela correspondait à une hostilité manifeste vis-à-vis des experts que l'Agence lui avait imposé. Alex avait déjà souvent vécu cette situation : les médecins en charge des victimes d'irradiation accidentelle ne voyaient pas toujours d'un très bon œil débarquer les experts de l'AIEA. Ces toubibs locaux, qui avaient le plus souvent conscience d'avoir fait du bon travail (ce qui était souvent le cas), considéraient, à tort ou à raison, qu'ils n'avaient pas de leçons à recevoir de ces spécialistes internationaux ou soi-disant tels, débarquant dans leurs services avec tambours et trompettes médiatiques... C'était pour cette raison qu'Alex et Patrick commençaient en général par « la jouer modeste », quitte à changer d'attitude si la situation le nécessitait.

En fait, Alex, Brad, Victor et Luis-Felipe découvrirent rapidement que l'expression agacée qui se lisait sur le visage du docteur Santas n'était pas dirigée contre eux. À peine eurent-ils tourné dans le premier couloir, hors de portée des oreilles du docteur Mariposa, que le vieux Professeur Santas se retourna vers ses collègues.

— Vous savez, nous faisons tout ce que nous pouvons ; mais franchement, en plus de quarante ans de carrière, je n'ai jamais vu ça !

Brad demanda.

— Vous avez dû prendre en charge combien de patients ?

— Actuellement, nous en avons dix-huit hospitalisés dans mon service de pathologie digestive ; nous avons dû faire sortir certains de nos malades et retarder des interventions pour leur faire de la place : nous avons déjà perdu douze de ces... surirradiés, et...

Alex remarqua l'hésitation.

— Et quoi, docteur Santas ?

Le vieux chirurgien prit une inspiration.

— Et bien, d'après ce que me racontent des collègues d'autres hôpitaux de Mexico, il y en a au minimum une bonne vingtaine d'autres qui sont hospitalisés dans d'autres services de la ville, mais ça, je ne suis pas censé le savoir, et vous non plus d'ailleurs.

Alex pensa très fort : là, Patrick aurait rajouté : « Si vous voyez ce que je veux dire... ».

Brad avait repris.

— Et vous pensez qu'il peut y avoir encore d'autres malades dans... dans la nature ou d'autres qui soient décédés sans qu'on le sache ? Après tout, tous ces pauvres gens avaient un cancer ; si ça se trouve, certains sont morts sans que l'on pense une seule minute à un possible accident, mais seulement à l'évolution de leur tumeur ?

— Ici, on ne me paye pas pour penser, Professeur Gettler, mais pour traiter les malades, et, dans le cas présent, en posant le moins possible de questions. Voilà, nous sommes arrivés.

Un jeune interne tout frêle, aux cheveux très noirs et mi-longs, l'air inquiet, attendait devant la porte d'une chambre, un dossier à la main. Santas s'adressa à lui.

— Carmino, comment va monsieur Aguilar ce matin ?

L'interne regarda son patron, puis les trois étrangers, puis de nouveau son patron. Santas comprit la muette interrogation.

— Ces gens sont là pour nous aider, Carmino ; tu peux parler sans crainte.

Le jeune se lança.

— Il est très mal, Monsieur. Sa diarrhée a redoublé, malgré tous les antidiarrhéiques que nous lui avons donnés ; et il se déshydrate rapidement.

— Vous le perfusez, pourtant, non ?

— Bien sûr, mais même en passant des litres et des litres, nous n'arrivons pas à compenser, et puis maintenant, la diarrhée est sanglante ; son hémoglobine était tombée à cinq grammes ! Avec les transfusions, nous sommes remontés à dix grammes, mais il continue à saigner.

— Et il a moins mal ?

— Je pense, mais pour ça nous avons dû augmenter les doses de morphine ; il souffrait vraiment beaucoup...

Alex demanda ;

— C'est le rectum qui saigne ? Je suppose qu'il avait été irradié pour un cancer de prostate ?

— C'est beaucoup plus que le rectum : nous lui avons fait une recto-coloscopie la semaine dernière ; tout le rectum, mais aussi le recto-sigmoïde au-dessus, saignent de façon diffuse ; nous avons trouvé des ulcérations très importantes de tous ces segments. Je n'en avais jamais vu de pareil. Ce sont sûrement ces ulcérations qui sont responsables des saignements actuels ; c'est d'ailleurs comme ça que nous avons perdu tous nos derniers patients ; des hémorragies digestives cataclysmiques...

Brad s'intercala.

— Avez-vous envisagé une solution chirurgicale ?

— Oui, bien sûr ; nous en avons discuté ; mais il faudrait enlever tout le rectum et le sigmoïde, et aussi la vessie : le patient saigne aussi dans ses urines. Ce serait une énorme chirurgie, avec les uretères et le colon à la peau, avec des poches partout... Et en plus, après cette radiothérapie, il y a toutes les chances qu'il y ait de sérieux problèmes de cicatrisation, voire pas de cicatrisation du tout. Franchement, nous avons reculé.

Brad se retourna vers Alex et Luis-Felipe.

— Vous en dites quoi, vous les radiothérapeutes ?

Alex se lança ;

— J'en dis que notre collègue a certainement raison ; sur un tel terrain, une chirurgie parait plutôt risquée, voire totalement dépassée... Et puis il faudrait quand même savoir quelle dose ils ont reçue...

Luis-Felipe tenta :

— Tu crois vraiment que l'on ne peut rien faire ? Même avec les techniques de lambeau épiploïque que tu as développées avec tes amis à Paris ?

Alex hésita ;

— Peut-être... On peut voir le patient ?

Santas acquiesça.

— Bien sûr. Venez.

Ils entrèrent dans la chambre. Comme le reste de l'hôpital, tout semblait neuf.

Alex, en apercevant le patient, eut un mouvement de recul. Il dira un peu plus tard à Luis-Felipe : « tu sais, quand on est entré, j'ai cru que le malade était mort ».

De fait, l'homme, relié à plusieurs flacons de perfusions et de transfusions, respirait à peine. Il était impossible de lui donner un âge ; peut-être entre cinquante et soixante ans : à part cela, une pâleur de cire, les yeux mi-clos, la bouche ouverte, et la peau sur les os.

Santas s'approcha et s'adressa au malade en espagnol.

— Cela va mieux, monsieur Aguilar ? Pas trop mal ?

L'homme entrouvrit les yeux ; le grognement qu'il adressa au vieux professeur pouvait passer pour un acquiescement. Santas pinça doucement la peau de l'avant-bras du malade : le pli formé resta en l'air quand il le lâcha. Santas se retourna vers l'interne.

— Carmino ; il est toujours déshydraté...

Le jeune interne se défendit ;

— Mais on n'arrête pas de le perfuser ! On est à plusieurs litres par jour ! C'est incroyable ce qu'il peut perdre par...
— Par les selles ? C'était Alex qui avait posé la question.
— Oui : on essaie désespérément de compenser...

Santas intervint.

— La seule fois où j'ai vu quelque chose d'approchant, c'est quand je travaillais en Afrique et que nous avions à traiter des cas de choléra.

Il était vrai qu'une odeur d'excréments flottait dans pièce, mal occultée par celle des désinfectants que l'on avait manifestement aspergés *larga manu* juste avant la visite des experts de l'AIEA.

Alex s'était approché du malade ; il se tourna vers Santas.

— Je peux l'examiner ?
— Bien sûr !

Le vieux chirurgien s'adressa doucement au pauvre patient en lui expliquant que le professeur français était venu de Paris pour l'examiner ; le pauvre hère eut comme un sourire de gratitude. Alex eut un peu honte ; il pensa très fort : « S'il savait qu'il faudrait un miracle pour le sortir de là... ». Il repoussa les draps pour découvrir l'abdomen. Au-dessous du nombril, la peau était noirâtre et desquamait.

— Au moins, il n'y a pas de radionécrose de la peau...

Santas répondit d'un air sombre ;

— Pour lui, non... Mais attendez de voir les autres...

Effectivement, le second cas renforça les trois envoyés de l'AIEA dans la conviction qu'ils avaient probablement affaire à l'un des plus graves accidents de radiothérapie jamais survenu dans le monde.

Il s'agissait d'une femme d'une cinquantaine d'année, qui les regarda entrer avec d'immenses yeux noirs enfoncés dans les orbites. Elle aussi avait dû perdre un bon tiers de son poids ; elle aussi présentait tous les stigmates d'une déshydratation.

Santas lui parla avec une grande douceur.

— Dolorès, ces docteurs étrangers sont venus de très loin pour nous aider à vous traiter. Ils vont vous examiner.

La même expression d'espoir et de gratitude illumina le visage de la patiente. Santas tira doucement le drap. Au-dessous du nombril, il y avait un épais pansement. Santas se tourna vers l'infirmière qui était entrée avec eux dans la chambre.

— Olivia, tu me donnes de quoi changer le pansement ?

La jeune infirmière courut chercher un plateau avec quelques instruments et des compresses stériles.

Santas se mit à enlever une à une les couches de compresses. Quand il enleva la dernière, Alex dut se mordre les lèvres pour ne pas laisser passer « Mais ce n'est pas possible ! ». La peau de toute la partie basse de l'abdomen antérieur avait disparu. Une fois le pansement enlevé, on plongeait directement dans le ventre de la malade, sur un magma sanguinolent qui devait correspondre aux intestins agglutinés.

Les trois amis se retrouvèrent dans le couloir, tandis que Santas était resté parler à la patiente.

Brad se tourna vers Alex et Luis-Felipe ;

— Là, cela dépasse mes compétences ; vous, les hyperspécialistes des cas horrifiques, vous croyez pouvoir faire quelque chose là-dessus ?

Alex tenta ;

— Franchement, je ne sais pas ; c'est vrai ; on a déjà réussi à fermer des plaies de ce genre...

— De cette taille ?

— Oui, même de cette taille ; oh, pas à tous les coups, mais pour l'accident de Corée, la radionécrose était à peu près comme cela chez quatre patients.

— Et si je me souviens bien, vous en avez sauvé deux.

— Exact : pas trop mal si l'on voit la bouteille à moitié pleine, et dramatique si on la voit à moitié vide...

14

La visite continua, alignant les victimes. Une bonne moitié agonisait et semblait déjà, selon l'expression consacrée, « au-delà de toutes ressources thérapeutiques ». Alex était de plus en plus effondré et Luis-Felipe tentait, avec sa douceur et sa gentillesse habituelle, de remonter le moral des malades encore conscients.

A treize heures, ils avaient vu dix patients. Santas leur proposa d'aller déjeuner dans un restaurant proche de l'hôpital. De façon unanime, Brad, Alex, Victor et Luis-Felipe tombèrent d'accord sur le fait qu'ils n'avaient vraiment l'état d'esprit à aller se remplir la panse. Un sandwich et un Coca-Cola pris dans le distributeur du couloir, avalés en trois minutes, firent l'affaire.

Ils poursuivirent tout l'après-midi. A dix-sept heures, ils s'affalèrent dans les fauteuils d'une petite salle de réunion.

Mariposa les rejoignit.

— Alors ? Quelles sont vos conclusions ?

Les quatre experts se regardèrent. Alex se tourna vers Brad.

— Vas-y, Brad, c'est toi le chairman du groupe !

Brad s'éclaircit la gorge.

— Nous avons examiné les dix-huit patients hospitalisés ici. Nous ne pouvons donc nous prononcer que sur ces dix-huit.

Mariposa joua l'étonné.

— Mais toutes les victimes sont ici ! Il n'y en n'a pas d'autres.

Brad ne releva pas.

— Pour ces dix-huit, nous en avons compté huit qui sont en état terminal, et qui vont malheureusement décéder dans les jours voire les heures qui viennent. Pour ceux-là, nous ne pouvons que conseiller de poursuivre le traitement palliatif qui a été institué, pour au moins soulager leurs douleurs pour ce qui leur reste à vivre...

Mariposa avait sorti un petit carnet.

— Bien. Je note. Et pour les autres ?

— Pour les dix autres, il est peut-être possible de leur proposer un traitement chirurgical, mais qui ne pourra être que très, vraiment très « lourd », comme on dit.

— C'est-à-dire ?

— C'est-à-dire qu'il faudra enlever tout ce qui est condamné à se nécroser : intestin, colon, rectum, vessie, utérus chez les femmes et prostate chez les hommes. Et nous serons contraints de proposer une colostomie, en essayant d'aboucher à la peau ce qui restera de colon ; la même chose pour les reins ; il faudra soit aboucher les uretères à la peau, soit mettre une sonde de néphrostomie directement dans les reins.

Mariposa notait fébrilement ;

— Cela signifie de très grosses interventions...

— Et ce n'est pas fini. Il faudra en outre faire des prières pour que tout cela cicatrise, car après ce genre de doses d'irradiation, même si l'on ne sait pas encore exactement ce qu'ils ont reçu, la cicatrisation est loin d'être acquise. Et puis pour couronner le tout, il faudra trouver une solution pour les patients dont la paroi abdominale a disparu.

— Vous avez des solutions ?

— Peut-être. Nous avons déjà géré ce genre de problèmes. Alex, tu en penses quoi ?

L'interpellé se gratta la tête ;

— Je pense... je pense que dans l'état actuel des malades, des greffes de peau simples ne feraient pas l'affaire. Il va falloir amener du tissu sain bien vascularisé.

Mariposa leva le nez de son carnet.

— Et on peut faire ça ?

— Peut-être ; avec de grands lambeaux musculo-cutanés pédiculés...

— Des... lambeaux ?

— Oui ; on transfère d'une seul tenant de grands morceaux de muscle, avec la peau dessus ; mais surtout, on garde les vaisseaux qui l'irriguent ; ce n'est pas facile, mais nous avons des équipes qui savent faire ça. On peut aussi transférer des lambeaux d'épiploon, de péritoine, pour commencer à boucher les trous, et on greffe de la peau dessus dans un second temps.

Mariposa avait à l'évidence un peu de mal à suivre.

— On la prend où, la peau ?
— En général, plutôt sur les cuisses ; mais soyons clair ; pour des cas comme ceux que nous avons vus, le succès n'est pas garanti !

Brad intervint ;

— Alex est trop modeste : avec son équipe à Paris, il a déjà réussi des sortes de miracles.

Brad prit brusquement conscience de la présence de Victor et se remémora la compétition amicale entre Paris et Moscou pour ces traitements. Il enchaîna.

— Quand je dis Paris, cela pourrait aussi se faire dans d'autres centres hyperspécialisés, comme celui de Victor à Moscou, ou dans quelques autres chez nous aux États-Unis. Je pense à Houston, ou à New-York...

Mariposa continuait à noter. Il leva la tête ;

— Mais cela pourrait aussi être fait au Mexique, non ?

Brad fut très clair ;

— Vous avez certainement d'excellents chirurgiens de reconstruction, mais ici, nous sommes devant des cas exceptionnels, et je suis certain que ces pauvres malades auraient plus de chances de s'en sortir si on les confie à des collègues qui ont déjà traité ce genre de cas exceptionnels.

Mariposa fronça le nez, mais continua à prendre note.

— Bien. Je crois que j'ai bien compris votre position. Je vais immédiatement en rendre compte... à mes supérieurs.

Les quatre experts de l'Agence se regardèrent. Ils n'eurent pas besoin de se parler. Il était évident que « l'exfiltration » hors du Mexique de certains de ces patients allait être compliquée...

15

Dix-huit heures. Le petit groupe des cliniciens retrouva les collègues qui avaient pris en charge l'analyse des dossiers.

Brad s'adressa à William, qui disparaissait presque sous une énorme pile de dossiers techniques.

— Vous allez pouvoir nous expliquer ce qui s'est passé ? Parce nous, de notre côté...

— Les malades sont très mal ?

— C'est le moins que l'on puisse en dire. Je n'avais encore jamais vu ça.

— Je crois que nous avons fini par comprendre, mais ce n'a pas été facile !

— Ils ne vous donnaient pas toutes les informations ?

— Si, enfin presque ; nous avions les dossiers techniques complets. Mais c'est le déroulement des évènements qui n'était pas clair.

— Et vous avez clarifié ?

— Nous pensons avoir saisi le processus... Mais pour ça, il nous a fallu pas mal de discussions « *off record* », avec certaines techniciennes, et aussi avec l'un des physiciens qui a accepté d'en dire un peu plus, mais en privé.

Alex commençait à s'impatienter.

— Si tu arrêtais de nous faire languir ? Dis-nous par quel miracle, ou plutôt par quelle aberration, ils ont réussi à balancer le double de la dose prévue à ces pauvres gens, et en plus sans s'en apercevoir un seul instant !

William ne se départissait jamais de son calme.

— Pour ce qui est de la dose, effectivement doublée par rapport aux prescriptions, cela parait maintenant clair : les physiciens, du moins les deux qui sont actuellement emprisonnés, ont fait une erreur grossière dans l'utilisation de leur logiciel.

Brad s'intercala dans la discussion.

— Donc, ce sont bien ces deux physiciens qui sont à l'origine de l'accident.

William tordit le nez.

— Si on veut...

Patrick vint à son secours.

— C'est vrai que ces deux physiciens ont fait une erreur, mais en fait, c'est un peu plus compliqué que ça !

Alex dansait d'un pied sur l'autre ;

— Les amis, le suspense est insoutenable ; c'est quoi l'erreur qui n'est pas vraiment une erreur ?

William gardait le calme olympien qui était chez lui une seconde nature.

— Attends un peu : si je vais trop vite, tu ne vas rien comprendre du tout ! Nous, on a mis la journée à trimer pour pouvoir enfin assimiler les données et clarifier les choses.

Alex maugréa.

— D'accord. Excuse-moi ; comme dirait Corneille : « Parle sans t'émouvoir ».

Patrick risqua ;

— C'est pas du Racine ?
— Attends, tu me mets le doute...

Brad s'énervait un peu : sa culture était conséquente, mais pas assez pour entrer dans les subtilités des grandes tragédies françaises classiques.

— Dîtes, les *Frenchies*, et si vous laissiez parler William ?

Le physicien belge continuait.

— Voilà : le logiciel de calcul de dose dont ils disposent ici est parfaitement capable d'intégrer des caches au milieu ou sur les bords des faisceaux d'irradiation...
— Heureusement !
— Alex !

Le rappel à l'ordre venait de Brad.

— Ça va ! Je me tais...

William poursuivait.

— Seulement voilà, leur logiciel n'est conçu que pour intégrer un maximum de quatre caches. En règle générale, cela suffit amplement, en particulier pour les caches à mettre en place pour traiter des tumeurs de l'utérus ou de la prostate. On met des caches dans les coins, pour mieux protéger le tube digestif. Pour les radiothérapeutes, on parle de faisceaux « en diamants », du fait de la forme obtenue. Jusque-là, ça va ?

Alex acquiesça mollement ;

— Je suppose qu'ils utilisaient deux grands faisceaux antéro-postérieurs.   On peut faire plus sophistiqué, mais admettons...

— Bien. Donc, jusqu'à l'année dernière, les physiciens utilisaient leurs quatre caches de façon assez classique, et tout était pour le mieux dans le meilleur des mondes. Mais cela a commencé à se compliquer quand le docteur Octavio Vargas, le patron du service, a demandé à ses physiciens de rajouter un grand cache de protection médian dans ses deux faisceaux antérieur et postérieur.

Alex avait sursauté.

— Un grand cache... médian ! Mais pourquoi ça ?
— Parce qu'il disait qu'il voulait protéger la cicatrice abdominale de l'intervention chirurgicale précédente, qui se situait précisément sur la ligne médiane...

Alex ouvrait de grands yeux et prit Luis-Felipe à témoin ;

— Mais c'est complètement idiot ! Si on met un cache au beau milieu des faisceaux, on cache la tumeur que l'on veut traiter ! Et les cicatrices ne nous ont jamais posé le moindre problème avec ce type de rayonnements !

Luis-Felipe confirmait.

— Je n'ai jamais rien vu d'aussi débile...

William reprit.

— Je vous laisse l'entière responsabilité de vos appréciations, mais effectivement, il nous semblait bien, à Laura, Patrick et moi, que cette décision était passablement... disons inadaptée. Il n'empêche que c'est cette demande, plutôt discutable, qui est à l'origine de tout.

Alex ne put s'empêcher d'interrompre de nouveau la démonstration.

— Le point de départ de tout ça, c'est la demande débile du chef de service ?

William sourit à moitié et continua sans répondre directement.

— Dans un premier temps, les physiciens vinrent voir leur patron pour lui expliquer, probablement très respectueusement, qu'ils n'étaient pas en mesure d'accéder à sa demande, puisque leur logiciel ne leur permettait pas de rajouter un cinquième cache.

— Et alors ?

— Alors, le Docteur Octavio Vargas est entré dans une colère noire, et a menacé de les mettre à la porte s'ils ne trouvaient pas dans les vingt-quatre heures une solution pour rajouter le cinquième cache qu'il demandait, ou plutôt qu'il exigeait.

Alex marmonna à l'oreille de Patrick.

— De plus en plus sympathique, le fils du ministre !

William continuait sa démonstration, cette fois-ci au tableau noir du fond de la salle.

— Je vous fais bref et je simplifie. Pour dessiner un cache de plus, nos pauvres physiciens, certainement terrorisés, ont inventé une manière de tromper leur logiciel. Au lieu de dessiner les caches un par un comme ceci était recommandé, ils ont dessiné un schéma sophistiqué qui dessinait un seul cache très compliqué qui réalisait la forme de ce qui leur avait été demandé.

William joignait le geste à la parole sur le tableau noir.

Luis-Felipe leva la main ;

— S'ils parvenaient de cette manière à tromper le logiciel, et si ça marchait, où est le problème ?
—Le problème, il est là !

William s'escrimait au tableau.

— C'est un problème de vectorisation ; il fallait bien qu'à un moment, nos physiciens referment leur trait, pour dessiner ce cache unique complexe ; d'accord ? Et bien, pour refermer la partie externe de ce cache, ils pouvaient partir soit dans le sens des aiguilles d'une montre, soit dans le sens inverse. Vous suivez toujours ?
— On croit que oui, mais heureusement que tu nous le dessines, sinon...
— Et bien, dans un sens cela marchait à merveille et le logiciel calculait la bonne dose, et dans l'autre sens, le logiciel

comprenait que l'on lui demandait deux fois la même chose et calculait une dose double ! Et nos pauvres collègues, au hasard, partaient tantôt dans un sens, tantôt dans l'autre, au hasard. C'est pour cette raison que tous les malades traités de cette façon n'ont pas été surdosés, ce que nous ne comprenions pas au départ : en fait, c'est à peu près un patient sur deux, au hasard, qui s'est retrouvé surdosé.

Luis-Felipe avait suivi avec attention.

— On n'aurait pas pu prévoir ?
— Pas évident.
— Mais toi, à Bruxelles, tu aurais pu faire dérailler ton logiciel de cette façon ?
— Non : j'aurais récupéré un message d'erreur qui aurait bloqué tout calcul.
— Et le logiciel mexicain, il n'a pas envoyé de message d'erreur ?
— Non, il n'a rien envoyé du tout ; et d'ailleurs ce n'était pas un logiciel mexicain ; c'était un programme acheté aux Etats-Unis, pas très cher...

Victor, jusqu'ici silencieux, s'était approché ;

— Donc c'est quand même une erreur des physiciens.

Alex s'intercala :

— Oui et non, Victor. Ces pauvres types n'auraient jamais essayé de forcer leur programme si on ne leur avait pas demandé d'introduire un cinquième cache.

Brad glissa.

— Ce cache que vous autres radiothérapeutes jugez aberrant ?

— Exact, et « aberrant » est plutôt sacrément gentil dans le contexte !

— Bon. Si je comprends bien, nous comprenons maintenant pourquoi ces pauvres gens ont reçu une dose double de ce qui était prescrit. Par contre, ce que je ne comprends pas, c'est comment les toubibs ne s'en sont pas aperçus. Avec des doses pareilles, les malades ont dû présenter très vite des réactions inhabituelles, non ? Cela aurait dû être repéré dès les premières consultations en cours d'irradiation...

William glissa doucement.

—Tu veux dire les consultations régulières en cours de traitement ?

—Oui, les consultations hebdomadaires ;

—Il n'y en avait pas.

—Hein ?

—Le Docteur Octavio Vargas ne faisait pas de consultations de surveillance en cours de traitement, que ce soit hebdomadaires ou autre. Il avait précisé à son service que cela ne servait à rien et faisait perdre un temps précieux.

Alex ouvrait de grands yeux.

—Mais toutes les recommandations internationales...

—N'étaient pas respectées dans ce service, sur décision du chef dudit service.

Là, c'était Laura, muette jusque-là, qui était intervenue. Elle poursuivit.

— En fait, c'est même pire que ça. Nous avons réussi à recueillir quelques confidences, au détour d'un couloir et loin des oreilles de nos interlocuteurs imposés. Et certaines techniciennes nous ont dit qu'elles avaient bien remarqué, et très vite, que certains ou certaines malades toléraient leur traitement beaucoup moins bien que d'habitude. Certaines avaient même osé en parler à Vargas.

— Et alors ?

— Et alors elles s'étaient fait agonir : Vargas leur a dit d'aller s'occuper de leurs fesses, et j'imagine qu'il a dû employer un terme plus cru, et a fait diffuser dans le service un message oral du type « Circulez, il n'y a rien à voir ! ».

Les cliniciens n'en croyaient pas leurs oreilles. Luis-Felipe tenta d'intervenir :

— Quand même, au cours des consultations de surveillance *après* le traitement, Vargas a bien dû noter quelque chose dans les dossiers ?

William désigna les énormes piles de documents entassées devant lui.

— Nous n'avons rien retrouvé du tout dans les dossiers. Dans la plupart, il n'y a eu aucune consultation de surveillance après l'irradiation. Dans certains, on trouve deux ou trois mots griffonnés à la va-vite pour dire que tout va pour le mieux dans le meilleur des mondes...

Alex levait les yeux au plafond.

— C'est pas possible...

Laura se retourna vers lui.

— Alex, je te jure bien que nous n'avons rien inventé !

— Ça, je te crois ! C'est pas inventable...

Depuis quelques minutes, Brad s'était assis et prenait des notes.

— On m'a fait dire que le ministre ...

— Le Vargas père ?

Le ton d'Alex laissait peu de doutes sur le peu de considération qu'il octroyait à la famille Vargas.

— Oui, le ministre-professeur Andrés Vargas. Il organise une conférence de presse ce soir à 20 heures. Il veut un rapport préliminaire de notre part. Dans le contexte, je vais essayer d'être le plus bref et le plus clair possible. Je crois que nous sommes tous d'accord sur les points suivants ; si ce n'est pas le cas, vous m'arrêtez tout de suite, *OK* ?

Tout le monde acquiesça.

— Donc ; point numéro un : les physiciens ont fait une erreur en utilisant de manière inadéquate leur logiciel de calcul. Cette erreur découlait directement d'une demande inappropriée d'addition d'un cache supplémentaire par l'un des médecins du service. D'accord ?

Hochements de tête d'approbation de l'ensemble du groupe.

— Je continue : point numéro deux : l'absence de consultation en cours de traitement a rendu impossible le diagnostic du problème, à un moment où on aurait pu réduire les conséquences, en arrêtant le traitement en cours. D'accord ?

De nouveau acquiescement silencieux général.

— Point numéro trois : les consultations de suivi après le traitement, soit n'ont pas été trouvées dans les dossiers, soit n'ont pas permis de diagnostiquer les problèmes. Un diagnostic plus précoce aurait peut-être permis de proposer des traitements plus efficaces.

Alex tordit le nez.

— Ça, ce n'est pas certain. Il faut être honnête ; avec un surdosage pareil, la messe était dite !

Brad le regarda en levant un sourcil.

—Tu as dit ?

Il faut dire qu'Alex avait traduit littéralement en anglais l'expression française, erreur classique ; la traduction mot à mot de ce genre de formules débouchait la plupart du temps sur quelque chose de strictement incompréhensible dans la langue de Shakespeare.

— Excuse-moi ; je voulais dire qu'à ce stade, le mal était déjà fait et qu'il aurait été de toute façon très difficile de traiter efficacement la plupart de ces gens.

Brad raturait son texte.

— Bon, je vais moduler en insistant sur le « peut-être » ; *OK* Alex ?
— OK pour moi.
— On continue. Point numéro quatre : plusieurs victimes sont au-delà de toutes ressources thérapeutiques, mais notre groupe a identifié dix malades qui pourraient éventuellement bénéficier d'un transfert rapide dans un centre étranger hyperspécialisé. *OK* ?

Alex, Patrick et Victor parlèrent d'une seule voix.

— OK pour nous !

—Bien. Je mets ça noir sur blanc et je donne cela à Mariposa avec quelques indications verbales complémentaires. On se retrouve à vingt heures pour la conférence du ministre ?

16

C'était une grande salle toute en longueur que l'on avait quasiment vidée.

Au beau milieu trônaient un bureau et un fauteuil ministre, ce qui semblait adapté à la situation. Sur le bureau, un micro.

A cinq ou six mètres derrière le bureau, une large bande jaune fluo avait été collée au sol. On indiqua aux experts de l'AIEA qu'ils devaient se tenir debout derrière cette ligne, en retrait du ministre. Alex nota qu'aucun micro n'était prévu à ce niveau.

Devant le bureau, mais cette fois-ci à une bonne dizaine de mètres, c'était une large bande fluo rouge qui avait été collée au sol.

Le groupe d'experts, à l'ouverture des portes situées en face d'eux, vit débouler une horde de journalistes et de photographes qui s'entassèrent derrière la bande rouge. Une impressionnante batterie de téléobjectifs et de caméras vidéo sur trépieds se mit en place.

Le *Commandante,* son lieutenant et une douzaine de soldats veillaient à ce qu'aucun orteil de journaliste ne dépasse de la ligne rouge fatidique.

Et tout ce beau monde attendit... Assez longtemps.

Alex glissa dans l'oreille de Brad, planté à côté de lui :

— Tu as pu voir le ministre ?

— Non ; je n'ai pu que donner mon texte à Mariposa ; il voyait ensuite Vargas et ses conseillers.

— Dis, dans une conférence de presse, il y a des questions, non ? On est censé répondre ?

— Mariposa m'a dit que nous n'aurions pas à parler. En fait de « conférence de presse », je crois avoir compris que cela va davantage ressembler à une sorte de déclaration officielle du ministre, sans question ni discussion.

— Intéressant...

Ils attendirent encore, dansant d'un pied sur l'autre pour éviter les crampes.

Ce n'est qu'à vingt heures trente bien sonnées que le Docteur Mariposa entra et annonça avec ce qu'il semblait nécessaire d'emphase :

— Monsieur le Professeur Vargas, ministre de la Santé !

Les militaires se mirent au garde à vous.

Le groupe de l'AIEA, en rang d'oignon derrière sa ligne jaune, avait compris qu'il était là dans le rôle du rideau de fond de scène pour la beauté des photos officielles.

En fait, il se passa encore deux bonnes minutes avant l'entrée du ministre.

Le Professeur Vargas entra enfin.

La cinquantaine svelte, portant beau, tiré à quatre épingles, le cheveu et la fine moustache noire soigneusement gominées, le ministre avait des allures de playboy latino sur le retour. D'emblée, Alex le trouva antipathique.

Les flashs crépitèrent et cela jacassait un peu du côté des journalistes. Le *Commandante* les rappela sèchement à l'ordre.

— Un peu de silence ! Monsieur le Ministre va faire sa déclaration !

Vargas s'était assis derrière le bureau. De ce fait, il était le seul assis de toute la salle.

Il prit son temps pour s'installer, se donnant un air grave et un peu affecté. Il en faisait même un peu trop...

Il sortit lentement de sa poche intérieure de veste deux feuilles dactylographiées qu'il déplia soigneusement et posa devant lui.

Il tapota sur le micro pour s'assurer que tout était bien branché et se racla la gorge. Manifestement, il soignait ses effets. Il commença enfin.

— Messieurs les experts de l'Agence Internationale de l'Energie Atomique, Messieurs les journalistes...

Laura glissa dans l'oreille de Luis-Felipe.

— Encore un macho débile ; il n'a pas vu qu'il y avait des femmes derrière ses lignes jaune et rouge de merde ?

Luis-Felipe sourit ; avec le temps, il s'était habitué à entendre sortir des horreurs de la bouche de la belle Canadienne.

Le ministre poursuivait.

— Tout d'abord, je tiens ici à remercier, au nom de notre président et en mon nom propre, tous les membres de la délégation de l'Agence de Vienne, qui sont venus, certains de très loin, pour nous aider à élucider le drame qui touche actuellement notre pays, et pour apporter leur aide irremplaçable au traitement des malheureuses victimes de l'accident qui endeuille aujourd'hui notre capitale et notre pays tout entier.

Patrick se pencha vers Alex ;

— Jusque-là, ça va...

Alex ne put s'empêcher de susurrer :

— Un peu pompeux, non ?
— C'est la règle... Attends la suite.

Vargas poursuivait.

— Grâce au travail effectué par nos spécialistes mexicains et nos collègues de l'AIEA, nous avons pu comprendre comment ce drame affreux a pu survenir, et ce malgré toutes les mesures et les précautions prises depuis des années par notre ministère pour éliminer tout risque d'accident lors de l'utilisation de radiations ionisantes dans le domaine de la santé...

Alex marmonna pour lui-même.

— Là, il s'avance un peu, le bellâtre.

Le ministre continuait

— Après une longue journée de travail, les experts internationaux ont intégralement confirmé le diagnostic qui avait déjà été porté par les spécialistes de notre pays sur les causes de l'accident de radiothérapie survenu dans cet hôpital.

Patrick levait un sourcil.

— Ah bon ? Je ne dois pas avoir tout bien compris...

Le Professeur Vargas s'animait progressivement et sa voix prenait un ton plus mélodramatique.

— Les responsables de cette lamentable et terrible erreur, une erreur qui a coûté la vie à plusieurs malheureux malades qui venaient ici chercher la guérison de leur cancer, ce sont deux physiciens du service de radiothérapie. Ce sont eux qui, en se trompant dans l'utilisation de leur programme informatique, ont calculé une dose *double* de ce qui avait été prescrit par les médecins du service, avec les conséquences tragiques que l'on sait. Messieurs, nous vivons dans un pays où les responsables de telles fautes doivent être jugés et punis de façon exemplaire. Ces deux tristes personnages ont d'ailleurs été immédiatement emprisonnés. L'un deux, rongé par le remords, n'a pas attendu son jugement et s'est pendu hier soir dans sa cellule...

Les experts de l'AIEA se regardèrent effarés. Personne ne leur avait parlé de ce suicide...

Vargas haussait progressivement le ton.

— Les experts de l'Agence de Vienne ont pu établir que rien, absolument rien, ne pouvait être, par contre, retenu contre les médecins du service de radiothérapie, qui ne se sont jamais départis, dans cette situation dramatique, d'une attitude exemplaire. De même, rien ne peut être reproché à l'administration de cet hôpital, qui avait tout mis en œuvre pour que de telles dérives ne puissent jamais survenir.

Alex en avait le souffle coupé.

— J'avais déjà vu mentir avec aplomb, mais alors là !

Le *Commandante* lui jeta un regard noir. Alex préféra se taire... Vargas poursuivait imperturbable.

— Nos amis de l'AIEA nous ont aussi confirmé que les traitements mis en œuvre pour tenter de sauver ces malheureux patients étaient parfaitement adaptés. Ces traitements vont donc se poursuivre à Mexico, en bénéficiant des conseils des experts internationaux, qui ont établi qu'il n'était pas nécessaire de les envoyer dans d'autre pays pour les faire traiter.

Brad, Alex, Patrick et Luis-Felipe se jetèrent des regards ahuris. La proposition de Brad de prendre en charge les dix patients sélectionnés par le groupe se heurtait donc à une fin de non-recevoir ferme et définitive.

Vargas terminait.

— Je forme tous mes vœux pour que les efforts mis en œuvre en commun puissent mener à la guérison complète et rapide de nos malheureux malades. La presse, Messieurs les journalistes, sera bien entendu tenue régulièrement au courant de l'évolution de cet accident, qui, soyez-en certains, n'aura plus jamais son équivalent dans notre pays. Soyez également certains que le responsable encore en vie devra rendre compte de ses actes devant les tribunaux de notre pays et ceci dans les meilleurs délais.

Messieurs, je vous remercie.

Le ministre se leva. Sous les crépitements des flashs, il vint serrer longuement la main de chacun des experts de l'AIEA ; la mise en scène avait été soigneusement préparée; difficile de se défiler... Et après cela, photos à l'appui, Vargas aurait beau jeu de se targuer du soutien total et complet de la délégation de l'Agence.

17

Mariposa emmena le groupe d'experts dans une pièce attenante. Le ministre les y attendait.

— Messieurs, Madame (Il venait apparemment de se rendre compte de la présence de Laura), je tiens de nouveau à vous remercier, cette fois-ci en privé, d'avoir accepté de venir nous aider dans ces temps difficiles. Vous avez entendu que j'ai tenu compte, dans toute la mesure du possible bien entendu, de vos recommandations. Bien sûr, je n'ai pas pu les retenir toutes ; ce qui est parfois médicalement justifié n'est pas politiquement possible, et dans ma position je me dois de tenir compte des impératifs politiques de mon pays. Je suis certain que vous pouvez me comprendre. Je ne doute pas, d'ailleurs, que le rapport que vous allez rédiger pour l'AIEA cadrera très exactement avec ma déclaration officielle...

Il attendit un moment, mais aucun membre du groupe ne souhaitait manifestement prendre la parole. Vargas prit ce silence pour un accord tacite et poursuivit.

— Je tenais réellement à vous exprimer notre reconnaissance. Vous trouverez ce soir en rentrant dans vos chambres quelques modestes cadeaux. Et puis il nous reste le problème de la journée de demain. En fait, vous avez abattu un travail énorme en moins de temps que prévu, alors que je sais que l'AIEA vous avait planifié une journée de labeur de plus. Il n'est pas question de vous laisser un jour entier à attendre dans cet hôtel, aussi luxueux soit-il.

Alex pensa très fort : en fait, notre star latino doit se dire intérieurement : « Et il n'est pas question de laisser ces empêcheurs d'irradier en rond continuer à fouiner dans nos dossiers ; on ne sait pas ce qu'ils seraient encore capables d'y trouver !».

— Il serait par ailleurs difficile de pouvoir vous trouver à tous... et toutes... des billets de retour dans des conditions acceptables, et je ne le souhaiterais pas : un retour qui aurait les apparences de la précipitation pourrait être mal interprété ici... Je pense que vous connaissez la presse...

Vargas levait les yeux au ciel d'un air entendu.

— Alors je souhaite vous offrir et vous organiser une fin de séjour la plus agréable possible. Je pense qu'aucun d'entre vous ne connait Cholula. Ce site aztèque est moins connu, et un peu moins spectaculaire que Teotihuacan, mais vaut le détour, ne serait-ce que par sa situation, juste au pied du Popocateptl. Donc demain matin à sept heures, des voitures viendront vous chercher pour vous emmener à Cholula. C'est d'accord ?

Personne ne moufta.

— Et bien alors, *buenas noches* à tous et de nouveau *muchas gracias* !

Vargas tourna les talons et sortit, suivi comme son ombre du Docteur Mariposa, laissant les experts seuls dans la pièce.

C'est Brad qui rompit un silence qui devenait pesant.

— Cela ne va probablement pas plaire à son Excellence, mais sauf avis contraire de votre part, je n'ai personnellement pas l'intention de dévier d'un pouce de ce que nous avions convenu pour la rédaction du rapport. Des commentaires ?

Patrick se lança.

— Aucun, bien entendu : de toute façon, qu'est-ce que l'on risque, nous, à déplaire au ministre et à son ami le président ?

C'est Luis-Felipe qui lui répondit.

—Pas grand-chose ; par contre, au prochain accident, il y a toutes les chances pour qu'ils demandent qu'on leur envoie des experts plus... disons compréhensifs.

—Il y a surtout toutes les chances pour qu'ils oublient purement et simplement de signaler quoi que ce soit à l'Agence !

Là, c'était Alex qui avait complété.

Laura risqua.

— Ceci dit, on ne peut vraiment rien faire de plus pour ces pauvres malades ?

Alex ne se faisait plus beaucoup d'illusions.

— À partir du moment où on nous refuse de les transférer, et si on ne tient pas compte de nos conseils, on est plutôt limités, non ?

— C'est dégueulasse...

— Je suis bien d'accord avec toi, Laura, mais qu'est-ce que tu veux faire ?

— Mettre les deux pieds dans le plat avec notre rapport, et les agiter frénétiquement !

— Là, je crois que l'on peut faire confiance à Brad, et on signera tous autant que l'on est.

Brad acquiesça.

— D'accord à 100 %. Je ne ferai pas de cadeau. Je vous transmettrai mon premier jet dès que je pourrai. On fait comme d'habitude : si je n'ai pas de réponse de votre part sous quinze jours, je considère que vous êtes d'accord et je transmets le rapport à l'AIEA pour publication. L'idéal serait de pouvoir envoyer le rapport dans trois à quatre semaines, pas plus.

Patrick leva la main.

— Et avec le programme imposé de la partie touristique de demain, on fait quoi ?

Brad eut une moue ennuyée.

— Je crois que l'on n'a pas trop le choix ; ce n'est pas vraiment le moment de rajouter un incident diplomatique... Luis-Felipe, qu'est-ce que tu en penses ?

— Je suis d'accord avec toi, et puis Cholula en vaut la peine.

Victor, qui n'avait pas ouvert la bouche depuis des lustres, demanda :

— Vraiment ? Je n'ai jamais entendu parler de ce... cette ville ?

Luis-Felipe se sentit le devoir de défendre les cultures pré-hispaniques ;

— C'est vrai que Cholula est beaucoup moins connue que Teotihuacan, mais c'était l'une des villes les plus sacrées des cultures pré-aztèques ; la ville de Quetzalcoatl, le Dieu-serpent à plumes. On trouve là-bas la plus grande pyramide, en volume, jamais érigée par l'homme. Quatre cents mètres de côté à la base, pour un volume total de deux à trois fois la pyramide de Khéops. D'accord, elle est moins impressionnante que les pyramides égyptiennes ou même que la pyramide du soleil à Teotihuacan, parce qu'elle est plus aplatie ; elle ne fait « que » soixante-six mètres de hauteur. Et puis, elle est encore partiellement recouverte de végétation. De loin, on pense plutôt qu'il s'agit d'une colline, au sommet de laquelle on a construit une église...

Patrick s'informa.

— Et ça se visite, ça ?
— Certaines structures des flancs ont été dégagées ; en particulier une grande volée d'escaliers sur un des côtés, je crois au nord.
— Et l'intérieur ?
— Cela dépend de ce que tu appelles l'intérieur : en fait, les peuples qui se sont succédés sur ce site ont construit pas moins de cinq pyramides superposées, chacune venant en quelque sorte « coiffer » la précédente. Quand on a com-

mencé à fouiller, on est tombé sur les interstices entre les différentes couches, qui ne sont pas des couloirs à proprement parler, mais que l'on peut visiter. Et puis, les Mexicains ont carrément creusé des tunnels, à la recherche d'on ne sait quel trésor, qu'ils n'ont jamais trouvé d'ailleurs.

— Et on peut visiter ces tunnels ?

— Seulement une toute petite partie est ouverte aux touristes. Mais si l'on est dans les petits papiers du curé de l'église, on peut se promener dans au moins cinq kilomètres de tunnels au beau milieu de l'édifice. Et il se trouve que j'avais bien sympathisé avec le *Padre* Antonio l'an dernier, quand je suis venu avec deux de mes petits-enfants.

Brad manquait un peu d'enthousiasme.

— C'est vraiment parce que l'on n'a pas le choix… Penser que l'on en est réduit à faire du tourisme alors que…

Alex compléta.

—… alors que l'on n'a pas été capables de sortir les patients des griffes de ces politicards ?

— Exactement ; mais ils ne perdent rien pour attendre ! Bien : bonne nuit à tous.

— *Good night, Brad !*

Chacun regagna sa chambre.

Dans une pièce à côté, l'homme enleva ses écouteurs et arrêta son magnétophone.

18

Un peu fourbu, Alex ouvrit la porte de sa chambre.

Une jeune femme de chambre était en train de préparer son lit. Alex se dit que la mini-jupe de la soubrette était vraiment très courte, mais il ne se sentait pas autorisé à porter un jugement sur les tenues vestimentaires du personnel hôtelier mexicain.

Sur le grand bureau à côté de la télévision était posée une énorme corbeille enrubannée, débordant de fruits divers. « Le cadeau de Vargas », pensa Alex. Accrochée à la corbeille, il y avait une enveloppe. Il en sortit une carte avec les remerciements renouvelés du ministre, ainsi que quatre billets de 500 euros... Alex eut une furieuse envie de les réadresser illico presto à l'envoyeur, mais il se dit qu'après tout, toute peine méritait salaire... Comme ses collègues avaient probablement trouvé dans leur chambre le même type d'enveloppe, il décida d'en rediscuter avec eux le lendemain matin.

Il se retourna.

La femme de chambre, une brunette plutôt mignonne, avait retiré le dessus de lit... et sa mini-jupe par la même occasion. Vêtue d'un simple chemisier transparent pour le haut et d'un string minimaliste pour le bas, elle toisait Alex avec un sourire désarmant.

— *Le gusta ?*

Alex n'intégra pas tout de suite.

— Me gusta ? ça... ça me plait ? Oui... en fait non... c'est-à-dire que...

La jeune fille ne paraissait pour le moins pas farouche et semblait s'amuser.

— *Soy parte del regalo !*
— Vous êtes... Une partie du... du regalo ? Du cadeau ?

Alex comprit enfin.

— Aaah... oui, je vois ! Ecoutez, c'est vraiment très gentil, mais...

Le visage de la mignonne s'assombrit.

— Moi je pas plaire à vous ?
— Mais si... non... mais ce n'est pas le problème.
— *El problema ? Qué problema ?*

Alex continua en espagnol.

— Ce n'est pas ça ! Tu... Vous êtes très jolie, mais vous savez, je suis très fatigué, et puis je n'ai vraiment pas la tête à...
— À faire l'amour avec moi ?

Alex prit une grande inspiration.

— C'est ça. Je vous remercie beaucoup, mais... pas ce soir : il vaut mieux que vous rentriez chez vous.

À la grande surprise d'Alex, la jeune fille éclata en sanglots, laissant le Français tout décontenancé.

— Mais qu'est-ce qui se passe ? Pourquoi...?

La mignonne tentait de s'expliquer.

— Si... Si (sanglots) vous ne voulez pas de moi, mon client... (gros sanglots)... ne sera pas content du tout... et... je ne serai pas payé et... il va me punir (très gros sanglots)...

Alex n'avait pas prévu ce genre de rebondissements. Il eut une inspiration.

— J'ai compris ; et bien ce n'est pas grave ; restez ici pour la nuit, mais c'est tout ; vous lui raconterez ce que vous voudrez, à votre... client.

Il crut que la brunette allait lui sauter au cou de reconnaissance.

— Oh ! Merci ! Merci beaucoup ! Vous, vous êtes gentil ! Je ne vous gênerai pas : je vais dormir sur le canapé.

Alex tentait de gérer l'imbroglio.

— Non, quand même pas. Regardez, le lit est très large ; un « King size » ou même un « Super king size » ; vous pouvez dormir d'un côté ; vous ne me gênerez pas du tout !
— Vous êtes adorable ! Je vais prendre une douche...

La jeune fille fila vers la salle de bain, le fessier, qu'elle avait plutôt mignon, à peine occulté par le string-ficelle...

Alex se secoua, passa un pyjama et se coucha. La jeune pseudo-soubrette vint en faire de même, prenant bien soin de se positionner à l'autre bord du grand lit.

— *Buenas noches y muchas gracias !*

Alex s'endormit comme une masse. La journée avait été rude et bien remplie. Victime du décalage horaire, il se réveilla en pleine forme à trois heures du matin. Il constata qu'une partie sensible de son anatomie se trouvait être également en pleine forme ; il aurait eu du mal à cacher une érection matinale particulièrement impressionnante... Il jeta un coup d'œil à la brunette de l'autre côté du lit ; elle dormait du sommeil du juste. Alex se surprit à avoir quelques pensées coupables ; et si la mignonne se réveillait... et lui faisait des avances...? Mais la brunette ne se réveilla pas, et il se rendormit.

Quand il émergea trois heures plus tard, il était seul dans la chambre. De l'autre côté du lit, il trouva un petit morceau de papier où avait été griffonné à la hâte :

— *De nuevo, Muchas gracias, Señor !!*

19

Alex rejoignit ses amis au petit-déjeuner.

Il réalisa rapidement qu'il n'avait pas été le seul à bénéficier des « cadeaux » de l'ineffable professeur Vargas.

Brad, Patrick et Luis-Felipe étaient justement en train d'en discuter sans complexe aucun. Un peu à part, Laura et Victor étaient lancés dans une grande discussion qui semblait avoir plutôt à faire avec les évènements de la veille, si l'on en jugeait par l'énervement manifeste de la grande Canadienne.

Patrick s'amusait :

— Bien sûr que j'ai renvoyé la fille : vous vous rendez compte : si jamais Jeanne avait appris ça, elle m'aurait arraché les yeux à la petite cuillère, et à mon avis, cela doit faire très mal, de se faire arracher les yeux à la petite cuillère !

Brad avait eu une raison beaucoup plus prosaïque de refuser les avances de sa « femme de ménage » :

— Oh moi, j'avais bien trop mal au crâne, malgré deux grammes d'aspirine !

Quant à Luis-Felipe, il était tout sourire.

— Quant à moi, la simple idée d'être filmé me retire tous les moyens !

Alex, qui arrivait, ouvrit de grands yeux :

— Qu'est-ce que tu dis ? Comment ça, « filmé » ?

Luis-Felipe était hilare.

— Parce que tu imagines que ce genre d'ébats restent discrets ? Pas du tout ; la plupart du temps, il s'agit d'une technique éprouvée, et d'ailleurs fort efficace. On t'envoie une mignonne plutôt aguichante, et tes activités nocturnes sont proprement enregistrées, au cas où cela pourrait servir par la suite. Ce genre de vidéo est toujours susceptible de trouver preneur et d'avoir un succès certain auprès d'une épouse, ou d'un employeur, ou les deux. Tu es peut-être encore un peu naïf, Alex.

L'interpellé restait pantois.

— Ça alors, si j'avais su...

William, sa tasse à la main, s'était approché.

— Moi, je lui ai dit de sortir tout de suite, et elle avait l'air bien ennuyé.

Luis-Felipe se tourna vers lui.

— C'est normal, elle n'a pas réussi à ramener à son client une magnifique vidéo plus ou moins pornographique et elle n'a certainement pas eu les félicitations du commanditaire de l'opération.

—Et d'après toi, c'était qui le commanditaire ?

—Pour les suspects, on n'a que l'embarras du choix, non ? À commencer par l'affreux Vargas, probablement prêt à tout pour nous faire chanter pour obtenir un rapport correspondant à ses souhaits, mais cela pourrait aussi être le personnel de l'hôtel, qui ne doit pas gagner des milles et des cents, et qui trouve peut-être ce moyen pour arrondir les fins de mois ...

Alex réalisa.

—Mais moi, j'ai gardé la fille la nuit, mais je n'ai rien fait avec elle !

Luis-Felipe lui répondit.

— C'était plutôt gentil ; tu lui as laissé la possibilité d'expliquer à son commanditaire qu'il s'était passé des choses inavouables dans le noir.

Alex pensa à son épisode érectile des trois heures du matin et se dit que son ami péruvien avait décidemment beaucoup d'intuition.

Patrick s'était tourné vers Brad et désignait Laura et Victor, qui continuaient à discuter avec de grands gestes.

—Et eux, tu crois qu'ils y ont eu droit ?
—C'est plus que probable.
—Et Laura, ils lui ont envoyé quoi ? Un bonhomme ou une fille ?
—Si leurs services de renseignements sont au point, je dirais qu'ils lui ont envoyé le même type de soubrette qu'à nous...

20

Le couloir était étroit, mais assez haut. On l'avait creusé dans la masse de la pyramide en lui donnant cette forme en voute très aiguë, typique des architectures aztèques ou mayas.

Le groupe avait quitté la partie « touristique », éclairée à intervalle régulier par des lampes électriques, pour pénétrer dans les portions de tunnel habituellement réservées aux archéologues.

Cette partie-là n'était pas éclairée et l'on avait fourni à chacun une lampe frontale. En tête, leur expliquant les passages successifs à travers les empilements des cinq pyramides, marchait le *Padre* Antonio, la soixantaine maigre et le cheveu tout blanc. Le groupe l'avait récupéré comme guide, après avoir visité son église blanche et orange qui trônait au sommet de la colline-pyramide.

Le tunnel buta brutalement sur un énorme bloc de granit. Le *Padre* commenta.

— Ce bloc-là, on n'a jamais pu l'entamer avec nos burins, et on ne pouvait pas acheminer ici des moyens techniques plus performants ; alors, on l'a contourné...
— C'est quoi, ça ?

De fait, une sorte de cliquetis, qui venait de s'élever d'on se savait trop où, intriguait Alex.

William répondit immédiatement.

— On dirait un Geiger-Müller.

Alex leva un sourcil :

—Il y a quelqu'un qui a un Geiger, ici ?

Patrick eut l'air un peu gêné.

— Ben... Moi.

Tout le monde se retourna vers lui. Alex désigna le sac à dos de son ami ;

—Ne me dis pas que tu te balades partout avec un Geiger-Müller allumé !
—Non, pas du tout ! J'emmène toujours mon Geiger car je pense que je peux en avoir besoin, mais pas allumé, si tu vois ce que je veux dire !
— Et il est éteint, là, avec le bruit qu'il fait ?
— J'ai dû oublier de l'éteindre...

Brad les coupa.

— Attendez, qu'est-ce que vous enregistrez, là au juste ? C'est de l'irradiation naturelle à cause de la masse de granit ?

Patrick avait sorti l'appareil de son sac et regardait le cadran, éclairé par sa lampe frontale.

— Ça me parait un peu beaucoup pour du naturel, et puis, cela ne détectait rien il y a cinq minutes, et il y avait déjà un sacré paquet de pierre tout autour de nous, non ?

Alex observait l'appareil.

— Là, on est à environ 1 millisievert par jour, soit 360 à l'année. Les copains, on est au-dessus des normes, même pour des professionnels comme nous ! Dites, *Padre*, on a utilisé la pyramide pour y entreposer des déchets radioactifs ?

Le *Padre* Antonio paraissait quelque peu déstabilisé.

— Non, bien sûr que non. Nous n'avons qu'une seule centrale nucléaire dans notre pays, à Laguna Verde, et ce n'est pas du tout dans cette région...

Brad risqua :

— Et pas de déchets radioactifs d'origine médicale non plus ? De vieilles sources de Cobalt 60, ou de Césium 137, par exemple ? Nous sommes habitués professionnellement à retrouver ce genre de choses dans des endroits souvent improbables...
— Ce n'est pas du Cobalt 60, et pas plus du Césium 137, Brad.

Tout le groupe se retourna d'un bloc. C'était William qui venait d'intervenir. Ses yeux étaient rivés sur un appareil qu'il venait de sortir de son sac à dos.

Patrick s'esclaffa :

— Mais c'est pas vrai ! Toi, tu te promènes partout avec un spectromètre ?

— Tu ne te sépares jamais de ton Geiger ; je ne vois pas pourquoi je me séparerais de mon spectromètre.

— D'accord ! Et il dit quoi, ton spectro ?

— Il faut que je le branche sur mon ordinateur : en tout cas, cela ne ressemble pas du tout à du Cobalt ou du Césium, pour répondre à Brad.

William posa son sac à dos et en sortit un mini-ordinateur. Il brancha son spectromètre.

Les collègues avaient fait cercle autour de lui. Un peu en retrait, le brave *Padre* se demandait bien ce que fabriquait ce curieux assemblage de scientifiques aux allures de professeurs Nimbus...

Les doigts de William volaient sur le clavier.

— Bon, on y est. C'est bien ce que je pensais : nous avons là un véritable cocktail de radioéléments.

Victor n'avait pas bien saisi.

— Un... Cocktail ?

— Une gamme, une série, un choix, plusieurs radio-éléments.

Alex fixait l'écran.

— Et tu peux les identifier ?

— Je fais ce que je peux. Attends... Bon, là, on a de l'Uranium 238.

— Ça, c'est du naturel.

— D'accord, mais pour cracher ce débit de dose, cela suppose une concentration qui n'est pas habituellement naturelle...

— Et tu détectes autre chose ?

— Oui. Ici, c'est le spectre du Neptunium 237.

— Pas banal !

— Pas vraiment ; là, on a le spectre d'un iode...

— De l'iode 131 ?

— Non, de l'iode 129.

—Encore autre chose ?

— Oui ; du césium...

Tu disais qu'il n'y en avait pas !

— Il n'y a pas de Césium 137, mais il y a du Césium 135.

Patrick se grattait la tête.

— C'est dingue ! Les amis, je ne sais pas si vous avez remarqué, mais il y a un point commun à tous les éléments que vient de nous énumérer William...

Laura se risqua.

— Des périodes très longues ?

— Exact. Si je me souviens bien, toutes les demi-vies des radioéléments cités sont de plusieurs millions d'années.

William continuait à pianoter sur son clavier.

— Au cas où vous l'auriez oublié ; la période, ou demi-vie de l'Uranium 238 est de 4,5 milliards d'années, celle du Neptunium 237 de 2 ,1 millions d'années, celle de l'iode 129 de 15 millions d'années, et enfin 2,3 millions d'années pour le Césium 135.

Il y eut un grand silence.

Alex finit par se retourner vers le *Padre* Antonio.

— Dites, *Padre*, vous avez une idée de ce qui se passe ici ?

Le brave prêtre paraissait totalement perdu.

— Non... Non, pas du tout. C'est la première fois que...
— Que vous amenez dans votre pyramide un groupe de types avec des Geiger et des spectromètres ?
— Oui... Effectivement.

Brad, qui s'était assis sur une grosse pierre, déplia sa haute taille.

— Le débit de dose n'est pas énorme, mais ce n'est peut-être pas la peine de rester ici des heures. On sort et on en discute autour d'une Desperados ?
— D'une quoi ?

C'était Victor. Alex lui lança une bourrade.

— C'est la Vodka locale ; tu vas aimer !
— Ils font de la Vodka ici ?

Tout le groupe se retrouva bientôt à la terrasse de la Cantina peinte en rouge vif, qui faisait face à la volée d'escalier de la face nord de la Pyramide. Victor découvrait la bière Desperados et les discussions allaient bon train.

Laura était particulièrement excitée.

— Mais qu'est-ce que diable il peut y avoir là-dedans ?

Patrick tentait de relativiser.

— Ne t'affoles pas ; les débits de dose étaient très faibles ; a priori pas de danger à attendre.

— Mais tu n'en sais rien ! Si ça se trouve, on était encore loin de la... ou des sources : au contact, cela pourrait peut-être te faire des débits à tuer un bœuf !

William continuait à cogiter et en oubliait de boire le verre de bière qu'il tenait à la main.

— Je n'arrive pas à voir l'intérêt ou l'utilité de cet assemblage de radioéléments à vie très longue.

Alex lui demanda :

— Tu n'as jamais vu cela nulle part ?
— Comme ça, jamais.
— Et vaguement comme ça ?
— Vaguement comme ça, peut-être...
— Tu peux clarifier ?
— Et bien je me souviens de sortes de « piles », un peu du même genre, utilisés par les militaires de certaines armées, en particulier des ex-pays de l'Est, comme des sortes de générateurs d'énergie... ou de chaleur ; nous avions même eu à gérer des accidents parce que ce genre de sources, perdues corps et biens, ont été trouvées par des paysans. Comme ils n'avaient aucune idée de ce que c'était, ils se sont retrouvés avec des brûlures profondes qui ont été très difficiles à traiter.

Patrick intervint.

— Je confirme ! Je me suis retrouvé personnellement en première ligne plusieurs fois sur ce type d'accident !

Brad avait vidé son verre et redemandait une bière.

— Donc le plus probable est une espèce de cocktail de sources radioactives à vie longue pour fournir de l'énergie à usage militaire...

— Chez les Aztèques ?

C'était Alex.

— Pardon ?

— L'endroit où nous nous trouvions n'a été fréquenté, sauf erreur de ma part, que par les Aztèques et quelques cultures antérieures, et je n'avais pas la notion que ces braves gens maîtrisaient l'atome, mais je me trompe peut-être...

Brad ne se laissait pas désarçonner facilement.

— Des militaires modernes auraient pu utiliser les tunnels pour y entreposer du matériel sensible, non ?

— Le *Padre* n'avait pas l'air au courant de ce type d'utilisation...

Patrick s'intercala.

—Le *Padre* pouvait soit n'être pas au courant, soit ne pas être autorisé à te dire qu'il était au courant.

— Ok, Patrick, tu as toujours le dernier mot, si tu vois ce que je veux dire !

— Pourquoi tu dis ça ?

Oh, pour rien...

Luis-Felipe, jusqu'ici silencieux, leva son verre.

—Voilà en tout cas un nouveau chapitre original à rajouter à la longue histoire de Cholula !

Le groupe se tourna vers lui. Luis-Felipe continuait.

— Oui, Cholula a déjà une bien longue histoire ; ce fut en particulier le théâtre de l'un des massacres les plus épouvantables de la *Conquista* de Cortés ; une hécatombe qui constitue l'une des pages les plus noires de l'histoire de notre Nouveau Monde...

Laura reposait son verre de Coca-Cola ;

— Et tu penses que cela pourrait avoir un rapport avec les bidules radioactifs que Patrick et William viennent de nous débusquer ?

Luis-Felipe sourit ;

— Non, je ne pense pas... mais pourquoi pas, après tout ?

Alex avait posé ses deux coudes sur la table et mis son menton dans les mains.

— Cholula... Tu peux nous raconter ?
— Si vous voulez, mais installez-vous bien : cela risque d'être long.

3ème PARTIE

21

La sexualité chez les Aztèques était joyeuse, inventive, infatigable et sans tabou. Sans être impudique ni exhibitionniste, elle ne cherchait aucunement à se cacher.

En l'occurrence, ce jour-là, dans le jardin du temple qui jouxtait le palais royal, Matlalxochitl - Fleur verte -, l'aînée des petites-filles du grand prêtre de Cholula, et Chimalpopoca — Bouclier fumant —, le chef de la garde royale, tout à leurs ébats ponctués de grands éclats de rire et de râles de jouissance, savaient bien que du haut des remparts du palais, une douzaine d'adolescents ne perdaient pas une miette du spectacle.

De fait, il s'agissait pour ces jeunes impubères du Calmechac, le collège des prêtres, de leur initiation naturelle à la sexualité, et les jeunes garçons gravaient dans leur mémoire des détails qu'ils se promettaient bien de reproduire avec les plus belles jeunes filles de la ville quand l'heure serait venue !

Cette éducation sexuelle privilégiée n'était d'ailleurs pas réservée au seul sexe masculin. Ce jour-là, la jeune sœur de Matlalxochitl, âgée de dix ans, avait entraînée deux de ses petites amies pour, cachées dans un bosquet, profiter elles aussi du spectacle. Il faut dire que cela en valait la peine, car les deux jeunes qui continuaient à s'aimer sans contraintes dans le jardin du temple, au beau milieu des fleurs, étaient aussi beaux l'un que l'autre, et la passion qui les animait transcendait leur amour physique.

Mais une autre paire d'yeux ne perdait rien des ébats de la petite-fille du grand prêtre et du chef de la garde royale. A moitié caché derrière une tenture, depuis une des chambres de son palais, Quauhcoatl — Serpent Aigle —, le roi de Cholula en personne, observait.

Ce n'était pas pour jouer les voyeurs, ou pas seulement. Quauhcoatl, depuis des années, avait repéré l'extraordinaire beauté de Matlalxochitl. Quand la petite fille n'avait que neuf ans, il avait demandé au grand prêtre, son grand-père, de l'épouser quand elle serait formée. À l'époque déjà, les longs cheveux noirs de la petite, ses yeux immenses et son port de reine, anticipaient suffisamment sa beauté à venir. Mais le vieux prêtre avait refusé. Et à Cholula, le grand prêtre, le gardien du tabernacle sacré enfoui sous les cinq pyramides superposées, pouvait se permettre de tenir tête au roi lui-même.

Serpent-Aigle avait pesté. Il se disait qu'il aurait peut-être eu davantage de chances avec le père de la petite fille, mais celui-ci était mort prématurément. Il était lui aussi prêtre du tabernacle, et il courait des histoires bien étranges sur ce qui se passait sous les grandes pyramides de Cholula. La plupart des prêtres vivaient beaucoup plus longtemps que la moyenne des gens du royaume, et l'on disait que le tabernacle, auquel seuls les prêtres de Cholula avaient accès, renfermait un secret de longévité, voire même, disaient certains, le secret de la vie éternelle.

Mais parfois, certains prêtres, comme le père de Matlalxochitl, mourraient prématurément, et il se chuchotait que le même secret conservé sous les grandes pyramides superposées pouvait, selon les cas, soit tuer, soit prolonger la vie.

Serpent-Aigle n'en savait pas plus. Mais à présent, alors qu'il désirait encore plus qu'avant la petite-fille du grand prêtre, il se trouvait confronté à autre problème ; la jeune fille était de toute évidence très amoureuse du meilleur de ses guerriers, le propre chef de sa garde personnelle. On pouvait d'ailleurs la comprendre : Chimalpopoca —Bouclier fumant — était jeune, bien fait de sa personne, particulièrement robuste et d'un naturel d'une grande douceur, même s'il savait se transformer en fauve sur le champ de bataille.

Se débarrasser de Bouclier fumant ? L'idée trottait dans la tête du roi...Une expédition punitive contre un vassal pouvait mal tourner, surtout s'il l'on payait grassement un soldat pour estourbir son chef en pleine bataille, sans se faire repérer ; le cœur de Chimalpopoca serait alors arraché, avec celui des autres prisonniers, en haut de la pyramide des sacrifices du vassal, et la petite-fille du grand prêtre aurait bien vite oublié son beau guerrier...

22

Mon nom est *Bernal Diaz de Castillo*.

Je suis né en 1492, dans une famille de vieille noblesse castillane.

Mon éducation chez les bons frères m'avait donné le goût des lettres, mais mes parents étaient aussi désargentés qu'ils étaient nobles, et j'ai dû embrasser la carrière militaire, malgré une constitution chétive qui m'a valu bien des quolibets de la part de mes frères d'armes.

Un avenir doré semblait alors se profiler de l'autre côté du grand océan : on racontait que l'or et l'argent y coulait à flot, et j'ai décidé d'embarquer en 1514 pour l'île d' Hispaniola. De là, j'ai participé à plusieurs expéditions sur les côtes de la région que l'on appelle le Yucatan, sans pour autant y découvrir les trésors annoncés.

C'est en 1519 que ma vie a basculé, quand je me suis engagé pour suivre notre capitaine, Hernan Cortés. Nous sommes partis avec onze vaisseaux et plus de cinq cents hommes ; nous emmenions aussi une trentaine de chevaux et leurs cavaliers.

Aujourd'hui, nous sommes le 22 Aout 1519, et nous marchons vers l'Ouest. Nous avons quitté notre lieu de débarquement, que les natifs nomment Chalchihuecan, et que nous avons rebaptisé Vera Cruz.

Nous nous enfonçons vers l'intérieur du pays, accompagnés de nos alliés Totonèques de la cité de Zempoala.

Hier soir, Hernan Cortès m'a fait mander sous sa tente. Je m'y suis rendu sans attendre. Le capitaine est un homme hors du commun, en qui j'ai une confiance aveugle. Au contraire de mes chefs d'expédition précédents, je le suivrais au bout du monde : il semble d'ailleurs que ce soit justement ce que nous faisons... Mais le capitaine est aussi irascible, intraitable et autoritaire dans la vie quotidienne que juste, rapide et brillant dans ses décisions, et vaillant, féroce et sans pitié au combat : il est mal venu de le faire attendre.

Même si nous entretenions des relations privilégiées, je ne m'attendais pas vraiment à sa demande.

« Bernal, tu es l'un des rares de notre groupe à savoir lire et écrire ; et de plus, je sais que tu aimes ça ! J'ai bien vu

que tu ouvrais ton pupitre tous les soirs et que tu écrivais de longues lettres, je pense pour ta famille. Alors, tu vas maintenant continuer à écrire, mais pour moi. Nous sommes en train de vivre des heures uniques, et les prochains jours ont toutes les chances de rester gravés dans l'Histoire. Alors tu vas écrire ; tu vas, tous les soirs que le Seigneur fait, sortir ton pupitre, ta plume, ton encre et tes carnets et noter tous nos faits et gestes de chaque journée. Tu seras exempté, dégagé, de toute autre tâche : j'y veillerai personnellement. Je compte sur toi. Tu peux aller dès à présent te mettre au travail. Buenas noches, Bernal. »

Il ne m'a même pas demandé si j'étais d'accord, mais il me connaissait assez pour savoir que je n'allais pas refuser. J'ai commencé dès hier soir à noircir du papier. Et ce soir je continue, sous ma tente, à la faible lueur d'une chandelle anémique.

Par où commencer ? Par ce 22 Avril, jour où nous avons débarqué sur la plage de Chalchihuecan ? Cela semblerait logique, mais les quelques semaines précédentes avaient été émaillées de faits importants, qu'il est difficile de passer sous silence.

Depuis Hispaniola, nous avions fait route directement vers le Yucatan, que le capitaine et moi-même, au cours de plusieurs expéditions différentes, avions commencé à explorer. Sur ces côtes, nous avons repris contact avec des tribus mayas que nous avions déjà rencontrées, et qui nous ont fourni, contre quelques babioles qui les mettaient en extase, de l'eau douce, des légumes étranges et des fruits. Et puis, nous leur avons acheté vingt esclaves, des jeunes filles. Cet épisode mérite d'être cité, car au milieu de ces jeunes esclaves s'en trouvait une, nommée Malintzin, d'une extraordinaire beauté de visage et de corps.

Malintzin était, d'après ce que nous avons appris plus tard, une princesse maya de Paynala, capturée au cours des multiples razzias qui semblent le pain quotidien de ces cités sans cesse en guerre entre elles. La jeune fille avait finalement échouée dans les mains de marchands d'esclaves mayas Chontal de la région de Potonchan, trop heureux de nous la revendre à bon prix.

Mais en dehors de sa grande beauté, il se trouvait que la princesse Malintzin parlait tout à la fois le nahuatl, la langue du pays où nous progressions actuellement, et le maya yucatèque. Or, ce dernier idiome était compris par l'un de nos prêtres, Gerónimo de Aguilar, car ce dernier, après un naufrage, avait passé plusieurs années de séjour involontaire chez ces mêmes Mayas. La princesse était donc une interprète de choix, d'autant que, d'une grande agilité d'esprit, elle commençait déjà à parler l'espagnol, et presque sans accent, au bout de quelques semaines.

On comprend donc facilement pourquoi le capitaine a bien vite choisi de garder la jeune fille par devers lui. De toute façon, la princesse paraissait aussi attirée par notre chef barbu et bardé de fer, que notre capitaine par les fines formes que l'on devinait sous les légères tuniques brodées de la jeune et jolie Maya.

Dans les jours qui suivirent l'achat des jeunes esclaves, elles furent toutes baptisées et réparties entre les différents officiers. Je reçus en partage une de ces jeunes filles, qui fut baptisée sous le nom d'Isabella : elle était certes moins jolie que la princesse dévolue à notre capitaine, mais d'un physique avenant et d'un naturel très doux, qui fit que je m'y attachais rapidement. Quant à la princesse Malintzin, elle fut baptisée Marina, et le capitaine imposa dès lors qu'on ne l'appelât plus que Doña Marina, même si en privé nos soudards, un peu jaloux de l'emprise de plus en plus marquée qu'elle prenait sur notre chef, préféraient la nommer « La Malinche ».

C'est alors que, remontant vers le nord-ouest, nous avons débarqué sur cette grande plage déserte de Chalchihuecan, et que nous y avons établi un premier camp. Il ne s'était pas passé deux jours que nous avons vu arriver par voie de terre une délégation du peuple de l'intérieur qui se nomme lui-même « aztèque ». Il s'agissait d'une vingtaine d'ambassadeurs aux riches costumes brodés de fil d'or et aux étranges et impressionnantes coiffures parées de hautes plumes multicolores. Ils étaient accompagnés d'un nombre à peu près égal de soldats, porteurs de petits boucliers de cuir qui n'auraient pas résisté longtemps à ma rapière de Tolède, et de curieux bâtons où étaient insérés des morceaux de pierre, coupants comme du verre ; Hernan Cortés m'expliqua qu'il s'agissait d'une pierre volcanique, nommée obsidienne. Ces soldats aztèques considéraient avec surprise et manifestement quelque inquiétude, on les comprend, nos épées, nos dagues et nos armures de fer. Et encore, ils n'avaient pas encore compris à quoi pouvaient servir les gros tubes de métal qui pointaient leur gueule à travers les flancs de nos vaisseaux. Quant à nos chevaux, ils semblaient les terroriser ; ils n'en avaient manifestement jamais vu.

Le capitaine et les officiers s'étaient rassemblés sur la plage pour recevoir les arrivants. Je me suis penché vers notre chef :

«Mais comment ont-ils pu arriver aussi vite ? Ils doivent venir d'à côté... »

Hernan Cortès grommela :

« Ils nous surveillent depuis le Yucatan... »

« Tu es sûr ? »

« Sûr et certain »

« Mais quand même, ils sont arrivés si vite ! Et ils n'ont pas de chevaux... »

« Ils ont des coureurs, des messagers, capables de couvrir des distances incroyables en une seule journée »

Nous nous sommes retrouvés sous une tente avec les chefs des ambassadeurs. Doña Marina traduisait : c'est ainsi que nous avons appris le nom de l'Empereur qui nous envoyait cette délégation : Moctezuma. Apparemment, ce monarque contrôlait la plus grande partie du pays où nous venions de débarquer ; c'était le chef d'une coalition de trois grandes cités très proches les unes des autres; Tenochtitlan, Texcoco et Tlacopan ; ils l'appelaient « la Triple Alliance ».

Avec force marques de respect, les ambassadeurs nous proposèrent des vivres et nous comblèrent de cadeaux, dont des bijoux en or de belle facture, et puis ils nous demandèrent combien de temps nous comptions rester. Nous comprîmes assez vite qu'ils souhaitaient en fait que nous restions le moins longtemps possible... le capitaine les prit à contre-pied en leur disant qu'il souhaitait fonder une ville là où il avait débarqué, et aussi qu'il comptait bien se rendre à Tenochtitlan, qui semblait la capitale du royaume. Devant sa détermination, les ambassadeurs ne purent refuser, mais ils insistèrent beaucoup pour nous conseiller le chemin à suivre pour rejoindre leur capitale, ce que nous ne comprendrons que plus tard.

Nous apprîmes que leur grand dieu se dénommait Quetzalcoatl, « le serpent à plumes », et nous comprîmes que dans les légendes anciennes des Aztèques, ce dieu devait revenir un jour de l'Est. Hernan Cortés se jura bien, comme ils nous le dit le lendemain, de tirer profit de cette croyance : notre peau blanche, nos barbes, nos armures, nos armes à feu, nos vaisseaux pouvaient facilement nous faire passer pour des demi-dieux, des « Teules », dans le langage, de ces Indiens primitifs. C'est donc assez inquiets, et manifestement impressionnés par ce que nous leur avions donné à voir, que les ambassadeurs de la Triple Alliance repartirent vers Tenochtitlan.

La délégation de Moctezuma avait à peine tourné les talons que nous avons vu arriver un groupe d'Indiens totonèques qui nous dirent venir de la cité de Zempoala, se situant à quelques jours de marche seulement de notre campement, dans la direction du Sud. Le capitaine, grâce à Doña Marina, comprit rapidement que ces Indiens-là, sans être ouvertement en guerre avec Moctezuma, ne faisaient pas partie de la Triple Alliance, et qu'ils avaient même eu, de temps à autres, maille à partir avec les Aztèques de Moctezuma.

Hernan Cortés saisit vite les avantages qu'il pouvait tirer de la situation. Pour ma part, j'avais bien retenu, de mes études chez les jésuites, la formule « diviser pour régner », et je me souvenais aussi du livre fameux sur la Guerre des Gaules écrit par Jules César, lequel avait su tirer profit, avec le succès que l'on connait, des rivalités entre les tribus et les clans gaulois. Le capitaine accepta donc sans hésiter l'invitation du seigneur (les Indiens l'appelaient « cacique ») de Zempoala.

C'est ainsi que quelques jours plus tard, nous, c'est-à-dire Hernan Cortés, deux de nos capitaines, trente soldats et moi-même, firent route vers Zempoala.

On nous expliqua que Zempoala signifiait « les vingt sources », parce que la ville était copieusement alimentée en eau par plusieurs rivières et de nombreuses sources ; de ce fait, la cité était d'ailleurs fréquemment sujette à des inondations.

La cité nous stupéfia ; elle était entourée d'un incroyable système de défense ne comprenant pas moins de douze enceintes de hautes murailles de pierre. Nous traversâmes d'abord des quartiers populaires, où s'alignaient des maisons basses en adobe, toutes peintes d'un blanc immaculé. Ensuite, au milieu d'une foule curieuse de plus en plus nombreuse et impressionnante, nous arrivâmes au cœur de la cité, dans un énorme espace où s'élevaient plusieurs grandes pyramides tronquées. De larges volées d'escalier menaient aux sommets de ces édifices, jusqu'à de petits temples décorés de bas-reliefs foisonnants. Une curieuse enceinte ronde, presque au centre de ce grand espace, formait un cercle de pierre parfait, et paraissait revêtir une importance particulière. Le palais royal donnait sur cette esplanade, qui pouvait accueillir plusieurs milliers de personnes.

Nous n'avions jamais vu en Europe cité comparable, et quelle ne fut pas notre surprise quand nos guides nous indiquèrent que Zempoala n'était qu'une petite ville bien secondaire comparée à la capitale de Moctezuma, Tenochtitlan.

On nous introduisit auprès du seigneur de Zempoala. J'avais rarement auparavant vu un être humain aussi obèse, si bien que nos hommes lui donnèrent immédiatement le surnom de « el gordo », « le gros », quand ils ne disaient pas entre eux « le gros tas ». Mais l'homme qui étalait sans honte son énorme bedaine sur une sorte de divan, semblait d'une intelligence vive et affûtée ; curieusement, il semblait déjà avoir des idées précises sur ce qu'il ce qu'il pouvait attendre de nous. Quand le capitaine lui dévoila que son but était de marcher avec sa petite armée sur Tenochtitlan, le gros cacique arbora un grand sourire et nous assura qu'il ferait tout ce qui était en son pouvoir pour nous aider.

Le retour au camp de Vera Cruz nous réserva une mauvaise surprise. Deux capitaines avaient réussi à convaincre un de nos pilotes ainsi qu'une bonne vingtaine de matelots que notre mission d'exploration était vouée à l'échec, qu'elle n'avait pas respecté les ordres du gouverneur d'Hispaniola, et qu'elle allait donc nous faire tous considérer comme des rebelles. Dans ces conditions, la seule solution était de s'emparer sans tarder d'un vaisseau et de faire voile vers Hispaniola.

Fort heureusement, l'un des mutins se ravisa au dernier moment et vint avertir le capitaine, juste avant que le navire dont ils s'étaient emparés ne lève l'ancre. Les mutins furent rapidement appréhendés et jetés aux fers. Hernan Cortes comprit vite qu'il devait mettre un terme définitif à toute velléité de défection et qu'il devait faire un exemple. Les deux capitaines, Pedro Escudero et Juan Cermeño, furent immédiatement pendus à la plus haute vergue du vaisseau amiral, et leurs corps restèrent exposés jusqu'à ce que l'odeur dégagées par les cadavres ne soit plus supportable. Le pilote, Gonzalo de Umbria, fut jugé potentiellement utile à l'expédition ; Cortés se contenta de lui faire couper les deux pieds. Quant aux matelots, le capitaine se donna une image inhabituelle de mansuétude ; ils ne reçurent que 200 coups de fouet. En fait, comme Hernan Cortés me l'avouera un peu plus tard en privé, il ne s'agissait pas du tout de mansuétude, mais simplement de l'option pragmatique de quelqu'un qui savait qu'il allait avoir besoin de tous ses hommes pour les défis qui s'annonçaient.

La mutinerie était matée, mais Hernan Cortes savait bien que le risque de défection resterait une menace, tant que ses onze vaisseaux restaient à Vera Cruz, en état d'appareiller à tout moment. Alors, d'accord avec ses officiers, il décida d'échouer les navires, et il ordonna de crever, tarauder, les carènes au point qu'elles ne puissent plus être utilisables. Il fit récupérer tout ce qui pouvait l'être sur les bateaux, et incorpora dans son armée une bonne centaine de marins.

Ayant coupé les ponts à tout retour à Hispaniola, le capitaine, flanqué de ses nouveaux alliés de Zempoala, fit marche vers l'intérieur. Il avait réalisé que le chemin proposé par la délégation de Moctezuma passait par les cités vassales de la Triple Alliance. Ses nouveaux alliés par contre, le gros cacique en particulier, lui proposaient sans surprise de suivre une route différente, traversant des cités plus ou moins en conflit ouvert avec la Triple Alliance. C'est ainsi que nous prîmes la route nous menant à Tlaxcala.

Cette cité nous a été présentée comme une ennemie de longue date des Aztèques de Moctezuma. Nous devrions donc y être plutôt bien reçus, comme à Zempoala.

23

Les Espagnols, accompagnés d'une centaine de soldats de Zempoala, arrivèrent le 2 Septembre 1519 devant Tlaxcala.

En fait de réception amicale, ils découvrirent depuis une colline dominant la ville qu'une armée de plusieurs milliers hommes s'était déployée devant les remparts de la cité. Hernan Cortés envoya vers eux une délégation d'indiens de Zempoala. Ceux-ci revinrent rapidement, un peu penauds : contrairement à ce qui avait été prévu par le gros cacique, le roi de Tlaxcala leur interdisait tout passage, et les espagnols étaient fermement priés de rebrousser chemin.

Cortés se résolut à combattre, mais il ne souhaitait risquer de perdre un seul de ses hommes : il en allait de la réputation d'invulnérabilité qu'il avait bien l'intention de se forger. Alors il commença par mettre en première ligne ses arquebusiers. Les indiens, armés de leurs bâtons emmanchés d'obsidienne et de leurs petits boucliers de cuir, regardaient avec curiosité ces curieux engins.

Cortés donna l'ordre à ses soldats de faire feu, tous en même temps. Le tonnerre des déflagrations fit déguerpir la plupart des guerriers de Tlaxcala, à l'exception de quelques courageux et de ceux qui avaient été fauchés net par la décharge.

Les rangs des arquebusiers s'ouvrirent et Cortés lâcha ses chiens, de véritables fauves, d'énormes molosses affamés qui ne ressemblaient en rien aux petits chiens sans poil qui étaient les seuls que connaissaient les guerriers de Tlaxcala, qui les élevaient pour les manger. Les chiens espagnols affamés se jetèrent sur l'adversaire en aboyant férocement, ce qui terrorisa les soldats de Tlaxcala, car les petits chiens indiens ne pouvaient émettre que des gémissements ténus et ridicules.

Il restait encore pourtant quelques braves debout pour faire face ; alors Cortès lança ses cavaliers au grand galop, armés de pied en cap. Cortés avait observé à Zempoala la terreur que pouvait inspirer ces monstres bardés de fer. Il ne s'était pas trompé : même les quelques courageux qui n'avaient pas encore quitté le champ de bataille s'égayèrent en hurlant.

Cortés avait donné des ordres : il fallait peaufiner l'image de « Teules » invulnérables et sans pitié ; rapières au vent, les cavaliers espagnols s'en donnèrent à cœur joie en rattrapant sans peine les fugitifs ; les têtes et les membres volèrent ; en quelques minutes, une bonne centaine de corps mutilés couvrit le champ d'une bataille qui n'en était plus une, mais un massacre en règle. Cortés rappela alors ses cavaliers ; aucun d'eux n'avait subi la moindre blessure, et aucun de ses fantassins n'avaient même eu à s'impliquer.

Ses officiers demandèrent alors à leur Caudillo de marcher sur la ville pour achever les survivants et piller la cité, mais le capitaine avait d'autres idées en tête. Il retint ses troupes et attendit.

Comme il l'avait prévu, il n'eut pas longtemps à attendre. Bientôt sortit de la ville une délégation de notables richement parés, suivis d'esclaves portant de lourds ballots, et d'une cinquantaine d'autres esclaves enchaînés, hommes et femmes confondus.

La délégation était menée par le propre fils du roi de Tlaxcala.

Malintzin/Doña Marina traduisit. Les Tlaxcalèques venaient respectueusement quémander le pardon ; ils avaient fait erreur ; ils n'avaient pas compris qu'ils avaient affaire à des « Teules » ; s'ils avaient su, ils ne se seraient, bien entendu, jamais mis en travers de leur route ! Pour obtenir la clémence du grand chef des Teules, ils apportaient de riches présents ; de lourds bijoux en or, des tissus parmi les plus fins qu'ils pouvaient tisser, et de riches plumes d'oiseaux exotiques. Ils amenaient aussi des esclaves, des hommes parmi les plus robustes et des femmes parmi les plus belles.

Cortés fit mine de se faire prier, mais joua la magnanimité. Il exigea malgré tout le double de ce que lui apportait la délégation, des vivres pour son armée et du bois pour les feux. Il exigea aussi de rencontrer le roi de la ville.

Ce dernier reçut Cortés dans l'heure qui suivit, trop heureux de s'en tirer à si bon compte.

Le capitaine proposa une alliance, que le roi accepta sans hésitation aucune. Cortés lui révéla sa volonté de marcher sur Tenochtitlan, et demanda trois mille soldats. De fait, le roi accepta avec une telle rapidité que Cortés ne put s'empêcher de penser que cette proposition allait quelque part dans le sens de ce que souhaitait le roi de Tlaxcala.

Ils discutèrent alors de la route à suivre. Cortés avait compris que la route la plus directe passait par la cité de Cholula. C'est d'ailleurs ce que lui conseillaient les ambassadeurs successifs que lui envoyait régulièrement Moctezuma. Mais il avait aussi appris que Cholula, sans faire vraiment partie de la Triple Alliance, en était l'alliée, et donc plus ou moins en guerre avec Tlaxcala. Il s'attendait donc à ce que le roi lui conseille une autre route, passant par des cités amies. À sa grande surprise, le roi de Tlaxcala ne le dissuada pas de passer par Cholula.

Cortés tenta d'en savoir davantage. Les Tlaxcalèques lui expliquèrent que Cholula était une cité sacrée, la ville sainte dédiée au serpent à plumes, Quetzalcoatl. Elle s'étendait largement autour de la plus grande pyramide jamais construite par les hommes. Il s'agissait en fait de cinq pyramides qui avaient été construites les unes au-dessus des autres au cours des siècles successifs. Ces pyramides surplombaient un sanctuaire profondément enterré où étaient conservées d'antiques reliques sacrées, gardées par une compagnie de prêtres, eux-mêmes en possession de pouvoirs magiques.

Par ailleurs, la ville, à la croisée de routes nord-sud et ouest-est du pays, était un carrefour commercial fameux par les richesses qui y transitaient. Et son statut de ville sainte la mettait à l'abri de toute attaque ; aussi longtemps que l'on pouvait s'en souvenir, jamais Cholula n'avait subi le moindre assaut ; ses ennemis craignaient tout autant la vengeance de Quetzalcoatl que les pouvoirs de la confrérie des prêtres qui gardaient le sanctuaire.

Cortés ne mit pas longtemps à se décider ; trois jours plus tard, son armée faisait route vers Cholula, toujours flanquée de la centaine d'hommes de Zempoala, et surtout renforcée de trois mille soldats tlaxcalèques.

24

Matlalxochitl — Fleur verte – étaient inquiète.

Il faut dire que les rumeurs qui emplissaient les rues de Cholula depuis quelques semaines ne pouvaient qu'alimenter l'inquiétude de la jeune et jolie Aztèque.

Et puis, même son amoureux, Chimalpopoca —Bouclier fumant—, d'ordinaire si prolixe et si prompt à lui commenter en détail toutes les informations nouvelles, n'avait pas desserré les dents quand elle lui avait demandé ce qu'il pensait de tout ce qui se racontait dans la cité. Il ne l'avait pas habitué à ça, et la façon dont, pour toute réponse, il l'avait serrée dans ses bras, sans un mot, comme si cela devait être la dernière fois, n'avait pas été pour rassurer la jeune princesse.

Tout Cholula bruissait des nouvelles rapportées par les coureurs-messagers, de plus en plus nombreux à transiter par la ville dans leurs allers et retours entre la côte et Tenochtitlan. Ces messagers colportaient qu'une armée hétéroclite, venant de la côte, faisait route vers la capitale de Moctezuma, en empruntant la route qui passait par leur ville sacrée. Une armée de cinq à six mille hommes, disait-on, peut-être davantage. Mais surtout, une armée menée par quelques centaines d'êtres redoutables débarqués de nulle part sur la côte du Grand Océan. Certains disaient que c'étaient des Teules, des demi-dieux géants à la peau blanche et aux barbes noires, revêtus d'habits de métal, et portant des armes inconnus et dévastatrices. Des soldats de Tlaxcala, qui s'étaient battus contre eux et avaient été contraints à une humiliante déroute, étaient revenus en parlant de tubes de fer qui crachaient des flammes et déchainaient le tonnerre. Ils parlaient aussi d'animaux monstrueux, plus haut que deux hommes, chevauchés par les géants barbus. Et ces êtres avaient enrôlés quelques centaines de soldats de Cempoalla et surtout des milliers d'hommes de Tlaxcala, qui s'étaient ralliés à eux après la défaite cuisante que leur avait infligée les envahisseurs : Tlaxcala, éternelle rivale et adversaire de toujours de Cholula...

Que venaient donc faire ces étrangers apparemment invincibles et ceux qui s'étaient ralliés à eux ? Et que faisait donc l'empereur Moctezuma, devant cette menace évidente, dans son palais de Tenochtitlan ? Certes, si l'on en jugeait par le va-et-vient incessant d'ambassadeurs divers entre la capitale du monarque Mexica et l'armée qui s'avançait vers Cholula, des contacts avaient été pris entre le maître de Tenochtitlan et les Teules, mais quels contacts ?

Puisque personne n'était en mesure de lui expliquer ce qui se passait, et que même son amoureux chéri demeurait muet, la princesse décida d'aller voir son grand-père. Le grand prêtre de Cholula avait toujours réponse à tout, comme s'il avait vécu plusieurs vies. De fait, c'était même un peu vrai, car le grand prêtre venait d'atteindre l'âge de cent vingt ans.

C'était beaucoup plus que ne pouvait l'espérer les citoyens ordinaires de Cholula, mais c'était la règle pour les prêtres du tabernacle sacré.

Fleur verte quitta sa demeure, qui jouxtait la grande pyramide, et se dirigea vers l'immense édifice qui faisait la fierté de la Cité de Quetzalcoatl.

De fait, Cholula pouvait être fière de son incroyable pyramide ; nulle part ailleurs dans le monde connu ne s'élevait une pyramide aussi grande. Il faut dire que le monstrueux bâtiment résultait de l'effort de plusieurs générations successives. Fleur verte, tout comme les prêtres de Cholula, savait que pas moins de cinq pyramides s'étaient, au fil des siècles, emboîtées les unes sur les autres, jusqu'à réaliser cette sorte de montagne, d'ailleurs partiellement recouverte de terre et de plantations, avec sur quatre côtés d'interminables volées d'escalier abruptes, suffisamment raides pour que les corps des suppliciés, depuis le sommet, puissent dévaler les marches jusqu'en bas, là où les prêtres des grades les moins élevés les récupéraient pour aller les jeter dans les fosses communes.

Ces escaliers-là étaient bien difficiles à gravir, car presque verticaux. Mais ils ne rebutaient pas Fleur verte, habituée à les escalader depuis sa plus tendre enfance. Et puis, elle savait qu'elle n'aurait pas besoin d'aller jusqu'en haut.

En effet, à peu près à mi-chemin du sommet, elle retrouva, à la gauche de l'escalier monumental, une petite terrasse étroite, se poursuivant au flanc de la pyramide par un chemin encore plus étroit, l'obligeant à mettre les pieds, qu'elle avait pourtant petits, l'un devant l'autre pour progresser ; à sa droite, le mur lisse et raide de la vieille pyramide, sans la moindre aspérité à cet endroit ; à sa gauche, le vide... Mais heureusement pour elle, Fleur verte ne connaissait pas la signification du mot vertige.

Elle sourit en se souvenant de l'explication que lui avait donné son grand-père, il y avait plusieurs années de cela, pour justifier la difficulté de cet accès : « Seuls les prêtres et leur famille sont autorisés à pénétrer ici ; et personne d'autre à Cholula ne s'y risquerait ! Mais si jamais un ennemi parvenait jusqu'ici, sur ce passage étroit, un seul guerrier robuste pourrait bloquer la progression de plus de cent soldats, et ce, sans compter les dispositifs secrets qui, plus avant, arrêteraient de toutes façons tout assaillant... ».

Le chemin au flanc de la pyramide s'arrêtait net ; à droite, sur le flanc de la grande pyramide, une porte basse. Fleur verte entra. La petite salle, dont le plafond s'élevait en triangle aigu, à la manière de toutes les voutes aztèques, était plongée dans une presque obscurité. Du fond de la salle se déplia une sorte de mastodonte. Fleur verte sourit ; elle connaissait le jeune prêtre-gardien, qui la dépassait de presque trois têtes, et dont l'armement était aussi sophistiqué que celui de son amoureux, ce qui était inhabituel pour un prêtre... Wataposhti. Casse-crâne, c'était son nom, lui prépara une torche, l'alluma à un petit brasier et lui tendit. Et puis il se rassit et reprit sa garde silencieuse.

Fleur verte s'engagea dans un étroit couloir ; elle n'avait pas fait trente pas que ledit couloir changea totalement. En fait, elle venait de traverser l'épaisseur de la paroi de la dernière pyramide qui avait été construite, celle qui était venue coiffer toutes les précédentes. Et maintenant, Fleur verte butait sur la partie extérieure de l'avant dernière pyramide. A la lueur de sa torche, elle distinguait les sculptures peintes des divers dieux, avec comme à l'accoutumée une large dominante des rouges, couleur de sang. A gauche s'ouvrait la suite de son chemin ; celui-ci était limité vers l'intérieur par le flanc peinturluré de la pyramide la plus ancienne, incliné à environ quarante-cinq degrés, et vers l'extérieur par la couche interne de la dernière pyramide, celle-ci de pierres brutes, et inclinée également de quarante-cinq degrés. Et comme le couloir était tout aussi étroit que le précédent, cela obligeait à avancer en se penchant vers la droite, en s'appuyant sur le flanc de la vieille pyramide. Cette progression de travers avait toujours beaucoup amusé Fleur verte depuis qu'elle était toute petite.

Elle déboucha finalement dans une salle plus grande.

Elle savait que là se situait le véritable verrou de l'accès au temple sacré.

Sur trois côtés, y compris celui où s'ouvrait la porte qui lui avait permis d'accéder à la pièce, les murs étaient de pierre brute, mal dégrossies ; la voute, comme habituellement, s'élevait en angle aigu. En face, un énorme monolithe de pierre lisse, dont elle ne pouvait même pas imaginer le poids ; il avait certainement fallu des centaines d'hommes pour le mettre en place... Elle attendit. Elle savait que Wataposhti avait prévenu son grand-père, et elle savait que le monolithe ne pouvait être déplacé que de l'intérieur.

Elle entendit l'eau qui commençait à couler et sourit.

Elle se souvenait de cette légende à laquelle tous les habitants de Cholula, y compris elle-même d'ailleurs, croyaient dur comme fer : à la moindre tentative d'un assaillant contre la ville, il suffirait de déplacer quelques pierres du haut de la pyramide sacrée, pour que se déversent alors depuis son sommet de puissantes cataractes capables de noyer les plus puissants des envahisseurs. Cette défense ultime était pour beaucoup dans le sentiment d'invulnérabilité de la plupart des habitants de Cholula, même si certains d'entre eux commençaient à s'interroger sur l'efficacité réelle de cette ressource de dernière extrémité face aux redoutables Teules venus de l'est.

En tout cas, l'eau qu'entendait couler Fleur verte la confortait dans cette croyance. Et elle savait que c'était cette eau qui allait lui ouvrir le passage.

Car l'énorme monolithe qui lui faisait face n'était en fait que la partie gauche du fléau d'une gigantesque balance : de l'autre côté, à droite d'une énorme pierre prismatique jouant le rôle de pivot ou de point d'appui, se trouvait, hors de la vue de Fleur verte, un autre monolithe, encore plus gros que celui qui lui faisait face, mais creux, et donc moins lourd. Il suffisait d'ouvrir des vannes pour que des masses d'eau conservées au sommet de la pyramide viennent remplir le monolithe creux, jusqu'à ce qu'il devienne plus lourd que celui qui bouchait le chemin de Fleur verte, et qu'il fasse se lever la grosse pierre qui servait de porte au temple sacré.

Fleur verte n'eut pas beaucoup à attendre ; lentement, majestueusement, l'énorme masse s'éleva du sol. L'ouverture ne dépassa pas un mètre de haut et Fleur verte dut se courber pour passer ; ici encore, les concepteurs avaient prévu qu'une telle ouverture était plus facile à défendre.

Le monolithe creux, faisant office de plateau droit à cette balançoire de géant, était en fait pourvu d'un petit orifice au fond de sa cuvette. Fleur verte savait que l'eau, en s'écoulant lentement par ce trou, allait rétablir l'équilibre initial et refermer la porte monstrueuse.

Fleur verte descendit l'escalier de pierre qui s'était ouvert devant elle ; elle n'avait presque pas besoin de sa torche ; une mince ligne lumineuse, tracée au plafond, l'aurait éclairé suffisamment. Elle sourit. Son grand père lui avait déjà révélé certains des secrets des Grandes Pyramides, mais pas encore celui-là...

Elle savait qu'elle avait encore du chemin à faire. Elle arriva dans une vaste salle d'où partaient, en face d'elle, cinq couloirs d'allure identique. Elle emprunta sans hésiter celui de gauche. Elle savait que les autres, après quelques mètres, s'ouvraient, dans une obscurité totale, sur des précipices où s'entassaient les ossements des inconscients qui avaient tenté sans autorisation de percer les secrets de Cholula.

Elle approchait du but.

Dans la grande salle du temple où elle déboucha, son grand-père, de dos, dessinait des symboles complexes sur une sorte de longue toile blanche. Il ne se retourna pas.

— Entre, Fleur verte, je me doutais bien que tu viendrais me voir.

La jeune fille s'avança ;

— Tu m'attendais ? Et pourquoi ?

— Parce que tu voudrais comprendre ce qui se passe avec ces étrangers qui ont débarqué il y a quelques temps sur nos rivages. Et puis aussi...

— Aussi quoi ? fit Fleur verte

— Ton père nous ayant quitté précocement, vous êtes avec ta sœur les dernières de la lignée. Mais c'est toi l'aînée ; c'est donc toi qui seras dépositaire des trésors de Cholula.

Fleur verte sourit ;

— Des trésors, vraiment ?

— Attention, ma petite-fille, ce ne sont pas des trésors au sens où l'entend le commun des mortels ; pas de montagnes de pièces d'or ou d'argent, ni de déluge de pierres précieuses ! Non ces trésors-là sont au-delà de tout ce que pourrait se payer le plus riche de nos monarques.

— Ah ? Mais alors ?

— Ces trésors-là, ce sont des secrets qui dorment depuis la nuit des temps, des secrets qui transcendent les siècles, des secrets qui permettent à ceux qui les détiennent de maîtriser le cours de la vie... et aussi de maîtriser la mort.

Fleur verte ne souriait plus. Cela faisait longtemps qu'elle savait que les Grandes Pyramides cachaient des choses que leur enviaient toutes les cités environnantes.

—Tu m'expliqueras... bientôt ?

— Oui, je t'expliquerai bientôt, et en fait cela nous ramène à ta première motivation de venir voir ton vieux gâteux de grand-père.

— Grand-père ! Je n'ai jamais dit ni pensé que...

— Que j'étais gâteux ? Je te crois. Mais tu penses quand même que je suis quelqu'un d'un peu à part, non ?

—Très à part ! Tu es quelqu'un d'unique, et tu sais bien que je suis loin d'être la seule à Cholula à le penser. D'abord, tu as déjà vécu plus du double du temps d'un homme normal... Elle plissa les paupières et sourit à demi... C'est cela que tu veux dire quand tu parles de maîtriser les secrets de la vie ?

— Peut-être un peu. Tu as beaucoup d'intuition... Mais revenons à ces étrangers.

Grand-père, qu'avons-nous fait aux dieux pour voir débarquer sur nos terres ces... guerriers barbares qui ne semblent chercher qu'à voler nos richesses, et à tuer et tuer encore ! Je n'en ai pas encore vu, mais on les décrit comme des géants barbus bardés de métal. Tu en as déjà vu, toi ?

— Non, je ne les ai pas encore vus. Et que dit-on d'autre sur eux que je n'ai pas encore déjà entendu des jeunes prêtres qui m'ont servi d'informateurs ?

— Ce que l'on dit... Ces... hommes... mais sont-ils vraiment des hommes ? Certains disent que ce sont des Teules, des demi-dieux... Ils sont d'apparence terrible ; ils sont très grands, ils ont d'énormes barbes noires ; et ils ne se lavent jamais ! Leur odeur est pestilentielle... Ils ont amené de grands animaux que nous ne connaissons pas ; montés dessus, ils nous surplombent de la taille d'un humain. Ils ont aussi des chiens, mais ils ne sont pas comme les nôtres ; les leurs, ils sont six fois plus grands que nos chiens à nous, et ils ont de longs poils ! Et les Teules ne les mangent pas ! Au lieu de ça, ils les lancent en meute vers nos soldats qui se font déchiqueter par ces espèces de fauves...

— Et leurs armes ?

— C'est peut-être ça le plus terrible. Ils ont de grandes lames de métal très solides qu'ils appellent des épées : elles sont capables de couper net les plus solides de nos macuahuitls, nos bâtons aux tranchants d'obsidienne, et peuvent embrocher comme des volailles le mieux protégé de nos soldats.

— Et tu crains pour Bouclier fumant...

Fleur verte sentit des larmes monter à ses yeux ;

— Oui, je crains pour lui !

— C'est pourtant le plus brave des guerriers de Cholula, non ?

— Oui, bien sûr ! Mais que pourrait-il faire en face de ces monstres ? Tu sais, ils ont aussi des sortes d'arcs qui lancent de petites flèches courtes beaucoup plus loin et beaucoup plus fort que nos arcs à nous, et puis surtout ils ont ces tubes qui crachent à la fois l'éclair et le tonnerre, et qui envoient des pierres rondes plus loin que nos meilleurs arcs peuvent envoyer leurs flèches. Ces tubes, ils en ont des petits, qu'ils emportent avec eux, et des très grands, très lourds, montés sur des roues, qu'ils ont débarqué de leurs navires...

— Des canons.

— C'est ça : c'est ainsi qu'ils les appellent. Tu savais ?

— On m'a rapporté.

— Mais le pire, grand-père, c'est la façon dont ils font la guerre.

— Que veux-tu dire ?

— Nous, nous faisons entre nos peuples, depuis des lunes, la « guerre fleurie ». Nous ne cherchons pas à tuer nos ennemis ; nous les prenons vivants, pour les emmener prisonniers, et pour offrir leurs cœurs, fraîchement sortis de leurs poitrines, à nos dieux, tout en haut de nos pyramides.

Les étrangers méprisent notre façon à nous de faire la guerre. Ils se battent pour tuer ; après les batailles, ils laissent pourrir au sol les cadavres démembrés de leurs adversaires, sans même prendre leur cœur ! Comment peux-tu comprendre cela ?

— Je ne comprends pas, mais ils ont sans doute une autre conception de la guerre ; après tout, peut-être que pour eux, arracher le cœur d'un prisonnier semble un acte... barbare.

— Barbare ? Mais tu sais bien que le prisonnier lui-même accepte cette règle : il sait que son sang versé de cette façon permet à ses semblables, et à sa famille en particulier, de s'attirer la mansuétude des dieux : nos dieux ont besoin de ce sang ! Ce sang, il est à la base de toute notre religion ; le roi lui-même fait régulièrement offrande de son sang, en perçant son pénis d'un stylet d'or...

— Je sais bien.

— Excuse-moi, bien sûr que tu sais mieux que moi...

— Mais ici encore, peut-être que d'autres civilisations trouveraient que se percer le sexe pour honorer les dieux est un acte difficilement compréhensible ?

— D'autres civilisations ? Lesquelles ? Les autres peuples qui vivent au sud de l'isthme du Sud, vers les grands espaces qui s'étendent par-delà cette bande de terre entre les deux grands Océans ? Là-bas, ce sont les Incas qui règnent, m'a-t-on dit, et leur religion n'est pas si différente de la nôtre...

— Non, je ne parlais pas des Incas.

— Mais de qui, alors ?

— Assieds-toi ; écoute...

25

Fleur verte s'était assise sur le tabouret de bois que lui avait indiqué son grand-père.

Elle attendit. Le vieux prêtre semblait perdu dans ses pensées. Puis il se secoua.

— Excuse-moi ! J'étais avec mes souvenirs...

— C'est vrai qu'avec toutes tes années, tu dois en avoir beaucoup, des souvenirs.

— Oui, j'en ai beaucoup : certains sont agréables à se remémorer ; d'autres sont plus douloureux. Ceux-là, j'essaie lâchement de les effacer de ma mémoire, mais ils reviennent toujours...

— Tu me parlais d'autres peuples que ceux que je connais.

— Oui... Je pense qu'il est temps que tu saches. En fait, ce n'est pas la première fois que des hommes arrivent sur nos terres par le Grand Océan de l'Est.

Fleur verte sursauta.

— Ces Teules sont déjà venus ? Mais personne ne m'a jamais...

Le vieil homme avait levé la main pour l'interrompre.

— D'abord, ce ne sont pas des Teules ! Ces guerriers qui viennent de débarquer chez nous ne sont pas des dieux, et même pas des demi-dieux ; ce sont des hommes comme nous, faits de chair et de sang, et mortels comme nous. Leur allure et leurs armes sont différentes, c'est tout.

— Et les animaux dans les pays d'où ils viennent sont aussi différents, c'est ça ?

— Exactement.

— Mais d'où viennent-ils ? On nous a toujours appris qu'il n'y avait rien de l'autre côté du grand Océan de l'Est.

— Il y a des terres de l'autre côté du Grand Océan de l'Est.

— Des terres ? De grandes terres ? Tu les connais ?

— Non, je ne les connais pas, mais je sais qu'il y en a. Et je savais qu'elles existaient, bien avant que ces barbus puants débarquent, venant de ce qu'ils appellent l'Espagne.

Fleur verte ouvrait de grands yeux.

— Tu savais donc qu'il y avait des terres à l'est ; et elles sont loin ?

— Très loin ; même avec leurs grands vaisseaux, il leur faut de longues semaines avant d'arriver jusqu'à nous. Et la mer est cruelle : nombreux sont les navires qui ont fait naufrage et ne sont jamais arrivés jusqu'à nous.

— Mais comment pouvais-tu savoir qu'il y avait des terres et des peuples de l'autre côté ?

— Je te l'ai dit ; parce que des étrangers de ces terres de l'Est sont déjà venus jusqu'à nous.

— C'est vrai ?

Et même à plusieurs reprises...

Là, Fleur verte resta bouche ouverte. Cela amusa le vieux prêtre.

— Tu penses que je suis réellement gâteux ?

Fleur verte se secoua.

— Non !! Bien sûr que non ! Mais qui étaient ces gens ?

— Il y a eu plusieurs vagues au cours des temps. La plus récente, mais qui date déjà de longues lunes, ce fut l'arrivée sur nos côtes, très au nord de notre pays, de géants aux cheveux jaunes, débarqués de longues pirogues poussées par des grandes voiles rectangulaires. Ceux-là n'ont pas laissé de bons souvenirs. C'étaient eux aussi de redoutables guerriers, maniant des haches de métal. Le seul point commun qu'ils avaient avec nous était la sculpture qui ornait la proue de leurs navires, et qui ressemblait à notre dieu-serpent à plume. Ils ne sont pas restés très longtemps : ils ne pensaient qu'à piller et à massacrer ceux qui se mettaient en travers de leur route. Ils sont repartis sur leurs longues pirogues, après avoir mis à sac plusieurs cités de la côte...

— Et il y en avait eu d'autres avant ?

— Bien avant. De très longues années avant. Ceux-là avaient les cheveux noirs.

— Comme les Teu..., les... étrangers qui viennent d'arriver ?

— Ces étrangers-là n'avaient que la couleur de cheveux en commun avec ces barbares qui viennent de débarquer. Ils étaient pacifiques. Même s'ils portaient des armes, c'étaient des marchands, qui ne venaient pas pour tuer, voler et piller.

— Ils venaient faire du commerce ? De si loin ?

— Les premiers sont arrivés par hasard, poussés avec leurs vaisseaux par une tempête. Certains ont réussi à retourner dans leur pays et ont appris à leur peuple qu'il y avait une terre située très loin, à leur ouest, et que nous existions... Mais la traversée était trop longue et trop risquée pour des échanges réguliers. Ces commerçants devenus des amis ne faisaient que de rares apparitions. Et puis ce peuple dut affronter une guerre avec un puissant rival, tout là-bas, de l'autre côté du Grand Océan. Leur ville sacrée fut assiégée et allait être détruite.

— Alors ?

— Alors, l'un des capitaines de la flotte de la ville assiégée réussit à s'échapper, avec quelques navires et une partie du trésor de la ville. Poursuivi par ses ennemis, il entreprit de rejoindre nos côtes en traversant l'Océan pour mettre à l'abri ceux qu'il avait pu emmener, et aussi son trésor. Il perdit en route quelques-uns de ses vaisseaux, mais amena à bon port bon nombre de ses concitoyens, avec femmes et enfants. Nos ancêtres accueillirent sans problèmes ces étrangers qui venaient en paix, et qui leur apprirent des techniques nouvelles, par exemple pour la pêche, pour la poterie et pour l'agriculture. Et puis, pour nous remercier de notre hospitalité, leur chef remit à nos premiers prêtres ce qu'il avait pu sauver du trésor de leur ville. Viens voir...

Le vieux prêtre se leva lentement et se dirigea vers le fond de la grande pièce souterraine. Il souleva une lourde tenture et entra dans une autre pièce plus petite et plus basse de plafond. Il alluma une torche. Au fond de cette pièce s'ouvrait un couloir étroit. Ils l'empruntèrent. Après quelques pas, le vieux prêtre prit la main de sa petite-fille. Il lui montra le sol. Il était constitué de larges traverses de pierre qui allaient d'un bord à l'autre du passage, et dont la largeur ne dépassait pas la taille d'une main.

— Tu dois mémoriser ; tu ne dois poser le pied que sur les traverses un, trois, quatre, six, huit et neuf. Après, tu peux continuer sans problème.

Fleur verte sourit.

— Et si je me trompe ?
— Alors tes os iront blanchir trente coudées plus bas, avec ceux qui ont essayé de parvenir jusqu'ici et qui ne connaissaient pas le code...
— Un trois quatre six huit neuf ; cela devrait aller.

Ils poursuivirent. Ils débouchèrent dans une salle assez vaste et dont la voute en angle aigu s'élevait à la hauteur de trois ou quatre hommes. Tout autour de la salle, avait été taillé dans le roc comme une sorte de banquette. Mais il n'était pas question de s'y asseoir ; ce large contrefort était couvert d'objets divers que Fleur verte, à la lumière de la seule torche brandie par son grand-père, ne parvenait pas à bien identifier.

Le vieux prêtre alluma d'autres torches.

La salle s'illumina.

Se dévoila alors aux yeux de Fleur Verte une incroyable collection d'œuvres d'art, d'armes et de coffres ; certaines de ces œuvres brillaient de mille feux ; or, argent et pierres précieuses étaient au rendez-vous.

— Grand-père, et tu disais que ce n'était pas un vrai trésor !
— Ce qui t'impressionne le plus est loin d'être le plus précieux, ma petite-fille.

Fleur verte passait en revue les objets.

Elle s'arrêta devant un étrange casque, orné de grandes cornes.

— C'est le casque de l'un des étrangers commerçants dont tu m'as parlé ?

Le vieux prêtre sourit.

— Non, ça, c'est un casque des guerriers aux cheveux jaunes.
— Et ça ?

Fleur verte montrait un pectoral de bronze.

— Ça ? C'est l'armure du chef dont je t'ai parlé ; une merveille de travail du métal ; tu vois ces personnages en relief ?

— Je vois surtout que ce chef devait être un vrai géant ; tu as vu la largeur de cette armure ?

— C'était effectivement une sorte de géant, mais peut-être encore plus par le courage que par la taille.
— Et ça, qu'est-ce que c'est ?

Fleur verte s'était penchée sur une petite boîte, où était placée soigneusement, sur une pièce de tissu pourpre, de toutes petites amulettes de verre coloré ;

— Ce sont de petites figurines ; regarde ; des visages stylisés, coulés dans des matières de différentes couleurs ; ces petits masques étaient semble-t-il très prisés des clients de nos commerçants, dans les pays de l'Est de l'Océan.

— Et ça, c'est l'épée du chef ?

— Oui.

— Elle est beaucoup plus courte que celle des Teu... des étrangers barbus qui viennent de débarquer.

— Oui ; et le métal est certainement très différent ; depuis tout ce temps, ils ont dû faire des progrès. Les armes de ceux que tu t'évertues à appeler les Teules sont probablement beaucoup plus solides et plus tranchantes...

Fleur verte faisait le tour de la salle.

Elle s'arrêta devant une grande plaque de métal foncé, gravée d'une sorte de carte.

— Et ça ? Qu'est-ce que cela représente ?

— C'est l'un des continents situés de l'autre côté du Grand Océan.

— Et cette ligne qui contourne en partie ce... continent ?

— Elle correspond au voyage qu'avait fait l'un des ancêtres du grand chef qui est arrivé jusqu'à nous. Cet ancêtre s'appelait Hannon ; c'était aussi un grand navigateur. Il avait réussi à naviguer autour du continent beaucoup plus loin que personne avant lui. C'était l'un des secrets les mieux gardés de la ville sacrée. C'est pour cela que le grand capitaine qui nous a rejoint ne pouvait le laisser tomber aux mains de ses ennemis.

Fleur verte continuait son inventaire.

— Tu as vu, grand-père ? Ces statuettes sont vraiment magnifiques : quelle finesse : les femmes là-bas devaient être très jolies.

— Moins que toi, ma petite fille !

— Je n'en crois pas un mot !... Et ces bijoux ; c'est de l'or ? Je n'avais jamais vu un tel travail avec un fil d'or aussi fin... Et ça, qu'est-ce que c'est ?

Elle désignait un lourd coffre de métal, lui-même cerclé de larges et robustes bandes métalliques.

C'est de très loin ce qu'il y a de plus précieux ici.

Fleur verte fit la moue ;

— Et bien, pourtant, cela ne paie pas de mine...
— Ce sont les trois sœurs.
— Comment ?
— Dans ce coffre dorment celles que nous avons appelé les trois sœurs.

Fleur verte ouvrait de grands yeux. Le vieux prêtre continua.

— Ce sont trois pierres noires tombées du ciel, trois pierres que nous a amenées de sa ville notre ami d'au-delà des mers. Et ce sont elles qui possèdent les pouvoirs que j'ai déjà évoqués.
— Le pouvoir de maîtriser la vie et la mort ?
— Tu as compris.
— Mais comment ces pierres peuvent-elles...?
— Je t'expliquerai. Tu en auras besoin, car il faudra peut-être que tu te serves de ces pouvoirs pour lutter contre tes Teules. Et puis, notre ami nous avait fait promettre de venger, même des siècles plus tard, sa cité détruite, et cela, grâce aux pouvoirs des trois sœurs. Mais jusqu'à présent, nous n'avions pas la possibilité de traverser l'océan de l'Est pour tenir notre promesse.

— Mais nous ne pouvons toujours pas !

— Tes Teules le peuvent ; il suffit d'emprunter l'un de leurs vaisseaux.

—Mais, grand-père, comment veux-tu que... que nous... que je...

— Quand les temps viendront, tu trouveras la solution.

— Grand-père ; comment s'appelait la cité du grand chef étranger ?

— Qart Hadasht. Il prononçait Carthage.

— Et lui, comment s'appelait-il ?

— Il s'appelait Magon.

— Et quelle était la ville qui a détruit la sienne ?

— Il l'appelait Rome.

Fleur verte sursauta :

— J'ai déjà entendu ce nom ; les Teules... les étrangers en ont parlé...

— Oui, ils en ont parlé ; ils disent venir au nom d'un empereur, mais aussi au nom d'un souverain suprême, d'une sorte de grand prêtre qui règne sur presque tous leurs pays, et ce depuis la cité qu'ils appellent Rome.

— Alors, c'est Rome qui a détruit la ville de Magon, et c'est Rome qui nous envoie ces barbares meurtriers pour nous convertir à leur dieu.

— Tu as tout compris, ma petite-fille.

— Mais comment doit-on se servir des... des trois sœurs pour...

— Pour tuer ou prolonger la vie ?

Fleur verte frémit un peu.

— Oui. Comment des pierres, fussent-elles tombées du ciel, peuvent-elles...?

— Ecoute bien, Fleur verte, et grave bien tout ce que je vais te dire au plus profond de ta mémoire.

— Fais-moi confiance. Mais, grand-père, pourquoi ce serait-ce particulièrement à moi de venger Magon et les siens ?

— Parce que son sang coule dans tes veines.

26

Journal de Bernal Diaz de Castillo, 16 octobre 1519.

Nous avons quitté Tlaxcala le 12 Octobre, avec nos nouveaux alliés. Nous avons rallié Cholula en deux jours de marche.

Nous n'étions pas encore en vue de la ville de Quezalcoatl que nous avons vu arriver à notre rencontre une délégation de notables et de prêtres. Ils étaient richement parés, et apportaient des présents et des vivres ; du maïs et des volailles.

Par l'intermédiaire de Doña Marina, ils nous expliquèrent que nous étions les bienvenus dans la ville de leur Grand Dieu Quetzacoatl. Notre caudillo Hernan Cortés accepta les cadeaux, mais leur indiqua qu'ils auraient bientôt à abandonner Quetzacoatl pour n'adorer que le dieu des Chrétiens et la Vierge Marie. Les notables esquivèrent poliment la discussion, mais il était évident que cette demande déplaisait fortement aux prêtres qui les accompagnaient. Il est vrai que les prêtres de notre expédition en général, et frère Aguilar en particulier, suggéraient parfois au capitaine qu'il fallait savoir rester patient et prendre son temps pour ces conversions ; mais la patience n'a jamais été le point fort de notre Caudillo.

Accompagné de la délégation qui était venue à notre rencontre, nous avons poursuivi notre route vers Cholula.

La vue de la Cité sacrée des Aztèques nous stupéfia. Cholula était plus étendue encore que Tlaxcala ; et surtout, elle paraissait beaucoup plus riche. Frère Aguilar m'a dit hier qu'il avait compté environ 50 000 ou 60 000 maisons. Quant à nos alliés de Tlaxcala, ils affirmaient que Cholula pouvait lever en quelques jours une armée de 25 000 hommes.

Mais pour moi, c'est l'architecture de la ville qui est la plus remarquable. J'ai moins voyagé que certains de mes compagnons, mais je connais bien la plupart des grandes cités de notre Espagne natale. Cholula me fait penser à Valladolid, mais en plus grand, en plus riche et en plus impressionnant.

Tout d'abord, elle est dominée par ce que nous avons pris au départ pour une montagne, ou au moins une petite colline. En fait, il s'agit d'une pyramide gigantesque, la plus grande qu'aient jamais bâtie les hommes. Seules, peut-être, les pyramides d'Egypte, qu'aucun d'entre nous n'a pu voir de ses yeux, pourraient lui être comparées. Sur les quatre côtés de cet énorme édifice se dressent des volées d'escaliers de pierre, très raides, difficiles à escalader. Quand on parvient au sommet, où se situe une grande plate-forme avec plusieurs temples, et que l'on se retourne, on est saisi de vertige. Une partie de la pyramide, à côté des escaliers, est couverte de terre et de végétation, et c'est pourquoi de loin nous avions pensé à une éminence naturelle.

Du haut de la grande pyramide, on découvre toute la ville alentours. Notre chef Hernan Cortés, l'un des premiers à monter au sommet de l'édifice, nous a dit avoir compté pas moins de quatre cents « tours-pyramides » secondaires dépassant des habitations ordinaires.

Nous nous vîmes attribuer par les représentants des autorités de Cholula un palais et un ensemble de maisons tout autour d'un très grand espace rectangulaire se situant au bas de la grande pyramide. Nos alliés de Tlaxcala étaient trop nombreux, nous a-t-on dit, pour être logés dans la ville même : ils installèrent donc leur campement à l'extérieur des murs d'enceinte de la cité.

Dès le second jour, notre capitaine commença à trouver que les vivres ne nous parvenaient pas en suffisance. Par ailleurs, le roi de la ville, Quauhcoatl-serpent-aigle, dont on nous annonçait régulièrement la venue pour nous saluer, ne se montrait toujours pas. Bientôt, nos hôtes de Cholula ne nous livrèrent plus que de l'eau et du bois pour le chauffage. Et nous n'avions plus de fourrage pour nos chevaux.

Au soir du 15 Octobre, c'est-à-dire hier soir, notre chef nous réunit, avec les principaux capitaines et Doña Marina. Je vais tenter de rapporter aussi fidèlement que possible cette discussion.

—Mes amis, nous allons bientôt devoir prendre des décisions importantes. Ce qui se passe dans cette cité est inquiétant. J'ai demandé aux notables de Cholula davantage de nourriture pour nos soldats, et on m'a répondu qu'il était difficile pour leur ville de nourrir autant de monde...

Frère Aguilar risqua :

— C'est peut-être en partie vrai ; surtout si l'on ajoute à nos troupes nos alliés de Tlaxcala.

Gonzalo de Sandoval, toujours prêt à s'emporter, ne laissa pas à notre chef le loisir de répondre.

— C'est ridicule : vous avez vu la richesse de cette ville ? Et les gens de Tlaxcala nous ont bien dit qu'il s'agit du plus grand centre de commerce de toute la région ! Et vous-même, frère Aguilar, vous avez estimé la population entre 150 000 et 200 000 âmes ! Et vous voulez nous faire croire qu'ils ne sont pas capables de nous nourrir pour quelques jours ? Ils se moquent du monde !

Cortés lâcha doucement.

— Ou bien il y a une autre explication...

Diego de Ordaz s'avança d'un pas.

— Tu as des idées là-dessus, capitaine ?
— Peut-être : nos amis de Tlaxcala m'ont rapporté de curieuses histoires. D'abord, ils me disent qu'il y a très peu de femmes et d'enfants en ville.

Frère Aguilar suggéra doucement :

— *Ce n'est pas complétement étonnant ; est-ce que vous ne demanderiez pas à vos famille de se terrer dans leur maison si vous aviez vu débarquer dans vos villes de Castille, une troupe de soldats étrangers armés jusqu'aux dents et porteurs d'armes inconnues et dévastatrices ?*

— *Nos amis de Tlaxcala me disent qu'ils ne sont pas dans les maisons ; les femmes et les enfants ont été envoyés ailleurs...*

— *Les gens de Tlaxcala sont les ennemis héréditaires de ceux de Cholula ; croyez-vous vraiment qu'ils soient fiables ?*

Hernan Cortés reprit la parole.

— *Il y a autre chose...*

Je ne pus m'empêcher d'intervenir.

— *Autre chose ? Mais quoi, capitaine ?*

— *Des autres choses... D'abord, aux abords de notre palais, on ramasse des grosses pierres et on les entasse sur les toits...*

— *Ils prévoient peut-être des travaux ?*

— *Comme par hasard, juste à côté de là où nous résidons ? Et il y a plus inquiétant. Doña Marina, explique aux capitaines.*

Doña Marina s'avança ; même ceux qu'agaçait son emprise sur notre chef ne pouvaient rester insensibles à la beauté de la princesse maya.

Doña Marina parlait maintenant un espagnol parfait, sans le moindre accent ;

— *Hier soir, une vieille femme faisant partie de la plus haute noblesse de Cholula est venue me voir. Elle pensait que je n'étais pour vous qu'une simple interprète. Elle m'a conseillée de vous quitter rapidement, car tout a été préparé pour vous exterminer dès que vous mettrez un pied hors de ce palais. Des armes ont été entreposées dans les maisons alentours ; des soldats ont été rappelés des campagnes voisines, et une armée envoyée par Moctezuma campe non loin de Cholula, cachée dans la montagne proche. La vieille femme me proposait de me sauver et d'épouser son fils, et de devenir ainsi une princesse de Cholula.*

Cortés se retourna vers ses hommes..

— *Alors, qu'est-ce que vous en pensez ?*

Diego de Ordaz hasarda :

— *Je pense que cela peut tout aussi bien être un piège de nos alliés de Tlaxcala.*

Gonzalo de Sandoval s'était dressé.

— *Comment ça, un piège de Tlaxcala ?*
— *Gonzalo : nous avons tous compris que malgré les apparences actuelles, Tlaxcala et Cholula demeuraient des rivales, sinon des ennemies. Tlaxcala est peut-être en train de nous berner pour nous forcer à attaquer et à détruire son adversaire de toujours !*
— *C'est complétement stupide ! Et du coup tu préfères prendre le risque de nous voir étriper dans notre sommeil dans ce maudit palais ?*

Hernan Cortés leva la main droite. Les capitaines se turent et le regardèrent.

— Je me suis aussi posé des questions. J'ai alors demandé à Andrès d'aller enlever deux de leurs prêtres, parmi les plus jeunes. Et nous les avons interrogés...

Frère Aguilar s'interposa :

—Vous les avez torturés ? Au nom du Christ, je ne peux pas ...
— Ce n'est pas vous qui êtes en charge de notre armée, mon père ! Andrès ; tu nous dis ?

Andrès de Tapia, une sorte de colosse pas très grand, mais aussi large que haut, s'avança avec un grand sourire.

— Compte tenu de l'importance de ce qu'ils nous ont dit, je ne regrette pas de les avoir...
—Torturés ?

Frère Aguilar n'avait pas pu s'empêcher.

— Disons... de les avoir privés de quelques parties de leur anatomie : mais rassurez-vous, pas de la langue !

Il partit d'un grand rire, mais s'arrêta vite quand il s'aperçut qu'il était le seul à trouver ça drôle.

Hernan Cortés le coupa sèchement.

— Au fait, Andrès ! Au fait !
—Bien : ils nous ont dit que jamais Cholula n'accepterait d'autre Dieu que Quetzalcoatl.

— *Jusque-là, rien de bien étonnant, susurra frère Aguilar.*

— *Oui, mais après, ils nous ont confirmé qu'une armée de Moctezuma nous attendait au-delà des montagnes de l'Ouest pour nous tomber dessus par surprise.*

Diego de Ordaz intervint ;

— *Et à Cholula ? Ils ont parlé de piège ?*

— *Pas... vraiment, mais après ce que l'on vient d'entendre, on peut penser que ...*

— *Il ne s'agit pas de penser ; il faut savoir ! Il faut leur demander précisément si nous risquons quelque chose ici à Cholula !*

Andrès de Tapia prit un air gêné.

— *Ça... ça va être un peu difficile...*

— *Pourquoi ? Diego de Ordaz insistait.*

— *Disons... et bien disons que les prisonniers ne sont plus en état de... de collaborer.*

Hernan Cortés reprit la parole.

— *Cela suffit. Nous avons suffisamment de raisons de croire que nous sommes tombés dans un piège tendu par Moctezuma, avec très probablement la complicité des gens de Cholula. Nous n'avons pas le choix ; dans la situation où nous sommes, il vaut mieux prévenir les choses que les subir. Voici mes ordres : écoutez bien.*

27

Le soir même, Cortès fit mander les notables de Cholula qui lui avaient servi d'intermédiaires jusqu'à présent. Il leur annonça que lui-même et toute son armée, y compris leurs alliés de Tlaxcala, partiraient dès le lendemain matin pour Tenochtitlan. Il souhaitait pouvoir saluer le roi de Cholula, et demandait que soit mis à sa disposition cinq cents porteurs robustes pour pouvoir emmener tous ses canons et son matériel.

Il donnait rendez-vous le lendemain à l'aube au roi, aux notables, aux prêtres de Quetzalcoatl, et aux porteurs, dans la grande cour du palais que l'on lui avait octroyé comme résidence.

De la fenêtre de son palais à elle, situé un peu plus haut, presque au flanc de la grande pyramide, Fleur Verte, rapidement instruite par la rumeur publique du départ des étrangers barbus, entendait bien ne rien perdre du spectacle.

Dès les premières lueurs du jour, elle vit arriver d'abord son amoureux, Bouclier fumant, revêtu de ses plus beaux atours mais sans ses armes, car c'est ce que lui avait ordonné son roi, Serpent-aigle. Le jeune homme prit position au milieu de la cour, avec les trois cents guerriers de la Garde royale, tout aussi richement parés, mais tout aussi désarmés que lui.

Puis arrivèrent, par les quatre coins de la grande place, les équipes de porteurs, choisis parmi les hommes les plus robustes de Cholula. Ils se retrouvèrent par groupe venant des mêmes quartiers, formant plusieurs attroupements qui s'égaillèrent sur la place.

Puis vinrent les notables, vêtus de leurs longues robes brodées d'or. Les hautes coiffures de plume donnaient une idée de leur rang ; au plus noble les coiffes les plus hautes, les plus travaillées et les plus colorées. Ils étaient accompagnés de quelques prêtres.

Le roi, Serpent-aigle, arriva en dernier, sur une chaise somptueuse, dégoulinante de broderies d'or, portée sur les épaules de douze solides gaillards.

Fleur Verte savait par contre que son grand-père ne viendrait pas. Il lui avait dit ne pas souhaiter voir les étrangers, et puis, nul n'avait parlé aux envahisseurs barbus de la caste supérieure des prêtres de Quetzalcoalt, qui officiaient dans les profondeurs de la Grande Pyramide.

Fleur verte évalua que c'était plus de mille hommes, la fleur de l'aristocratie et de l'armée de Cholula, qui se retrouvaient là, sur cette place. Une idée lui traversa l'esprit, qu'elle refoula immédiatement ; non, ce n'était pas possible... Les étrangers allaient partir, quitter définitivement Cholula, et prendre la route de Tenochtitlan. Là-bas, ce sera à

Moctezuma de jouer. Fleur verte espérait simplement qu'il soit à la hauteur...

Bouclier-fumant, là-bas, à la tête de ses troupes, tourna la tête vers la fenêtre d'où elle se penchait: de là où il était, il pouvait l'apercevoir ; une toute petite silhouette vêtue de blanc se détachant sur l'ombre de la fenêtre carrée. Fleur verte lui fit un grand signe du bras. Le jeune homme sourit et eut un léger mouvement de la main droite ; son rang lui interdisait d'en faire davantage, mais Fleur verte aperçut et comprit.

Mutine, elle alla chercher un petit miroir ; le soleil venait juste de se montrer en face d'elle ; elle renvoya vers Bouclier-fumant l'éclat du soleil levant. Elle le vit cligner des yeux, lever la main droite pour se protéger, et elle devina son sourire malgré la distance.

Tout à son jeu, elle n'avait pas vu les Espagnols se mettre en mouvement.

Cortés, en un tour de main, avait bloqué les quatre issues de la grande place avec ses arquebusiers. Puis il apparut, monté sur son cheval et armé de pied en cap. Suivi de tous ses cavaliers et d'une centaine de fantassins en armes, il avança vers le centre de la place où l'attendaient le roi de Cholula, les notables et les prêtres. Il avait emmené un interprète. Il s'adressa à Serpent-aigle. Il lui fit dire qu'il était au courant de sa traîtrise, et qu'il savait que les soldats de Cholula, aidés par les troupes de Moctezuma qui n'attendaient qu'un signal aux portes de la ville, avaient eu l'intention de les exterminer, lui et tous ses hommes.

Serpent-aigle semblait tomber des nues ; il fit répéter trois fois l'interprète, ce qui agaça copieusement Cortés, puis se lança dans une longue tirade. Cortés l'interrompit, demandant à l'interprète ce que racontait le roi. Il lui fit répondu que Serpent-aigle niait toute volonté de nuire ; qu'il était venu en ami, en paix, et désarmé, tout comme ses hommes, pour saluer les étrangers et leur fournir tout ce qu'ils souhaitaient pour poursuivre leur voyage vers Tenochtitlan. Cortés n'écouta même pas la fin de la traduction. Il s'emporta ;

— Il ment ! Cet homme n'est que mensonge !

Il avait dégainé sa longue lame de Tolède. Les hommes de la garde royale de Cholula resserrèrent leurs rangs pour protéger leur monarque, Bouclier-Fumant en tête.

Cortés, l'allure furieuse, poursuivait :

— Ce roi n'a jamais accepté de me rencontrer jusqu'à maintenant ! Il n'a pas voulu abjurer son dieu de pacotille ; il n'a pas voulu mettre fin aux sacrifices humains qui sont une offense au Christ Jésus et à la Vierge Marie ! Et ce roi est un traître ! Il avait tout préparé pour nous massacrer, et arracher nos cœurs au haut de sa Grande Pyramide. Et maintenant, nous allons devoir vous montrer comment nous châtions la traitrise, afin que plus jamais dans ce pays nous ne soyons exposés à une telle trahison !

La tirade était tout autant destinée aux habitants de Cholula qu'à ses propres troupes : Cortés savait bien que certains de ses capitaines trouvaient la riposte disproportionnée.

Il leva haut son épée et l'abaissa : c'était le signal. Les arquebuses tirèrent toutes en même temps leurs balles mortelles. Les cavaliers foncèrent au grand galop dans la masse compacte des hommes de Cholula. Aux quatre coins de la place, les arquebusiers s'étaient écartés ; les fantassins espagnols envahirent la place.

Ce ne fut pas un combat ; aucun homme de Cholula n'avait la moindre arme pour se défendre.

Ce fut une *matanza,* un véritable massacre.

Fleur verte, horrifiée, vit en quelques minutes mourir presque tous ceux qui avaient été rassemblés sur la grande place. Comme à leur accoutumée, les Espagnols ne faisaient pas de prisonniers. Ils se rassasiaient de sang versé, et s'amusaient, avant de les achever, à découper en morceaux les malheureux qui leur tombaient sous la main. Les survivants couraient désespérément dans tous les sens pour tenter de s'échapper ; mais il n'y avait aucune issue par où s'échapper.

Les lames de Tolède coupaient tête, bras et jambes. Elles éventraient aussi certains, qui continuaient à ramper, traînant leurs boyaux dans la poussière. Les fantassins et les cavaliers espagnols piétinaient dans une boue sanglante, et d'aucuns semblaient en tirer une jouissance malsaine.

Plus tard, Cortés dira que ses hommes n'avaient tué « que » trois mille personnes à Cholula ; mais c'était sans compter avec ses alliés, car, dès que débuta le massacre sur la grande place, les portes de la ville avaient été ouvertes par les Espagnols aux soldats de Tlaxcala. Leurs quatre mille hommes déferlèrent sur la cité de Quetzalcoalt. Pendant deux jours entiers, ils purent donner libre cours à leur sauvagerie et à leur volonté longtemps frustrée de tirer vengeance de leur éternelle rivale ; pendant deux jours entiers, les hommes de Tlaxcala tuèrent, violèrent, pillèrent ; les temples, vidés de toutes leurs richesses, brûlèrent sans interruption pendant deux jours et deux nuits...

Du haut de la grande pyramide sacrée, quelques prêtres qui avaient échappé au massacre décidèrent d'utiliser l'arme de la dernière chance, celle qui était censée protéger Cholula des envahisseurs en toute dernière extrémité. Ils commencèrent à retirer des pierres du sommet afin que les ennemis soient noyés par les cataractes crachées par la pyramide de Quetzalcoatl. Ils crurent un moment avoir gagné la partie ; l'eau commença effectivement à se déverser par les trous béants laissés par les pierres arrachées au sommet. Mais rapidement, les cataractes annoncées se transformèrent en ruisselets anémiques, et les prêtres réalisèrent avec horreur que leurs prophéties étaient fausses. De désespoir, la plupart se jetèrent du haut de la pyramide, préférant le suicide à la capture par les étrangers ou les hommes de Tlaxcala. Fleur verte, de la fenêtre de son palais, avait suivi leur tentative. Elle espéra, sans pouvoir en être certaine, que les prêtres avaient laissé suffisamment d'eau dans les citernes du sommet pour pouvoir faire se lever le monolithe qui permettait d'accéder au tabernacle enfoui dans les profondeurs de la Grande Pyramide.

La garde royale de Serpent-aigle s'était faite tailler en pièces plutôt de d'exposer leur monarque. Mais bientôt, il n'y eut plus que Bouclier-Fumant, qui s'était emparé d'une sorte de pieu, pour servir de dernière défense à son souverain. Andrès de Tapia, l'épée pointée, le fit reculer. Un autre conquistador, Alonso de Mendoza, se dirigea alors sur Serpent-Aigle : le roi de Cholula tenta de se protéger de la lame du soldat de Medellin, mais c'était sans compter avec le tranchant de l'épée de Tolède. Le bras droit de Serpent-Aigle, tranché net, tomba à terre. Alors Alonso de Mendoza prit son temps, assura son épée à deux mains et fit sauter la tête du monarque.

Il sembla aux Espagnols que le jeune aztèque survivant devenait subitement fou. Avec un hurlement d'animal blessé, il se rua sur Andrès de Tapia. De son pieu de bois, il dévia la lame, et puis, d'un même mouvement, il frappa l'arrière des genoux du conquistador. Avec un juron, celui-ci tomba à genoux et lâcha son épée. Avec une vivacité qui laissa les Espagnols sans réaction, Bouclier Fumant s'empara de l'arme et la pointa vers ses adversaires.

Tapia s'était redressé ;

— Alonso ! Donne-moi ton épée ! Je veux couper en rondelles ce maudit macaque !

Alonso de Mendoza s'était avancé, et faisait reculer ses frères d'arme.

— Laisse-moi donc faire. Il semble que ce sauvage veuille prendre une leçon d'escrime. Alors on va s'amuser un peu : faites cercle, les amis.

Depuis sa fenêtre, Fleur verte vit les étrangers former un large cercle autour de son amant. Dans le cercle s'avançait l'un des barbus couverts de fer : face à Bouclier fumant qui avait ramassé l'une de leurs grandes lames, il marcha en faisant de curieux moulinets avec son épée.

Alonso de Mendoza passait pour le meilleur bretteur de l'expédition. C'était mérité ; il avait été maître d'armes en Espagne, dans sa ville natale de Medellin. Il s'avançait en riant.

— Alors, mon garçon ; quel effet cela fait d'avoir une lame de Tolède dans les mains ? Ça te change de tes bâtons avec tes cailloux, non ?

Bouclier fumant ne comprenait bien entendu pas un traître mot de ce que lui disait l'étranger barbu, mais il comprenait bien qu'on se moquait de lui. Encerclé comme il l'était, il ne se faisait pas d'illusions sur l'issue du combat, mais il vendrait chèrement sa peau. Il se rua en hurlant sur Alonso de Mendoza.

Un peu surpris, ce dernier para le coup sans trop de difficultés, et se contenta de repousser le jeune homme.

— Par la Sainte Vierge Marie, il en veut, ce satané sauvage !

Bouclier fumant revint à la charge.

Mendoza comprit bien vite les limites de Bouclier fumant. Le jeune Aztèque n'avait de toute sa vie utilisé que les bâtons incrustés de lames d'obsidienne ; ces armes ne permettaient que des frappes de taille et d'estoc, et non de pointe, car l'extrémité du bâton était mousse et incapable de blesser. Mendoza comprit que le jeune Aztèque ne se servirait que d'une partie des possibilités des lames de Tolède, capables de trancher de taille et d'estoc, mais aussi de transpercer l'ennemi comme un vulgaire dindon.

Calmement, il para toutes les attaques de Bouclier Fumant, sans même contre-attaquer.

Les conquistadors, tout autour de lui, commençaient à s'impatienter.

— Alonso ! Qu'est-ce que tu attends pour embrocher cette volaille ?

Mendoza para, de sa lame horizontale, une attaque de Bouclier Fumant, qui avait foncé sur lui l'épée au-dessus de sa tête, et en la brandissant à deux mains.

— Il apprend vite, le gamin !... Bien, cela suffit maintenant.

Mendoza se mit en garde haute, l'épée tendue en avant à la hauteur de son épaule. Décontenancé, Bouclier Fumant décida de faire de même. C'était exactement ce qu'attendait le conquistador, qui prit le fer de son adversaire, bloquant ses mouvements. Il enroula sa lame autour de celle du jeune aztèque et se fendit : son épée traversa de part en part l'épaule du jeune homme. Celui-ci ne cria pas, mais lâcha son arme.

Du cercle des Espagnols, montèrent des rires et des applaudissements.

Mendoza, tout sourire, se retourna les bras levés vers ses amis.

— Et voilà le travail ! C'était écrit !
— Attention !

C'était Andrès de Tapia qui avait crié la mise en garde.

Bouclier Fumant, l'épaule droite en sang et le bras droit paralysé, venait de ramasser à terre son épée de la main gauche et se ruait à nouveau à l'attaque.

Mendoza eut à peine le temps d'esquiver ; la lame du jeune aztèque lui érafla le bras gauche. L'Espagnol jugea alors que la plaisanterie n'avait que trop duré. Il fit voler l'épée de son adversaire. Sa lame tourna dans les airs et s'arrêta net sur le cou du jeune homme, ne faisant qu'entailler la peau.

Les conquistadors hurlaient.

— Ça suffit ; fais-lui sauter la tête !

Mendoza croisa le regard du jeune aztèque. Il murmura ;

— Dommage...

Et il fit voler à vingt pas la tête du jeune chef de la garde royale de Cholula.

Fleur verte faillit hurler, mais au même moment elle entendit un vacarme venant de la rue étroite qu'elle surplombait. Elle se pencha ; des soldats de Tlaxcala poursuivait des gens désarmés, massacrant tous ceux qu'ils parvenaient à rattraper.

Fleur Verte pensa brusquement à sa petite sœur, restée avec ses servantes dans une maison proche. Sa sœur habitait là depuis la mort de leur mère, il y avait plusieurs lunes. Fleur Verte arracha sa longue robe ; elle serait plus à l'aise pour courir avec sa tunique courte. Elle dévala les escaliers et courut comme une folle jusqu'à la petite maison. La porte avait été défoncée. Elle entra en appelant Rosée du Matin, mais personne ne répondit. Le cœur battant de plus en plus fort, elle pénétra dans la grande salle. Rosée du Matin était là, étendue sur le ventre... Dans un bain de sang. Fleur verte se précipita et retourna le corps de la petite fille.

Une large entaille lui ouvrait la gorge, et les yeux étaient fixes.

Fleur verte entendit un gémissement. Là-bas, dans un coin sombre, elle devina une forme. Elle s'approcha. C'était Brindille des Bois, leur vieille servante. Couverte de sang, elle agonisait.

— Qui a fait ça ? Dis-moi qui a fait ça !

Brindille des Bois tenta de dire quelque chose.

— Qu'est-ce que tu dis ? Je n'entends pas ! Il faut que tu me dises...

Elle se pencha sur la vieille femme.

— C'était... un étranger barbu... La petite ne voulait pas... Alors il l'a...

La vieille servante ne put aller plus loin. Sa tête retomba en arrière.

Fleur Verte se redressa. Un cauchemar. Ce n'était qu'un horrible cauchemar : elle allait se réveiller, et elle irait se blottir dans les bras de son homme, et Rosée du matin viendrait se moquer d'elle en riant...

Mais le géant barbu et couvert de fer qui pénétra dans la maison, son épée dégoulinante de sang à la main, la ramena à la réalité.

— Eh, les amis ! Par ici ! Je viens d'en trouver une dont vous me direz des nouvelles ; allez, viens par ici ma jolie !!

Fleur Verte fonça vers la sortie arrière, ferma la porte et la bloqua comme elle put. Puis elle prit les jambes à son cou ; elle avait au moins un avantage sur le géant barbu ; elle courait beaucoup plus vite que l'homme empêtré dans son armure de fer.

Elle se cacha d'une troupe de soldats de Tlaxcala, tout autant couverts de sang que les Espagnols. Elle se retrouva au pied de la Grande Pyramide. Elle gravit en courant les escaliers qu'elle avait empruntés quelques jours plus tôt. Elle eut bientôt rejoint la porte au flanc de la pyramide. Wataposhti, Casse-crâne, l'immense prêtre-gardien, semblait l'attendre. Elle entra. Derrière elle, Casse-crâne fit pivoter une énorme porte, faite d'un seul bloc de pierre, et il la bloqua en plaçant en travers deux grosses poutres, elles-mêmes encastrées dans de larges encoches dans les blocs de pierre de chaque côté de l'entrée ; les Espagnols n'étaient pas près de pouvoir pénétrer... Elle courut dans les couloirs, cette fois-ci suivi par le jeune prêtre, qui avait, pensa-t-elle, certainement reçu l'ordre de la protéger. Devant le monolithe, elle eut un moment d'inquiétude ; et si les prêtres qui avaient tenté de noyer les envahisseurs avaient épuisé toute l'eau des citernes ? Mais elle fut bien vite rassurée. Elle entendit l'eau couler et avec la même lenteur majestueuse que la dernière fois, le bloc s'éleva. Elle n'attendit pas que le bloc se soit levé complétement ; dès qu'elle le put, elle se faufila par-dessous et courut vers la salle du tabernacle.

Son grand-père l'attendait. Il avait revêtu ses plus beaux habits de cérémonie et portait sa haute coiffure de plumes. Fleur verte se jeta dans ses bras. Pour la première fois, elle se laissa aller à éclater en sanglots.

Elle hoqueta ;

— Ils ont tué mon homme, ils ont tué Rosée du matin, et ils sont en train de tuer tous les gens de Cholula ; mais qui sont ces diables ?

— Ces diables devront payer, et ils paieront bientôt, Fleur verte ; dans quelques mois ou quelques années, tous ces massacreurs seront eux-mêmes massacrés.

— Mais par qui ?

— Par qui ? Par nous-mêmes, ou bien par leurs semblables.

Que veux-tu dire ?

— Ces étrangers diaboliques aiment trop l'or ; ils s'entretueront bientôt.

— Comment sais-tu cela ?

— Je le sais. Mais je sais aussi que les vrais responsables sont au-delà du Grand Océan ; ce sont ceux-là qu'il faut mettre hors d'état de nuire, de nous nuire, nous les peuples de ce qu'ils appellent le Nouveau Monde alors qu'il s'agit du vieux monde de nos ancêtres depuis des siècles.

Fleur verte leva les yeux vers son aïeul ; son regard avait pris un éclat dur que le vieil homme ne lui avait jamais vu auparavant.

— Si c'est ce pontife d'au-delà des mers qui est responsable, si c'est lui qui a fait tuer l'homme avec qui je voulais passer ma vie et avoir des enfants, si c'est lui qui a fait tuer Rosée du matin et qui a fait massacrer notre peuple de Cholula, alors...

— Alors quoi ?

— Alors je le tuerai !

— Comment ferais-tu cela ?

— Donne-moi les trois sœurs !

Le vieux prêtre resta un moment silencieux.

— Et comment feras-tu ?

— Je le trouverai ; et tu m'as expliqué comment les trois sœurs... et tu vas venir avec moi !

— Non.

— Non ? Mais pourquoi, Ils vont finir par te trouver, et ils te tueront toi aussi !

— Je suis trop vieux, Fleur verte. Moi, je reste dans ma pyramide. Ils ne me trouveront jamais, ne t'inquiète pas. Mais je garde l'une des sœurs avec moi. Tu auras assez de deux. Pars avec Casse-crâne ; de toute façon, tu ne pourrais pas porter la caisse avec les deux sœurs ; elle est trop lourde pour toi. Tu passeras par le souterrain du nord ; tu te rappelles ?

— C'est par là que je sortais de la ville quand j'étais petite. Je n'ai pas oublié.

— Tu sortiras par là ; et je ferai écrouler le passage ensuite.

— Et toi ?

— Tu as déjà vu un tombeau plus somptueux ? Nulle part je n'en trouverai un pareil à celui-là !

— Grand-père !

— Pars, maintenant ! Pars venger notre peuple, pars venger ton homme et Rosée du matin ; et en même temps, venge ton ancêtre.

— Mon ancêtre : l'homme de Carthage ?

— Lui-même...

28

Valladolid, le 21 Février de l'An de Grâce 1547,

Mon cher frère dans la foi de Jésus-Christ, Cher Antonio,

Nos frères de retour du Nouveau Monde m'ont confirmé que tu poursuis à Cuzco, avec la ferveur et le dévouement que nous te connaissons tous, ta mission d'évangélisation. Tu imagines combien je suis sensible aux efforts que tu déploies, jour après jour, pour faire prévaloir notre combat en faveur des malheureuses populations indigènes des nouveaux territoires.

Pour ma part, sur notre vieille terre espagnole, loin maintenant de ces peuples si attachants, je continue à faire tout ce qui est en mon pouvoir pour plaider leur cause, et pour convaincre aussi bien les gens de la couronne impériale que ceux qui entourent le Saint-Père, que ces Indiens découverts sur ces nouvelles terres d'au-delà de l'Océan sont, tout comme nous, des créatures de Notre-Seigneur Jésus.

Pas un jour ne se passe sans que je ne rappelle à tous ceux que je peux approcher que ces créatures de Dieu doivent être considérées comme telles, et non comme des sortes d'animaux à peine supérieurs aux bêtes qui peuplent leurs forêts.

Mais, comme tu le sais déjà, et comme tu peux aisément l'imagine, j'ai affaire à forte partie.

Les conquistadors qui ont massacré et qui ont réduit en esclavage, malgré les lois promulguées par notre Empereur, des populations entières, font tout pour conserver les terres qu'ils ont volées aux Indiens. Ils font tout pour continuer à tirer de ces terres tout l'or et toutes les richesses possibles, gardant sous leur joug les malheureux indigènes, qui meurent par centaines, sinon par milliers, d'épuisement, de faim et aussi de toutes les maladies que nous leur avons apportées, et qui semblent chez eux vingt fois plus mortelles que pour nous dans notre Ancien monde.

Pour parvenir à leurs fins, les conquistadors envoient des émissaires payés à prix d'or pour étaler complaisamment, à la cour et auprès de notre Saint-Père, les soi-disant turpitudes de ces peuples, comme les sacrifices humains qu'ils pratiquaient avant leur évangélisation. Ils s'étendent longuement, avec un luxe de détails horribles, sur le cannibalisme rituel, sans avoir l'honnêteté de préciser qu'il ne s'agissait que de faits exceptionnels, directement liés à leur pratique religieuse. De même, ils se plaisent à souligner que l'inceste était souvent une règle chez certains de ces peuples, avant notre évangélisation.

En définitive, les malheureux Indiens sont présentés comme des sous-hommes, à qui bien entendu il ne peut être question d'attribuer une âme susceptible d'être rachetée. L'étalage de toutes ces horreurs n'a clairement qu'un but : justifier a posteriori les massacres et l'esclavage de masse, ainsi que la non-remise en cause des privilèges auto-proclamés de nos conquérants sans scrupules.

Grâce en soit rendue à Notre-Seigneur Jésus : notre pape, Sa Sainteté Paul III, a pris le temps d'écouter les deux parties : d'abord les défenseurs des Indiens, dont il se trouve que je suis le porte-parole sur les terres d'Espagne, avec le groupe de saints hommes qui me secondent et me soutiennent depuis des années. Ensuite, le Saint-Père a entendu les défenseurs des colons et des conquistadors, plaidant avec d'autant plus d'ardeur en faveur de l'infériorité naturelle de ces races, que la reconnaissance par notre Sainte Eglise de l'existence d'une âme chez les Indiens signifierait la ruine pour la plupart d'entre eux !

En face de nous, qui jouons le rôle des avocats de ces populations opprimées, se dresse en première ligne le redoutable chanoine de Cordoue, un homme remarquablement brillant, doublé d'un éminent philosophe : son nom est Juan Ginès de Sepúlveda. Avec une habileté consommée, ce prélat très écouté tente de tirer parti des différences culturelles et de la prétendue sauvagerie des Indiens.

A aucun moment, mais peut-être parce que, contrairement à nous, il n'a jamais traversé l'Océan, il ne se réfère, pour équilibrer son terrible réquisitoire, aux extraordinaires dons artistiques de ces races du Nouveau

Monde. Jamais, au grand jamais, Sepúlveda ne fait mention de la finesse d'exécution de leurs bijoux d'or et d'argent, et de l'extraordinaire beauté de leurs parures de plumes. A aucun moment, il ne parle de leur fantastique architecture, qu'aucun de nos semblables n'ayant jamais quitté notre vieux monde ne peut appréhender, même au travers de nos descriptions et de nos dessins. Quelles constructions de notre Europe actuelle pourraient rivaliser avec l'extraordinaire cité de Teotihuacan, avec ses pyramides tout aussi grandes, et peut-être encore plus belles que celles d'Egypte, elles que nous avions pourtant élevées au rang de l'une des sept merveilles du Monde Antique ?

Quelle ville européenne pourrait supporter la comparaison avec la fantastique Cuzco, dont tu es le pasteur, et ce même après les terribles destructions ordonnées par Pizarro ?

Pris d'une part entre Sepúlveda et sa clique, elle-même largement soutenue par l'or des conquistadors, et notre groupe de défenseurs des Indiens, d'autre part, Sa Sainteté a décidé, dans sa grande sagesse, que tous les arguments, pour et contre l'existence d'une âme chez les Indiens, soient ouvertement présentés, discutés et couchés sur parchemin. Le Saint-Père veut une grande et claire « controverse », selon ses termes. Et comme tout autant les avocats que les procureurs de la cause indienne se trouvent actuellement en majorité dans cette ville, notre pape Paul III nous a dit que l'Histoire retiendrait ce grand débat sous le nom de « Controverse de Valladolid ».

Nous avons plusieurs mois, de part et d'autre, pour détailler, préparer, préciser, polir nos argumentations.

Dans ce cadre, il m'est venu à l'idée que les représentants de Sa Sainteté, tout comme d'ailleurs ceux de la couronne impériale, seraient davantage susceptibles de prendre conscience de l'humanité des Indiens s'ils en voyaient quelques-uns. Jusqu'à présent, quasiment aucun de ces représentants de nos plus hautes autorités n'a pu voir de ses yeux des natifs du nouveau continent. Les seules exceptions ont été quelques malheureux esclaves traînés sur nos galions, arrivés pour la plupart amaigris et malades, et qui n'ont guère survécu longtemps à la longue et pénible traversée du Grand Océan.

Il sera difficile à Sepúlveda de présenter les Indiens comme des sauvages attardés, si nous réussissons à présenter devant le légat et les envoyés du Pape, ainsi qu'à la cour impériale, quelques individus du Nouveau Monde choisis pour leur intelligence et leur apparence physique..

Ceci est la raison de cette longue missive, mon cher Antonio. Toi, le prêtre, le pasteur, l'évangélisateur de Cuzco, crois-tu pouvoir faire envoyer en Espagne, par un prochain navire, deux à trois des natifs du Nouveau Monde ? Si possible, il faudrait pouvoir présenter au légat de sa Sainteté au moins une femme et un homme, ayant idéalement un peu appris notre langue. Ceci serait sans aucun doute d'une aide incommensurable pour faire comprendre au légat et aux représentants de notre Saint-Père la totale et complète humanité de ces créatures de Dieu qui avaient été oubliées de l'autre côté du Grand Océan.

Je ne doute pas que tu sauras trouver une réponse adaptée à ma demande.

Je prie tous les jours pour le succès de tes conversions en terre du Pérou,

Ton frère en Jésus-Christ

Bartolomé de las Casas

29

Cuzco, le 2 Juin de l'an de Grâce 1547,

Cher frère Bartolomé,

Ta lettre n'a mis qu'un peu plus de trois mois à me parvenir, une célérité dont nous devons louer le Seigneur. Nombre de missives mettent bien plus de temps à arriver sur nos terres lointaines, et nombre de lettres se perdent durant ces longs trajets. Mes prières sont d'ailleurs souvent dédiées à tous ces malheureux qui périssent dans les naufrages de nos vaisseaux, ou lors de ces attaques de pirates, qui, m'a-t-on dit, deviennent de plus en plus fréquentes.

J'ai lu ta missive avec toute l'attention que tu peux imaginer. Je ne peux que louer le Seigneur pour la sage décision prise par le Saint-Père.

Je ne doute pas une seconde que toi, Frère Bartolomé, avec la Foi, la science, la fougue et l'ardeur qui t'animent, tu réussisses à démontrer à nos Saintes Autorités la parfaite et totale égalité devant Notre Seigneur de ces peuples indigènes, que nous devons aimer et traiter comme nos frères en Jésus-Christ. Je ne doute pas que tu puisses rédiger pour les siècles à venir des règles sacrées et des lois pour protéger ces malheureux des exactions et des massacres qui ont été leur pain quotidien depuis notre arrivée sur leurs terres.

Je n'ai pas eu à réfléchir bien longtemps pour pouvoir t'apporter une réponse, qui sera je l'espère conforme à tes souhaits.

Ici, à Cuzco, après les massacres, n'ont survécu que quelques-uns des représentants les plus brillants de la culture inca. Certains de ces survivants ont belle allure, et certaines de leurs femmes sont si belles que je sais que nombre de nos jeunes diacres se surprennent parfois à regretter leurs vœux de chasteté...

Mais ce n'est pas chez les Incas de Cuzco que je crois avoir trouvé les personnalités les plus à même de faire forte impression sur le légat et les représentants de notre Papauté.

La première de ces personnes est une princesse qui nous vient de très loin. Il s'agit d'une noble Aztèque qui a échappé toute jeune, par un miracle de Notre Seigneur, à l'effroyable et incompréhensible massacre perpétré par Hernan Cortès dans la ville de Cholula, en 1519, au tout début de sa conquête des terres mexicaines.

Matlalxochitl, ou Fleur verte, c'est son nom, a réussi à s'échapper de sa ville avec une poignée des siens. Elle s'est d'abord réfugiée non loin de là, auprès de l'Empereur Moctezuma, à Tenochtitlan. Mais elle a bien vite réalisé que la grande capitale aztèque, malgré sa population immense et ses défenses impressionnantes, allait rapidement tomber dans les mains de nos conquistadors. Elle quitta donc

Tenochtitlan, juste avant la chute qu'elle avait anticipée. Avec un petit groupe de fidèles, elle marcha pendant des mois vers le sud, tentant d'éviter les combats qui opposaient ses frères à nos soldats, et évitant aussi parfois les affrontements fratricides, de plus en plus fréquents, entre groupes de conquistadors, chacun s'étant alliés à des peuples indigènes entraînés dans ces luttes mortifères.

Suivant la côte, Fleur verte traversa alors ces pays sauvages qui constituent une bande de terre étroite entre le grand Océan de l'Ouest et celui de l'Est. Sur sa route, elle se lia avec l'un de nos frères jésuites, et on la retrouve en 1533 au côté de Pedro de Heredia, lors de la fondation de la Carthagène des Indes. Elle y restera trois années ; là, elle apprit notre langue, elle se convertit et fut baptisée Amalia.

Son vieux mentor jésuite mourut alors, et Fleur Verte-Amalia reprit sa route vers le Sud. Elle arriva bientôt à Ciudad de los Reyes, à peine fondée par Pizarro, et que nous appelons aujourd'hui Lima. Là, elle se lia d'amitié avec le premier pasteur de la ville, Frère Alvaro de Santana, un de mes proches amis. Ce dernier lui fit étudier les Saintes Écritures et les écrits de notre culture classique. En contrepartie, Fleur verte-Amalia nous instruisit sur la religion aztèque, sur leur grand dieu-serpent à plumes Quetzalcoatl, sur leur Dieu de la pluie, Tlaloc, et bien d'autres.

Quand mon vieil ami se sentit mourir, il me confia la jeune femme, qui vint s'installer à Cuzco il y a deux ans. Ici, comme à Lima, elle nous sert d'interprète, car elle connait plusieurs langages indigènes, et elle parle maintenant notre langue sans le moindre accent et aussi bien, crois-moi, qu'un étudiant de Valence !

Frère Bartolomé, moi qui la côtoie maintenant depuis deux années, je peux t'assurer que Fleur verte-Amalia est une personne d'une extraordinaire intelligence, comme on en voit peu au cours d'une vie. Elle nous prouve aussi tous les jours, par son dévouement aux plus pauvres et aux plus déshérités de notre cité, ses qualités de charité chrétienne, qu'à l'évidence elle possédait déjà avant même sa conversion, comme si Notre-Seigneur Jésus lui avait fait ce don dès sa naissance. Il s'agit aussi d'une personne dotée d'une volonté d'airain, une volonté qui lui a permis d'échapper au massacre de Cholula et de survivre au milieu de tous ces pays en guerre continuelle.

Et puis, et en cela le grand mécène et protecteur des artistes qu'est notre pape Paul III devrait y être sensible, il s'agit de quelqu'un d'une prodigieuse beauté. Je me doute qu'en lisant les lignes qui précèdent tu as fait tes calculs : si la princesse a échappé à l'affreux massacre de Cholula en 1519, alors toute jeune, il doit s'agir aujourd'hui d'une femme mûre d'une cinquantaine d'années. Or, là se situe une merveille incompréhensible ; Fleur verte-Amalia paraît n'avoir, au plus, que vingt ans ! Au début, je n'ai pas voulu croire que la personne qui m'était envoyée à Cuzco était celle qui avait traversé des lieues et des lieues pendant près de trente ans, fuyant les troupes de Cortès au Mexique pour se retrouver au sud de l'équateur sur les terres contrôlées par Pizarro et Almagro. Mais mon vieil ami de Lima, Frère Alvaro, auprès de qui elle a passé dix ans, m'a bien confirmé que pendant cette décennie elle n'avait pas paru vieillir, et qu'il s'agissait bien de la même jeune fille qui s'était sauvée de Cholula. Ni frère Alvaro ni moi-même n'avons trouvé de réponse à ce grand mystère. Nous avons peut-être encore beaucoup à apprendre de la culture de ces Indiens, possiblement beaucoup plus que ce que nous pouvons imaginer.

J'ai aussi compris que tu souhaitais que je t'envoie un ou deux hommes. Je crois que je peux ici encore répondre à ta requête. Il se trouve que Fleur verte-Amalia ne se sépare jamais, non d'un époux ou d'un amant - nous ne lui en avons jamais connu aucun-, mais d'une sorte de garde du corps ou de serviteur qui était semble-t-il un jeune prêtre de sa religion à Cholula. Il s'agit d'un véritable colosse, ce qui permettrait d'apporter un démenti à toutes les histoires com-plaisamment rapportés par les colons, qui décrivent systématiquement les Indiens comme de stature médiocre, d'allure fragile et de faible résistance, tous détails poussant à les faire considérer comme appartenant à une race à l'évidence inférieure.

Casse-crâne, son nom avant que nous le baptisions Pedro, lui non plus, ne semble pas vieillir. Lui et Fleur verte-Amalia ne se séparent jamais de quelques vieilles reliques sacrées sorties au dernier moment de leur sanctuaire sacré de Cholula. Ils ont l'air de tant y tenir que je n'ai jamais eu le cœur de leur demander de les abandonner ou de les accuser d'idolâtrie...

Je vais donc organiser leur voyage vers l'Espagne. J'en ai déjà parlé à Fleur verte-Amalia qui m'a dit que depuis sa conversion elle brûlait d'envie de traverser le Grand Océan pour aller rendre grâce à notre souverain pontife. Elle m'a aussi dit que certains des secrets dont elle était détentrice ne pouvaient être mis qu'entre les mains du chef de notre Chrétienté : elle souhaitait d'ailleurs depuis longtemps pouvoir se décharger de ces lourds secrets des temps anciens, gardés depuis des siècles par les prêtres du sanctuaire sacré de Cholula.

Tu vois donc que ce voyage revêt une grande importance, tout autant pour la défense de la cause des Indiens que pour la connaissance des secrets antiques que se transmettent les natifs du Nouveau Monde depuis des générations, et dont nous pourrions bénéficier pour la plus grande gloire de Notre-Seigneur.

Frère Bartolomé, j'accompagnerai moi-même Fleur verte-Amalia et Pedro. Nous allons partir aussi vite que nous le pourrons. Avec un peu de chance, cette missive devrait t'arriver peu de temps avant que nous ne débarquions à Palos de Moguer.

Puisse le Seigneur Jésus te soutenir dans ta mission. Je prie pour le succès de notre entreprise.

Frère Antonio Terramonte

30

Paul III approchait de ses 81 ans, un âge plus que respectable pour l'époque. Certes, sa haute stature s'était un peu voûtée, mais il avait conservé une prestance indéniable, qu'il entretenait soigneusement. On ne le voyait que couvert de brocarts enrichis d'hermine et de broderies de fil d'or, et ses barbiers passaient des heures à sculpter sa longue barbe grise.

Tout cela lui permettait, outre sa position privilégiée sur le trône de saint Pierre, de garder un succès certain auprès de la gent féminine. Il s'était seulement fait un peu plus discret ces dernières années, non pas tant d'ailleurs du fait de son âge qu'à cause des sentiments quelque peu réprobateurs qu'il avait pu déceler chez certains de ses cardinaux, issus ou proches des ordres qui prêchaient *urbi et orbi* la pauvreté et la chasteté. Il avait également eu bien conscience que la nomination au cardinalat de ses deux petits-fils, Alessandro et Guido, à l'âge de seulement quatorze et seize ans, n'avaient pas vraiment entraîné l'adhésion enthousiaste de ces mêmes cardinaux, qu'il tenait pour sa part comme quelque peu psychorigides...

Paul III, né Alessandro Farnese, était intelligent, et même supérieurement intelligent. Il continua donc à soutenir et à promouvoir les quatre enfants que lui avait donnés Silvia Ruffini dans sa jeunesse, et aussi ses petits-enfants, mais il le fit progressivement moins ouvertement. Et s'il recevait encore des femmes dans ses appartements, seul son secrétaire particulier, le cardinal Luigi Beppino, un de ses neveux, un obèse au physique d'eunuque, était censé être au courant, et il organisait les rencontres avec une certaine discrétion.

Cela n'empêchait pas Paul III d'avoir en parallèle une haute idée de sa fonction qui lui avait été confiée, et de la remplir dans la droite ligne de l'enseignement du Christ —ses incartades, qu'il considérait comme mineures, mises à part—.

Dès 1937, il s'était élevé contre l'esclavage, le condamnant sans équivoque par la lettre *Veritas ipsa* et la bulle pontificale *Sublimis Deus*. En 1545, il réussit, après mille difficultés, à réunir le concile de Trente, chargé de proclamer les vérités fondamentales du Credo catholique face à la montée irrésistible du Protestantisme de Luther.

Paul III était également un mécène, mais ses relations avec les artistes, comme en particulier le grand Michel-Ange, étaient souvent difficiles. Pour des raisons peu claires, Paul III s'opposa à la finalisation par l'artiste du tombeau de Jules II, l'un de ses prédécesseurs ; certes, en compensation, il nomma Michel-Ange architecte, peintre et sculpteur du Vatican, mais le grand homme, sous son pontificat, n'avait gardé qu'une activité symbolique.

Ce jour de 1549, Paul III attendait de la visite dans les riches appartements particuliers de son Palais Farnese, probablement l'un des plus somptueux de tous les palais romains de l'époque.

Ce que lui avait rapporté le cardinal D'Ambrozio, son légat à Valladolid, l'avait intrigué.

Bien sûr, il s'était intéressé à la controverse qu'il avait lui-même organisé entre Bartolomé de las Casas, l'indéfectible et infatigable défenseur des Indiens du Nouveau Monde, et Sepulvúda, le rude philosophe de Cordoue, qui plaidait, avec des arguments parfois convaincants, pour l'impossibilité de l'existence d'une âme chez des êtres aussi primitifs et sauvages, capables d'actes horribles que n'excusait même pas leur méconnaissance de l'enseignement du Christ Jésus. A ce stade de la controverse, Paul III devait d'ailleurs s'avouer qu'il ne voyait encore pas très bien dans quel camp il allait basculer, même s'il se sentait un certain penchant pour les thèses humanistes de frère Bartolomé, malgré leur caractère parfois naïf.

Mais ce n'était pas ce choc des argumentations, qu'il avait d'ailleurs prévues, qui avait éveillé son intérêt.

D'Ambrozio, en lui rapportant fidèlement les discussions de Valladolid, l'avait informé d'une sorte de coup de théâtre préparé par Frère Bartolomé. Ce dernier, fort habilement, avait laissé Sepúlveda s'enferrer dans une tirade interminable sur l'intelligence limitée des peuples indigènes du Nouveau Monde, et sur leur constitution physique. Il décrivait à l'envi des êtres minuscules et rabougris, aux muscles atrophiés, aux traits grossiers voire porcins, incapables du moindre effort et a fortiori incapables de soutenir la comparaison, tant intellectuellement que physiquement, avec les races européennes.

Alors Frère Bartolomé, sans un mot, s'était contenté de marcher vers une porte latérale ; il l'avait ouverte et avait fait entrer dans la grande salle de la Controverse une femme et un homme.

Leur apparition avait stupéfié l'assistance. La femme, tout aussi grande que les Européennes, avait à l'évidence des traits indiens, mais d'une telle finesse que l'on ne pouvait que rester bouche bée devant la beauté de son visage. Elle portait une longue robe blanche, seulement décorée de quelques sobres broderies géométriques, et qui laissait deviner des formes proches de la perfection. Autour de son cou, un fin collier de fils d'or torsadés ; sur sa tête, un diadème de plumes multicolores...

La femme s'avança, ne paraissant nullement impressionnée, ni par le public, venu en nombre, ni par le décorum de la grande salle.

Derrière elle, qui avait dès l'abord, concentrée tous les regards, s'avança alors l'homme, un géant dépassant d'une tête le plus grand des Espagnols présents. Lui portait une tunique courte, et l'on pouvait imaginer ses muscles rouler sous le fin tissu. Lui aussi portait un collier d'or autour du cou.

Sepúlveda lui-même mit quelques secondes avant de pouvoir se reprendre.

— Frère Bartolomé a pleinement réussi son effet de surprise ! Je conviens que l'apparence physique de ces deux personnes ne correspond pas à ce que je viens de décrire ; mais je suis certain que Frère Bartolomé, pour soutenir ses thèses, a soigneusement sélectionné les Indiens qu'il souhaitait nous montrer ! Ces deux individus, à l'évidence, ne correspondent en rien aux gens ordinaires que l'on peut trouver chez ces peuples. Et puis, même si leur apparence physique est, je l'admets, flatteuse, que doit-on penser de leurs capacités intellectuelles ?

Posant cette question, Sepúlveda s'était tourné vers Bartolomé de las Casas. Mais ce dernier ne répondit pas ; il regarda Fleur Verte et lui fit seulement un petit signe de tête.

La jeune princesse se retourna alors vers Sepúlveda.

— Seigneur, je suis toute disposée à répondre à toutes vos questions. J'ai d'ailleurs accepté de faire ce long voyage précisément pour cette raison.

L'espagnol que parlait Fleur verte était parfait, sans le moindre accent et sans la moindre hésitation. Sepúlveda fut un moment déstabilisé.

— Vous... tu... Vous parlez notre langue ?
— J'ai aussi appris le latin, Seigneur, pour mieux étudier les Saintes Écritures.
— Les Saintes... Écritures ?
— Oui, et aussi les grands auteurs classiques.
— Vous êtes baptisée ?
— Oui, j'ai été baptisée Amalia, à Carthagène des Indes, par un saint frère jésuite décédé depuis ; je prie tous les jours pour qu'il repose en paix auprès de Notre-Seigneur Jésus.

Sepúlveda hésita, puis se retourna vers le cardinal d'Ambrozio, présidant la séance comme légat de sa Sainteté.

— Monseigneur, serait-il possible... d'interrompre la séance pour aujourd'hui ? Je me sens un peu fatigué ; probablement quelques troubles de la digestion... Pourrions-nous reprendre les discussions demain à la même heure ?

— Accordé. La séance de ce jour est terminée. Nous nous retrouverons demain dans cette salle à la même heure. Dieu vous bénisse tous.

D'Ambrozio avait raconté à Paul III les séances publiques suivantes, au cours desquelles Fleur verte-Amalia fit étalage de son érudition. Aucun ecclésiastique présent ne put la prendre en faute sur les Saints Evangiles et la Sainte Bible. Elle semblait connaître par cœur la moindre ligne de tous les textes sacrés.

Et puis D'Ambrozio put discuter, dans un cercle plus restreint, avec Fleur verte-Amalia, avec le Frère Terramonte, qui l'avait amenée de Cuzco, et avec Frère Bartolomé. Là, elle leur parla de la culture de son peuple aztèque, elle leur parla des secrets de leurs techniques d'architecture, des secrets qui permettaient à leurs pyramides et leurs palais de résister aux tremblements de terre si fréquents de l'autre côté du grand Océan, alors que les constructions élevées par les Espagnols s'effondrent à la première secousse... mais elle se garda bien de révéler ces secrets.

Et puis elle parla d'autres secrets plus anciens, enfouis dans les profondeurs des grandes pyramides, et que, tout comme les autres, elle ne pouvait révéler qu'au chef suprême de la Sainte Église catholique.

Quels précieux secrets pouvait bien détenir cette princesse d'une cinquantaine d'années, et qui, d'après tous ceux qui l'ont approchée, en paraissait étrangement trente de moins ? Paul III était resté, malgré son grand âge, curieux de tout, et puis... L'extraordinaire beauté, qu'on lui avait tant vantée, de cette étrange princesse d'au-delà des mers piquait sa curiosité...

D'Ambrozio fit entrer Fleur verte-Amalia dans la grande salle de réception du Palais Farnese.

Paul III était assis dans un haut et large fauteuil de velours pourpre, sur une sorte d'estrade.

En voyant s'avancer la princesse aztèque, il se dit que ceux qui lui en avaient parlé jusque-là avait minimisé sa beauté : avec un sourire intérieur, il se dit qu'un respect rigoureux et prolongé des principes de chasteté avaient peut-être émoussé leurs réactions masculines ?

Fleur verte-Amalia portait une longue tunique de coton blanc finement brodée, sobrement serrée à la taille par une ceinture du même tissu. Trois longs colliers d'or ornaient son cou, et sa tête était auréolée d'une haute coiffe de plumes comme Paul III n'en avait jamais vue.

Le pape sentit son cœur s'accélérer dans sa vieille poitrine, mais le vieux renard n'en laissa rien voir. Bartolomé de las Casas était entré sur les talons de la princesse.

Paul III s'adressa à lui en espagnol.

— Frère Bartolomé, est-ce que toutes les Indiennes ressemblent à... cette princesse aztèque ?

Frère Bartolomé sourit.

— Non, Votre Sainteté ; tout comme de ce côté-ci de l'Océan, les individus ont été plus ou moins gâtés par Notre Seigneur tant pour leur apparence physique que pour leur intelligence. Mais je peux assurer Votre Sainteté que ces peuples du nouveau monde, dans l'ensemble, sont aussi remarquables en tous points que nos vieux peuples d'Europe.

Paul III se tourna vers Fleur verte-Amalia ;

— On m'a dit que tu comprenais l'espagnol, mon enfant ?

— Je le comprends et je le parle, Votre Sainteté, grâce à l'enseignement reçu par de saints prêtres de votre Église.

— Impressionnant. Je suppose que tu ne parles pas italien ?

— J'ai commença à l'étudier, Votre Sainteté.

— Remarquable... On m'a aussi dit que tu connaissais par cœur tous les textes sacrés ?

— C'est exact, Votre Sainteté.

— Mais comment as-tu pu...?

— Votre Sainteté, chez notre peuple, l'écriture est moins élaborée que celle que vous utilisez ; cela nous oblige, nous les castes supérieures et aussi les prêtres, à apprendre toutes nos règles, nos lois et aussi les secrets de nos sanctuaires par cœur. Nous sommes habitués à cet exercice de mémoire depuis notre plus jeune âge.

— Justement, quel est ton âge ?

— J'ai quarante-neuf de vos années.

Le Pape se tourna en souriant vers Frère Bartolomé.

— Ce n'est pas possible...

Bartolomé s'était avancé d'un pas.

— C'est la vérité, Votre Sainteté ; nous possédons les témoignages des frères successifs qui se sont occupés de Fleur verte-Amalia quasiment depuis sa fuite de Cholula. Elle avait dix-neuf ans au moment du massacre perpétré dans cette ville par Hernan Cortès...

— On m'avait déjà dit cela, mais je dois dire que l'apparence physique de la princesse est... Disons surprenante. Mais venons-en aux choses importantes. Je me suis laissé dire, mon enfant, que tu étais détentrice de secrets antiques de ton peuple.

— C'est exact, Votre Sainteté.

Paul III se redressa dans son siège.

— Et bien, je suis là pour les écouter.

Fleur verte-Amalia ne se démonta pas.

— Votre Sainteté, ces secrets viennent du fond des âges. Je suis l'une des dernières, peut-être la dernière, à en connaître certains, depuis que mon grand-père, le grand prêtre de Cholula, a disparu dans le massacre de notre ville. Ces secrets ne peuvent être transmis qu'à vous seul, comme Chef de notre Sainte Église.

Le pape parut hésiter. Frère Bartolomé s'attendit à ce que Paul III les fasse sortir, D'Ambrozio, lui-même et aussi le Cardinal Beppino, le secrétaire obèse neveu du pape, qui s'était tenu en retrait depuis le début de l'entrevue, mais Paul III se tourna vers ce dernier.

— Beppino, je suis fatigué. C'est assez pour cet après-midi. Fais revenir la princesse ce soir ; organise cela pour moi. Mes frères, merci de votre visite. Dieu vous bénisse.

Tous vinrent baiser l'anneau qu'il leur tendait.

31

Comme on lui avait indiqué, Fleur verte se présenta au Palais Farnese dans la soirée. Frère Bartolomé l'avait accompagné, ainsi que Casse-crâne-Pedro, portant sur son épaule une lourde caisse de métal cadenassée.

Le cardinal Beppino enjoignit aux deux hommes de s'asseoir et d'attendre dans une sorte de vestibule.

Puis il guida Fleur verte vers les appartements privés du pape.

Paul III attendait dans ce qui apparut immédiatement à Fleur verte comme une chambre à coucher, même si l'immense pièce, somptueusement meublée, semblait également servir de bureau et de bibliothèque.

Paul III attendait, assis dans un grand fauteuil, mais moins impressionnant que celui de la salle d'apparat où il avait reçu Fleur verte et ses amis l'après-midi.

Il désigna le siège plus simple placé devant lui.

— Assieds-toi, mon enfant. Il semble que nous ayons beaucoup de choses à nous dire.

La princesse aztèque parut hésiter une seconde, puis accepta l'offre.

— Merci, Votre Sainteté.
— Beppino ; tu peux sortir. Reste seulement à portée de voix, si j'ai besoin de toi.
— Bien, Votre Sainteté.

Le gros cardinal disparut après une courbette presque comique. Paul III se retourna vers la princesse du Nouveau Monde.

— Voilà, nous sommes seuls. Comment t'appelles-tu, déjà ?
— J'ai été baptisée Amalia, Votre Sainteté.
— Oui, ça, je sais : je veux parler de ton vrai nom...

Fleur verte choisit de cacher sa surprise.

— Mon nom aztèque est Matlalxochitl, ce qui signifie Fleur Verte.
— Je crois que je vais utiliser ce dernier ; le premier parait difficile à prononcer. Fleur verte, j'ai compris que tu étais la fille du grand prêtre de Cholula.
— La petite-fille, Votre Sainteté.
— Ah ? Et ton père ?
— Il est mort jeune, d'une maladie que nos médecins n'ont pas pu guérir.
— J'en suis désolé. Ce sont des choses qui arrivent aussi chez nous... Et qu'est devenu ton grand-père ?

— Il n'a pas voulu quitter son sanctuaire, sous la Grande Pyramide de Cholula.

— Ce sanctuaire qui recèle d'antiques secrets, et que tu ne souhaites révéler qu'au successeur de saint Pierre ?

— Votre sainteté, mon grand-père a emporté avec lui dans la mort la plupart de ces secrets. Il n'a eu le temps que de m'en confier quelques-uns. Je dois maintenant m'en décharger auprès de celui qui est au monde le plus à même de les utiliser pour le bien de toutes les créatures de Notre Seigneur, de part et d'autre du Grand Océan.

Paul III plissa les yeux.

— Et comment peux-tu être certaine que je suis le mieux à même de recevoir ces secrets ?

Fleur verte parut étonnée.

— Mais, Votre Sainteté, vous êtes le souverain pontife, le chef de l'Église de Notre Seigneur !

— Effectivement, mais que sais-tu de moi exactement ?

— Les saints prêtres qui m'ont enseignée m'ont tout dit sur votre déjà long pontificat ; ils m'ont dit tout ce que vous avez fait pour éradiquer l'esclavage ; ils m'ont dit tous vos efforts pour faire triompher la Foi Catholique, avec ce grand Concile qui a débuté à Trente et qui a dû se poursuivre à Bologne à cause de la peste... Et puis ...

Le vieux pape l'interrompit.

— Je ne doute pas que Frère Bartolomé et ses amis t'aient tout dit sur mes actions... officielles... Mais que sais-tu sur moi en particulier ?

Fleur Verte n'hésita pas.

— Je sais que vous avez eu quatre enfants, et que vous avez de nombreux petits-enfants dont vous vous occupez beaucoup.

— Et cela ne te pose pas problème ? Un pape avec des enfants ?

— Non, Votre Sainteté. Ces enfants, vous les avez eus avant d'être ordonné prêtre ; et puis, dans ma religion, à Cholula comme à Tenochtitlan ou à Texcoco, les prêtres se mariaient et avaient des enfants.

— Et que sais-tu encore ?

— Que vous avez beaucoup souffert de la mort de votre fils aîné...

Une ombre passa dans le regard de Paul III.

— Mais encore ?

— Votre fils aîné, Pierre Louis Farnese, le Duc de Parme, a été assassiné il y a deux années.

— C'était un condottiere cruel, sans foi ni loi, qui a passé sa vie à se battre en trahissant successivement toutes les causes qu'il défendait, y compris la mienne.

— Mais c'était votre fils.

— Un fils capable des pires horreurs ; tu sais qu'il a même violé en public l'un de mes jeunes évêques ?

— Mais c'était votre fils.

Paul III baissa la tête.

— Oui, c'était mon fils...

— Et vous l'aimiez comme un fils.

— Oui... Je l'aimais comme un fils...

Il y eut un long silence. Le vieux pape releva la tête.

— Alors tu sais à qui tu as affaire...

— Je sais.

— Tu sais aussi que je fais venir des femmes dans ces appartements ?

— Je le sais, Votre Sainteté.

— Et tu es venue.

— Je suis venue vous révéler les secrets dont je suis détentrice.

Paul III ne put s'empêcher de sentir monter en lui une attirance et un sentiment d'admiration qui dépassait la simple attraction physique pour la superbe créature qui lui faisait face. Il plongea son regard dans celui de la jeune femme.

— Je t'écoute, Fleur verte.

La princesse prit une grande inspiration.

— Je possède plusieurs des secrets qui ont permis à notre peuple de régner sur une grande partie du monde que vous appelez nouveau. Je sais où se trouvent les grandes mines d'or et d'argent de notre continent. Je connais les secrets de fabrication de nos joyaux en or, plus fin que tous les vôtres. Je sais comment élaborer des parures avec les plumes multicolores des oiseaux sacrés de nos forêts. Je sais aussi pourquoi nos constructions résistent aux grands tremblements de terre, qui ravagent vos cités aussi bien de ce côté que de l'autre côté du Grand Océan. Tout cela, certains autres de mes sœurs et de mes frères le savent aussi. Mais je suis la dernière à connaître les secrets qui se cachaient sous les cinq pyramides superposées de Cholula.

Paul III s'était penché en avant.

— Continue, Fleur verte.

— Il y a des siècles et des siècles, les prêtres de Cholula reçurent en cadeau, de la part de lointains visiteurs, une lourde caisse de bois et de métal.

— D'où venaient ces visiteurs ?

— Nous ne le savons pas exactement ; mon grand-père pensait qu'ils venaient de votre côté du Grand Océan.

— Ils venaient d'Europe ?

— C'est possible, Votre Sainteté.

— Et qu'est-ce qu'il y avait dans cette... caisse ?

— À l'intérieur se trouvaient trois blocs de métal noir. Il fut dit aux anciens prêtres de Cholula qu'il s'agissait de pierres tombées du ciel.

— Des météorites ?

— Oui, Votre Sainteté ; je sais que vous les appelez de cette manière.

— Continue, s'il te plaît.

— Ces lointains visiteurs dévoilèrent à nos prêtres que ces blocs noirs étaient dotés de propriétés magiques, mais sans en dire beaucoup plus.

— Pourquoi cela ?

— Nous ne savons pas s'ils n'ont pas eu le temps d'en parler, ou si en fait ils ne maîtrisaient pas eux-mêmes cette magie venue du ciel. Il fallut des siècles d'observation à nos prêtres pour découvrir les secrets des blocs de métal noir.

— Et quels sont ces secrets ?

— Certains sont directement liés à mon apparence physique, qui vous a tant étonnée. Quiconque vit aux côtés de ces pierres du ciel...

— Laisse-moi deviner : quiconque vit aux côtés de ces pierres... ne vieillit pas ?

237

— Presque, Votre Sainteté : ceux ou celles qui restent à proximité de ces pierres noires vieillissent, certes, mais beaucoup moins vite que les personnes normales. A cent-vingt ans, mon grand-père paraissait beaucoup plus jeune que...

Fleur verte s'était arrêtée net.

— Que moi ?

— Je vous prie de m'excuser. Je ne voulais pas froisser Votre Sainteté.

— Tu ne me froisses pas ; tu m'intéresses beaucoup, au contraire. Au fait, connais-tu Ponce de Léon ?

— J'en ai entendu parler, Votre Sainteté. Il s'agissait d'un conquistador qui recherchait une fontaine de jouvence.

— Exactement ! Penses-tu qu'il pouvait avoir entendu parler de ce secret de Cholula, mais de façon déformée, si bien qu'il cherchait sous forme d'une fontaine ou d'une source ce qui était en vérité sous la forme de ces... pierres noires tombées du ciel ?

— C'est tout à fait possible, Votre Sainteté.

— Et où sont ces pierres ?

— Nous en possédions trois dans le sanctuaire de Cholula. Nous les appelions les trois Sœurs noires. Mon Grand-Père a voulu en garder une avec lui. Je n'en ai sorti que deux du sanctuaire sacré enfoui sous les cinq pyramides superposées, quand j'ai réussi à m'enfuir. J'en ai caché une sur les terres du Pérou ... Et j'en ai amené une ici.

— Ici ?

— Mon ami Pedro l'a apportée. Il l'a ici avec lui, dans votre vestibule.

La curiosité de Paul III était piquée au vif.

— Tu en as vraiment amené une ici ?

— Oui, Votre Sainteté.

— Je peux la voir ?

Le vieux pape sourit intérieurement ; sa réaction était presque infantile et il en avait bien conscience, mais cette princesse aztèque apportait un peu de piquant à une existence qui en avait singulièrement manqué ces dernières années, au moins pour les choses agréables.

— Bien entendu. Il suffit de demander à Pedro de l'apporter ; nous la gardons dans une lourde caisse qu'il est le seul à pouvoir porter.

— Beppino !

Le gros cardinal apparut avec une célérité qui laissait à penser qu'il ne se tenait pas bien loin.

— Votre Sainteté ?

— Va chercher le... le grand Indien qui est venu avec la princesse.

—Le grand... Bien sûr, Votre Sainteté. Je fais venir Frère Bartolomé aussi ?

— Non. Pas Frère Bartolomé ; juste le grand Indien que l'on appelle... Comment déjà ?

— Pedro ; il a été baptisé Pedro, Votre Sainteté.

— C'est ça : Pedro ! Beppino, fais venir Pedro, et avec le cadeau qu'il nous a apporté.

— Tout de suite, Votre Sainteté.

Casse-crâne Pedro dut baisser la tête pour passer sous la porte de la chambre. Paul III ouvrit de grands yeux.

— Quand je pense que l'on m'a dit que tous les Indiens étaient des sortes de nains !

— Votre Sainteté, Pedro, pour notre race, est exceptionnellement grand.

— Comme tu es exceptionnellement belle ?

La phrase était partie spontanément, peut-être un peu trop. Paul III s'empressa d'ajouter :

— Dis-moi ; ton... ami, il comprend l'espagnol ?

Fleur verte faillit sourire, mais pensa très vite que cela aurait été malvenu.

— Très peu, Votre Sainteté ; vraiment très peu.
— Bien. Très bien.

Casse-crâne-Pedro avait gardé dans ses bras, comme s'il portait un bébé, la lourde caisse de bois cerclée de métal et fermée par deux lourds cadenas.

Paul III brûlait d'envie de se lever pour aller voir la caisse de plus près, mais se fit violence pour rester immobile.

— Beppino, tu peux sortir. Reste seulement dans les parages.
Vous pouvez me faire confiance, Votre Sainteté.
— Je sais, je sais ; mais je te rappelle que rester dans les parages ne veut pas dire écouter aux portes, Beppino.

Le gros cardinal prit un air outré.

— Votre Sainteté ! Dieu m'est témoin que...
— Ne mêle pas Notre Seigneur à cela, s'il te plaît, Beppino.
— Oui, Votre Sainteté.

240

Il disparut enfin.

— Pedro, tu peux poser la caisse sur la table, là ; elle a l'air très lourde.

Fleur verte traduisit et le colosse déposa précautionneusement la caisse à l'endroit que l'on lui désignait.

— C'est très bien. Merci, Pedro : tu peux sortir maintenant.

Le grand Indien hésita. Il regarda Fleur verte : celle-ci lui sourit et s'adressa à lui en langue Nahuatl.

— Cela va aller. Tu peux sortir. Reste dans le vestibule avec Frère Bartolomé.

Le colosse sortit, manifestement à contrecœur ;

Paul III se retourna vers Fleur verte.

— Il n'avait pas l'air très content.
— Pedro me protège depuis que mon grand-père lui en a donné l'ordre à notre départ de Cholula, et, probablement encore plus important, il protège les Sœurs noires.
— Permets-moi de ne pas être d'accord avec tes priorités...

Fleur verte ne releva pas.

— Votre Sainteté, souhaitez-vous que l'on ouvre la caisse ?
— Bien sûr, mon enfant.

Fleur verte sortit d'une poche de sa robe deux clefs de fer et ouvrit les cadenas.

— Souhaitez-vous ouvrir vous-même ?

Paul III s'était levé.

— Oui, bien sûr.

Le vieil homme s'approcha de la table. Il prit délicatement le couvercle et tenta de l'ouvrir ; il n'y parvint pas.

— Mais je... Comment cela s'ouvre-t-il ?
— En soulevant le couvercle, Votre Sainteté ; mais c'est très lourd ; il y a une épaisse plaque de plomb sous le bois du couvercle.
— Ah ? Pourquoi faire ?
— Pour protéger les pierres, Votre Sainteté.

Paul III s'arc-bouta et réussit à soulever et à repousser le couvercle en arrière. Ce qu'il vit le déçut un peu.

— C'est ce... caillou, la pierre magique ?
— Oui, Votre Sainteté ; c'est l'une des Sœurs noires.

Le fond de la caisse était couvert d'un velours pourpre. Dessus était posé un bloc noir de la taille de la tête d'un jeune enfant. Le pape avait déjà vu des météorites de fer natif ; la couleur était la même. Ce qui était plus intrigant était sa forme : le bloc de métal était beaucoup plus irrégulier que les météorites qu'il lui avait été donné de voir jusqu'ici ; mais il est vrai qu'il n'en avait pas vu beaucoup... Il s'enhardit à toucher les sortes de piquants émoussés qui pointaient à l'une de ses extrémités. Il ne ressentit rien de particulier. Il se retourna avec un sourire vers Fleur verte.

— Et que doit-on faire avec cette... « Sœur noire » pour ne plus vieillir ?

— Rester à une faible distance. C'est ce que faisait mon grand-père, et avant lui tous les grands prêtres de Cholula.

— Une... faible distance ? C'est-à-dire ? Cela paraît un peu lourd à porter sur soi !

— Le mieux est de placer l'une des Sœurs sous sa couche.

Paul III se tourna vers son lit à baldaquin au fond de la pièce.

— Oui... Je pourrais essayer, mais qui me dit que...

— Votre Sainteté, les Sœurs noires ont d'autres propriétés.

— Ah ? Lesquelles ?

— Elles stimulent la virilité.

Le pape ouvrit de grands yeux.

— Tu dis, mon enfant ?

— Elles décuplent les capacités sexuelles des hommes qui se trouvent à proximité.

— C'est effectivement... très... intéressant, mais comment peux-tu prouver cela ?

— C'est très simple, Votre Sainteté.

En un tournemain, Fleur verte avait dénoué sa ceinture de coton et laissé tomber sa robe. Nue, magnifique, elle se dressait devant le vieux pape.

— Par le Seigneur Jésus ; tu es... vraiment extraordinairement belle. Il faudra que je te présente à Michel-Ange !

— Pourquoi, Votre Sainteté ?

— Ce diable de bonhomme ne sait peindre ou sculpter que des hommes. Quand on lui demande de sculpter une femme, il commence par nous faire une sorte d'hercule musculeux, et puis il rajoute deux mamelles ridicules ! À croire qu'il n'a jamais vu de femme... Il devrait se servir de toi comme modèle !

— J'en serais flattée, Votre Sainteté.

— Mais auparavant, tu dois me prouver que tu dis vrai, pour ce second secret de tes pierres noires.

Il se dirigea vers le lit.

— Approche ...

32

Paul III avait confié à son neveu, le gros Cardinal Beppino, qu'il allait devoir revoir assez souvent la princesse aztèque, car elle avait de nombreux secrets à lui confier.

Le cardinal, qui n'avait pas inventé la poudre à canon, une qualité qui lui avait d'ailleurs valu ce poste d'intendant discret du souverain pontife, trouva dans les semaines qui suivirent que la jolie princesse indienne avait vraiment beaucoup de secrets à confier, car elle revenait pratiquement tous les soirs pour deux bonnes heures d'entretiens confidentiels.

Beppino, qui n'était tout de même pas complètement idiot, finit par subodorer que ces secrets dépassaient les simples échanges intellectuels, car depuis l'arrivée de la princesse aztèque, le Saint-Père avait cessé de lui demander d'aller régulièrement quérir en ville quelques accortes courtisanes pour agrémenter ses soirées.

Et puis la santé du pape sembla décliner. Beppino s'en ouvrit auprès de Sa Sainteté, mais le vieux pontife lui répondit que certes il se sentait un peu fatigué, mais que certains repères lui indiquaient qu'il restait très... « performant », comme il disait...

Au début du mois de Novembre 1549, Paul III fut saisi d'une forte fièvre. Les médecins diagnostiquèrent un coup de froid et conseillèrent des tisanes ; l'un d'eux soutenaient, contre l'avis des autres, que l'application de sangsues devait pouvoir sortir le pape de ce mauvais pas.

Puis le vieux Pape commença à saigner du nez, et sa peau se tâcha de grandes ecchymoses. Les médecins décuplèrent les concoctions variées, et ajoutèrent des lavements, sans la moindre efficacité.

Le 10 Novembre 1549, Paul III rendit son âme à Dieu, selon la formule qui restera dans l'Histoire. Mais certains esprits mal intentionnés, en particulier chez les Borgia, les Della Rovere ou les Médicis, soutenaient en privé que, compte tenu de la vie qu'avait vécue ici-bas Paul III, le récipiendaire de l'âme du défunt pape avait beaucoup plus de chances d'être le Diable que le Seigneur Dieu.

La chambre du pape s'était remplie de hautes autorités venues rendre un dernier hommage à feu Paul III, à moins que ce ne soit pour contrôler *de visu* que le redoutable pontife était bien passé de vie à trépas. Et puis on vint chercher le cadavre pour l'embaumer. Il ne resta que quelques proches dans la grande chambre-bibliothèque. Fleur verte en était. Personne de l'entourage rapproché du défunt pape ne s'étonnait de sa présence. Elle était devenue ces derniers mois une habituée des lieux.

Le gros cardinal Beppino s'éclipsa enfin. Fleur verte resta seule dans la chambre.

Elle s'approcha du lit.

Elle avait tenu sa promesse. Elle avait tué le chef de la religion maudite qui était à l'origine du déferlement des conquistadors qui avait massacré son peuple. Elle avait aussi tué le successeur de ceux qui, à Rome, avaient détruit la ville de son lointain aïeul, l'homme de Carthage. Elle pouvait maintenant retourner auprès des siens.

Initialement, elle avait pensé récupérer, à la mort du vieux pape, la Sœur noire qu'elle lui avait fait placer sous sa couche.

Mais elle avait changé d'avis. Elle savait maintenant combien les hommes de ce côté-ci de l'Océan étaient dans leur immense majorité fourbes, cruels et sans pitié. Certes, elle avait connu des exceptions ; le prêtre jésuite de la Carthagène des Indes qui l'avait baptisé, le Frère Alvaro qui l'avait accueilli à Lima, le Frère Antonio à Cuzco et plus récemment ce frère Bartolomé de las Casas qui se débattait comme un beau diable pour une cause qu'il savait lui-même déjà perdue, puisque plus de la moitié des habitants du Nouveau Monde avait déjà péri. Mais ces êtres bons et généreux ne constituaient qu'une infime minorité de ce qui lui avait donné de voir des deux côtés du Grand Océan.

Alors, elle avait pris sa décision ; elle allait laisser la Sœur noire sous ce lit papal. Elle faisait confiance aux successeurs de Paul III pour découvrir, plus ou moins tôt, les véritables secrets de la pierre noire de Cholula.

Et quand ils auront découvert ce secret, elle faisait toute confiance à ces hommes blancs de l'Ancien Monde pour s'entretuer...

33

Bien qu'à moitié aveuglé par les embruns, au milieu de l'effroyable tempête dans laquelle il se débattait depuis des heures, le capitaine Juan Francisco de Figueroa eut le temps de voir arriver la vague géante qui allait, il le savait, achever son vieux galion.

Il pesta contre lui-même, lui qui avait accepté, par fierté bien mal placée, de faire traverser une nouvelle fois l'océan à cette pauvre épave agonisante. La Santa Corona avait pourtant largement dépassé l'âge de la retraite dévolue aux vieux navires courageux.

Mais cela, les armateurs s'en moquaient bien ; les profits tirés des fabuleuses cargaisons rapportées du Nouveau Monde leur permettaient de voir disparaître quelques-uns de leurs navires de temps en temps... Quant aux équipages, une infime partie de l'or ramené du monde nouveau suffisait à appâter sans difficulté marins et capitaines dans toutes les bonnes tavernes des ports espagnols...

Dans ce qui restait du château arrière du galion, dans l'étroit réduit disloqué qui avait été sa cabine, Fleur verte avait compris que son existence allait s'arrêter là, au milieu du grand océan. Elle n'avait pas peur. Elle savait que d'une manière ou d'une autre elle allait rejoindre celles et ceux qu'elle aimait, et qui étaient disparus avant elle : Rosée du matin, sa petite sœur, Bouclier fumant, son seul amour, son grand-père, et tous ceux de sa famille...

L'énorme vague déferla ; le vieux vaisseau explosa littéralement. Au moment d'être emportée par les flots, Fleur verte eut une pensée pour la pierre noire qu'elle avait laissée au Pérou. Là-bas, au fond de sa cache, le bloc de métal magique allait rester oublié à jamais.

A moins que...

4ème PARTIE

34

Alex venait tout juste de recevoir par courrier électronique le premier jet du rapport envoyé par Brad.

Son portable sonna. Il jeta un coup d'œil ; c'était Patrick.

— Patrick ? Et bien dis donc, tu dégaines plus vite que ton ombre ! Moi je viens juste de recevoir le rapport et je n'ai même pas eu le temps de l'ouvrir ! Tu l'as déjà lu ?
— Je ne l'ai pas regardé.
— Ah bon ? Moi qui pensais que tu t'étais rué dessus...
— J'étais au téléphone avec Albert Laterrasse.
— L' Albert de Montréal ?
— Oui, le patron de la radioprotection du Québec.
— Et il va bien, ce cher Albert ?
— Lui, oui...
— Qu'est-ce que tu veux dire ?
— Que Laura est morte.
— Quoi ? Mais elle... Tu es sûr ?
— Tu me vois inventer un truc pareil ?
— Non, bien sûr, excuse-moi. Je suis idiot. Qu'est-ce qui s'est passé ? Un accident ? Elle était en pleine forme avec nous à Mexico il y a quelques jours !

— Pas vraiment un accident. Albert connaissait bien Laura, et aussi sa petite amie Italienne, tu sais, la petite brune aux yeux bleus qui...

— Je me souviens très bien.

— Et bien, la police a retrouvé Laura chez elle, le crâne fracassé par semble-t-il par un pied de lampe ; quant à la petite Italienne, elle était en morceaux sur le trottoir après avoir sauté du balcon de Laura, au douzième étage.

— C'est pas vrai ! Et... Pourquoi ? On sait quelque chose ?

— D'après ce que m'a dit Albert, ça sent le drame passionnel à plein nez. Dans le sac à main de la petite Italienne, on a retrouvé un CD avec une vidéo montrant de manière très explicite Laura en pleine action avec une femme... qui n'était pas la petite Italienne... Apparemment, cette dernière n'a pas apprécié et a déboulé chez Laura. Les voisins ont entendu des bruits de dispute, et puis l'Italienne a sauté du balcon. De cet étage-là, elle ne pouvait pas se louper. Elle a quand même eu le temps de griffonner un petit mot avant de faire le grand saut ; du genre ; « Je ne voulais pas... je demande pardon... » ou quelque chose dans le genre.

— C'est fou ! Pauvre Laura... Mais dis donc, cette vidéo, elle venait d'où ? Tu te souviens de ce que disait Luis-Felipe ?

— Sur l'enregistrement des ébats sexuels à Mexico ?

— Oui. Tu crois que c'est cette vidéo-là qui a pu être envoyée à la copine de Laura ?

— Je n'en sais fichtrement rien. Mais je suis d'accord que la coïncidence est...

— Troublante, non ?

— Mais qui aurait eu intérêt à faire ça ? Et en plus, il fallait être au courant dans le détail de la vie privée de Laura !

— Avec ça, il va manquer un signataire au rapport...

35

William sortait du Centre Jules Bordet, le centre anti-cancéreux de Bruxelles.

Il avait tenu, avant d'envoyer ses conclusions à Brad et à l'équipe de Mexico, à discuter ses données avec Emmanuel Van der Rogel, son ami physicien, et aussi avec Pierre Lasciet, l'un des chefs de service de radiothérapie.

Pierre, une sorte de colosse d'un mètre quatre-vingt-douze pour cent quinze kilos, avait bien ri !

— William, qu'est-ce que c'est que cette histoire ? Décidemment, l'AIEA ne peut pas t'envoyer sur une affaire quelconque sans que tu mettes le doigt sur des trucs impossibles ! Tiens, la dernière fois à Tokaymura, quand deux ouvriers japonais avaient réussi à fabriquer une mini-centrale nucléaire en touillant un peu trop d'uranium enrichi dans une lessiveuse ! Quand même : faire diverger de l'uranium tout seul dans son coin, fallait le faire !
— Ce n'est pas drôle, Pierre ; on n'a pas pu les récupérer...

— Même avec la greffe de moelle osseuse d'un jumeau, si je me souviens bien ?

— Tu te souviens bien.

— Et là, tu nous ramènes sans rire des émissions radio-actives venant du fond des âges et du fond de l'une des plus grandes pyramides aztèques ! Tu te dépasses à chaque fois !

— Pierre, s'il te plaît ; j'essaie de comprendre.

Emmanuel, qui était resté muet jusque-là, s'invita dans la discussion.

— Tu es vraiment certain que ce n'est pas tout bêtement un gisement naturel ? Rappelle-toi à Oklo, au Gabon; des centrales naturelles ont même fonctionné toutes seules pendant quelques centaines de milliers d'années... Quand on explique à nos copains écologistes que la bonne nature avait inventé les centrales nucléaires qu'ils vouent aux gémonies, et cela deux milliards d'années avant que l'homme ne fasse son apparition sur terre, ils deviennent verts...

William reprenait la main.

— C'est le cas de le dire. Mais ton hypothèse ne tient pas, Emmanuel, il n'y aucun gisement d'uranium dans cette région du Mexique : j'ai contrôlé, tu penses bien ! Et puis en plus, le cocktail que j'ai récupéré d'émissions de radioéléments à vie très longue, plusieurs millions ou milliards d'années, ne cadre pas du tout avec l'activité d'une centrale nucléaire, naturelle ou non.

Pierre leva les yeux au ciel.

— Alors, ça cadre avec quoi ?

— Avec rien de connu.

— Super ! Donc, vous résolvez le problème et vous vous récupérez un prix Nobel de Physique !

— Ce n'est pas vraiment le but...

— Tu le refuserais ?

— Pierre ! On peut être sérieux ?

— À propos de sérieux, je suppose que tu as soigneusement sauvegardé tes données ?

William parut découvrir quelque chose.

— Tu as raison ; pour le moment, tout est dans cet ordinateur.
— Tu veux une clef USB ? Ou un disque externe ?
— Merci ; je vais rentrer et sécuriser tout ça.

Il regarda sa montre.

— Aïe, je n'avais pas vu le temps passer ! Je vous laisse, les amis ; si jamais vous avez une idée géniale, vous n'oubliez pas de m'appeler !

Il prit congé et, sa pochette d'ordinateur en bandoulière, partit rejoindre son hôpital.

Il n'avait qu'une dizaine de minutes de marche ; il coupa par la Grand-Place de Bruxelles. Il ne se lassait pas des hautes façades flamandes qui faisaient la joie des touristes, toujours nombreux ici quels que soit l'heure et le climat, il faut bien le dire assez souvent humide. Mais là, William avait de la chance ; quelques rayons de soleil se risquaient au travers de nuages clairsemés. William ne ralentit pas.

Il se sentit brutalement tiré en arrière. Il se retourna ; un grand type maigre avait attrapé la bretelle de sa sacoche d'ordinateur et essayait de lui arracher. William se dit que ces voleurs à la tire prenaient de plus en plus d'assurance ; à midi, en pleine place de Bruxelles, avec des touristes partout ! Il attrapa sa bretelle, bien décidé à ne pas laisser partir son ordinateur chéri.

Le grand type maigre parut s'affoler ; il n'avait manifestement pas prévu une telle résistance de la part de ce petit bonhomme à l'aspect plutôt chétif.

William s'énervait ;

— Mais fichez le camp ; laissez-moi ça !

Le type maigre regarda autour de lui ; comme souvent, les gens évitaient soigneusement de se mêler de l'empoignade. Le bonhomme sortit alors un long couteau, une espèce de *navaja*, et commença à taillader la bretelle de cuir.

Ce fut à ce moment-là qu'il revint à l'esprit de William qu'il n'avait pas sauvegardé ses données ; pas question de laisser le type partir avec l'ordinateur ! Il tira de plus belle et lança un coup de pied qui plus ou moins involontairement atteignit les parties génitales de l'assaillant. Ce dernier se plia en deux en hurlant, et lâcha la bretelle à moitié sectionnée. William récupéra son bien. Mais l'autre se redressa immédiatement, se rua sur le physicien et lui enfonça son couteau en plein cœur. William s'écroula. Le grand type maigre s'enfuit à toutes jambes avec l'ordinateur. Les touristes les plus proches l'avaient distinctement entendu dire à William à terre : « *Hijo de puta !* ».

La nouvelle se propagea rapidement à travers le groupe d'experts.

Alex et Patrick s'étaient retrouvés dans un bar vers l'Institut Curie. Les deux étaient effondrés. Alex marmonnait.

— C'est pas possible ; après Laura, William; c'est invraisemblable... Un type si gentil.

— Et si brillant...

— Et tu dis que le type qui l'a poignardé lui aurait lancé : « *Hijo de puta* », « fils de pute » ?

— C'est ce qu'on m'a dit.

— Il y a des malfrats espagnols, sur la Grand-Place de Bruxelles ?

— Il faut croire.

36

Victor récupéra sa valise et se dirigea vers la sortie de l'aéroport. Il pleuvait sec sur Vienne.

Victor pesta en découvrant l'impressionnante file d'attente des taxis ; il finit par pouvoir s'engouffrer dans une Mercédès conduite par un grand black décontracté.

— À l'Agence Internationale pour l'Énergie Atomique !

Sa mauvaise humeur lui fit oublier le « merci » qui aurait dû logiquement suivre.

Il se retrouva en une vingtaine de minutes devant le grand bâtiment de l'Agence. Le chauffeur n'avait pas traîné. Victor jeta un coup d'œil blasé aux trois grandes ailes blanches de béton, artistiquement enchevêtrées, dont l'intérêt architectural, qui faisait se pâmer certains de ses collègues, lui échappait totalement.

Comme à l'accoutumée, il ne put s'empêcher de manifester son agacement devant la minutie des formalités à l'entrée. L'Agence jouissait du statut d'extra-territorialité, et y entrer équivalait à passer une frontière. Le fait que Victor répondait à une invitation personnelle du Directeur de l'Agence ne lui octroya aucun passe-droit et n'accéléra en rien les choses.

Ayant enfin obtenu son badge (avec photographie couleur), il ressortit dans le vaste espace central dominé par les trois hauts buildings de l'Agence. La pluie avait cessé. Il se dirigea vers le bâtiment A : avec tout cela, il allait être en retard ! L'ascenseur le propulsa au quinzième étage en quelques secondes. Il se présenta au secrétariat du Directeur. La jeune fille blonde examina longuement son badge et sa lettre d'invitation. Elle finit par lui sourire :

— Tout est en règle, Monsieur Baroustov. Monsieur le Directeur vous attendait. Par contre, il va devoir vous faire attendre un peu, car la réunion à laquelle il assiste actuellement a pris un peu de retard. Vous pouvez laisser votre valise ici. Je vais vous faire attendre là, dans le petit salon : vous désirez un café ?

Victor, toujours bougon et ne cherchant aucunement à le cacher, déclina l'offre.

Il alla s'asseoir dans l'un des grands fauteuils désignés par la jeune assistante, dont l'accent semblait trahir une origine germanique, ce qui n'avait rien de bien surprenant dans ce contexte viennois.

Son attaché-case sur les genoux, Victor tenta de deviner ce qui motivait cette convocation à l'AIEA. Certes, l'Agence faisait souvent appel à lui, mais elle lui demandait rarement de venir en personne, et de plus en urgence, à Vienne. En cas d'accident d'irradiation nécessitant ses compétences, l'Agence lui envoyait en général un billet d'avion et il retrouvait directement sur place les autres experts. Il devait ensuite écrire, ou du moins participer à l'écriture du rapport officiel. Pour les cas complexes, on pouvait alors lui demander de venir en personne à Vienne pour un « debriefing » rassemblant tous les experts impliqués, afin de bien se mettre d'accord sur le texte du rapport final.

Dans le cas présent, Victor se perdait en hypothèses sur les raisons de sa convocation par le Directeur de l'AIEA.

Cela aurait-il à voir avec le rapport du dernier accident mexicain ? Mais il était loin d'être finalisé, ce rapport, et la disparition tragique de deux de ses collègues du groupe de mission au Mexique n'allait pas accélérer la rédaction du texte... Il n'avait reçu pour sa part qu'une sorte de brouillon préliminaire rédigé par Brad, un « premier jet » spartiate et incomplet, qu'il avait copieusement amendé. Il avait renvoyé le tout à Brad une semaine auparavant et avait simplement reçu en retour un bref accusé de réception. Il paraissait peu probable que son « invitation » soit en rapport avec cette histoire non finalisée...

Alors, un accident grave, encore tenu secret ? Peu vraisemblable : de nos jours, les secrets ne le restent pas très longtemps. Et Victor était bien placé pour savoir qu'au moins en Russie et dans les pays de l'ex-sphère soviétique, il n'y avait pas eu d'accident récent... Enfin, pas plus que d'habitude... Le réseau de radiopathologie de Victor, géré depuis Moscou, bien complété et soutenu par ses anciens collègues du KGB, l'aurait prévenu !

Victor envisagea quelque chose de directement lié aux guerres fratricides que se livraient sunnites et chiites en Syrie et en Irak. Mais il n'y avait pas de centrale nucléaire dans ces pays, ce qui limitait les risques et les dégâts. Par contre, on ne pouvait pas exclure la circulation, dans ces pays déchirés et ingérables, de sources radioactives plus ou moins en déshérence, mais tout cela n'avait rien de nouveau. Les spécialistes du monde entier avaient longtemps craint que les terroristes islamistes de tous bords se lancent dans la fabrication de « bombes sales », et fassent exploser dans des endroits stratégiques des charges artisanales bourrées de sources radioactives diverses, contaminant pour des années des sites sensibles. Mais apparemment, les « Fous de Dieu » avaient trouvé que cette façon de faire ne tuait pas assez de gens et pas assez vite. La menace potentielle de possibles cancers radio-induits qui pourraient survenir des années plus tard, ne cadrait pas vraiment avec les objectifs de terreur immédiate des djihadistes les plus extrêmes. Mieux valait envoyer des avions sur le World Trade Center, ou poster sur internet des vidéos explicites de massacres de masse à l'arme automatique, ou mieux encore de crucifixions et de décapitations !

Victor en était là de ses réflexions quand la jeune assistante vint le chercher.

— Monsieur le Directeur vous attend : si vous voulez bien me suivre.

Victor ramassa sa mallette et suivit la pin-up blonde, qu'il trouvait un peu vulgaire.

On lui ouvrit la porte matelassée du grand bureau directorial.

Kian-Su-Sheng se leva et vint à sa rencontre, la main tendue.

— Victor ! Merci d'avoir accepté de venir aussi vite !

Le grand Chino-Indonésien arborait, comme à son habitude, un large sourire. Victor savait que sous son apparence de politesse toute asiatique, Kian-Su-Sheng cachait un monstre de travail, capable d'épuiser les collaborateurs les plus endurcis. Il savait aussi que le Directeur de l'AIEA était mû par une volonté de fer... et de faire... au mieux pour remplir la mission de l'Agence, mission dont il se faisait une haute idée.

Victor se doutait bien que si le Directeur de l'AIEA l'avait convoqué de cette manière, ce n'était pas pour échanger quelques banalités plus ou moins sirupeuses.

De fait, Kien-Su-Sheng n'y alla pas par quatre chemins.

— Victor, je vous ai fait venir parce que l'Agence a besoin de vous à Tchernobyl.

Le russe ouvrit de grands yeux.

— A Tchernobyl ? Mais nous n'avons plus aucune responsabilité directe là-bas ; ce sont les Ukrainiens maintenant qui...
— Justement.
— Justement ?
— Je dis bien : « justement ». Depuis leur indépendance en 1991, l'Ukraine est, au moins théoriquement, responsable de la surveillance, de la sécurisation et du suivi de la radioprotection à Tchernobyl. Exact ?
— Exact.

— Sauf que les Ukrainiens n'étaient pas complétement idiots et qu'ils étaient bien conscients qu'ils ne possédaient pas toutes les compétences requises pour une mission aussi complexe et sensible; en conséquence, ils avaient gardé sur place des équipes d'ingénieurs et de spécialistes étrangers ; certains de chez nous à l'AIEA, et surtout des équipes... russes : toujours exact ?

— Toujours exact.

— Bien. Victor, je pense que vous lisez les journaux. Vous avez lu que l'Ukraine semble avoir décidé, démocratiquement, de se séparer de ce que nous appelions le bloc soviétique.

Victor fit la moue.

— Sauf que la Russie a récupéré la Crimée à l'issue d'un vote tout aussi démocratique, et que certaines provinces russophones de l'Est de l'Ukraine feraient bien sécession...

— Tout à fait, mais Tchernobyl, qui nous intéresse ici, se situe dans une province de l'Ouest, bien loin de ces provinces potentiellement sécessionnistes, et dans une zone favorable à l'émancipation du « joug russe », comme ils disent.

— Je suis d'accord, mais qu'est-ce que je viens faire là-dedans, moi ?

— Je veux que vous alliez à Tchernobyl, Victor.

— Mais vous venez de dire que... Vous voulez vraiment que les Ukrainiens pro-Européens de la région me coupent la tête et la promène au bout d'une pique ?

Kian-Su-Sheng eut un petit sourire.

— Je ne pense pas que la situation en soit à ce point. En fait, vous avez beaucoup travaillé sur la sécurisation et la décontamination de Tchernobyl, non ?

— Je ne peux pas dire le contraire.

— Et c'est une partie de votre propre équipe qui est encore sur place pour assurer la surveillance et la sécurisation du vieux sarcophage, pendant que les équipes françaises construisent le nouveau juste à côté ?

— C'est vrai : la moitié de mon équipe initiale est encore là-bas, et ce sont de très bons professionnels.

— Et c'est bien cela qui nous inquiète : d'après nos informations, pour des raisons purement politiques, le pouvoir actuel en Ukraine prévoit de renvoyer dans ses foyers les membres de votre ancienne équipe, ainsi que nos agents encore sur place.

— Et ils veulent les remplacer par qui ?

—Par des techniciens ukrainiens sur lesquels nous nous sommes renseignés.

— Et alors ?

— Ce sont de jeunes et brillants ingénieurs, mais sans aucune réelle compétence et sans aucune expérience du nucléaire. Leur demander de prendre en charge la gestion du vieux sarcophage qui s'éventre progressivement et qui menace de s'écrouler par endroit, en attendant la mise en place du monstrueux arceau que les Français construisent actuellement, ferait courir le risque d'un Tchernobyl 2.

— Le réacteur ne peut plus exploser ...

— Non, je suis d'accord, mais ce qu'il en reste peut encore contaminer largement la région en cas de nouvelle erreur de gestion.

— Il est quand même peu probable que dans l'état actuel des choses on puisse redouter une contamination importante...

— Vous dites « importante », Victor : vous voulez dire en termes de dommages pour l'homme et pour l'environnement, ou bien en termes d'image ?

Victor comprit où le Directeur voulait en venir ;

— Là, je parlais en termes de dommages pour la population et l'environnement ; pour ce qui est de l'image, bien sûr...

— Pour l'image du Nucléaire, vous savez bien que ce serait catastrophique ! Tchernobyl est devenu beaucoup plus qu'un accident nucléaire ; c'est devenu LE symbole de la catastrophe écologique, ou même de la catastrophe tout court d'ailleurs. Nous sommes passés dans l'irrationnel ; souvenez-vous que certains écologistes calculent que Tchernobyl a fait un million de morts !

— Ça, pour le côté irrationnel, je ne peux qu'être d'accord : la grande presse s'est polarisée sur cet accident de manière... disons surdimensionnée.

— Allant jusqu'à oublier, ou à occulter, certains autres accidents encore plus graves, non ?

Victor fronça les sourcils et se mit sur la défensive.

— Vous voulez parler de Kychtym ?...

— Kychtym, par exemple, que nous appelons plutôt nous, ici à l'Agence, la catastrophe de Tchéliabinsk.

— Je suis d'accord pour reconnaître que l'explosion de 1957 à Kychtym a envoyé dans l'atmosphère davantage de radioactivité qu'à Tchernobyl...

— Vous voyez ? Et personne ne parle de cet accident !

— Il faut quand même dire qu'en 1957, on avait essayé de le garder secret.

— Le secret n'avait pas pu être gardé bien longtemps ; les scientifiques qui contrôlaient la radioactivité atmosphérique, et les agents de la CIA, avaient bien compris ce qui se passait. Et puis, un peu plus tard, avec la *glasnotz*, vous avez joué la transparence. Nous avons eu accès à tous les détails, ou presque. Mais malgré tout ça, la grande presse et nos amis écologistes sont restés d'une extraordinaire discrétion sur le sujet, non ?

— Effectivement.

— Alex Cormelon, notre ami français, nous a même raconté une anecdote à peine croyable : vous vous souvenez de ce professeur français que l'on avait accusé « d'avoir arrêté le nuage de Tchernobyl à la frontière » ?

— Très bien ! Je ne me souviens plus de son nom, mais je me souviens parfaitement de l'histoire !

— En l'occurrence, il n'avait pas dit exactement ça, mais simplement qu'il pensait qu'il n'y aurait pas d'impact sanitaire en France ; mais l'extrapolation « Arrêter le nuage à la frontière » avait fait le bonheur des journalistes !

— Et il y a un rapport avec Kychtym ?

— Tout à fait. Ce professeur avait beaucoup travaillé sur vos contaminations dans l'Oural, et avait multiplié les conférences pour alerter les autorités nationales et internationales sur les dangers de ces contaminations radioactives. Alex Cormelon m'a même rapporté qu'il avait donné une conférence très officielle à l'Académie de Médecine française, avec des mesures de radioactivité sur le terrain à faire froid dans le dos.

— J'imagine que les écologistes se sont emparés du cadeau !

— Et bien non ! Pas du tout ! Personne n'a repris ces informations ; pas le moindre entrefilet dans la presse, même pas dans les tabloïds !

— C'est fou ! Alors que si les fuites du vieux sarcophage de Tchernobyl augmentent de 5 %, on aura droit aux gros titres dans les journaux du monde entier !

— Tout à fait. Et pouvez-vous m'expliquer, Victor, pourquoi Tchernobyl reste l'exemple de la catastrophe par excellence, alors que l'accident de Tcheliabinsk et la contamination de vos sites nucléaires dans l'Oural, ont été objectivement bien pires en termes de conséquences tous azimuts ?

— Je ne sais pas bien... Peut-être parce qu'à Kychtym, il s'agissait d'une explosion « ordinaire » dans un dépôt de matériel radioactif militaire, et pas d'un accident de centrale nucléaire ?

— Vous avez peut-être raison, Victor ; les écologistes veulent la peau du nucléaire civil, et ont fait de Tchernobyl un exemple terrifiant, alors qu'ils paraissent beaucoup moins perturbés par les dangers des sites nucléaires militaires. Très franchement, je ne les comprends pas toujours bien... Moyennant quoi, tout ceci pour vous dire que Tchernobyl, même près de 20 ans plus tard, continue à déchaîner les passions, et qu'il est hors de question de prendre le moindre risque du moindre accident ou même du moindre incident là-bas. Vous allez donc, comme représentant de l'Agence et mon envoyé personnel, vous rendre à Tchernobyl. Je veux que vous parveniez à convaincre les Autorités Ukrainiennes de conserver, au moins jusqu'à la mise en place du nouveau sarcophage des Français, l'équipe de radioprotection que vous aviez mise en place et qui a fait la preuve de sa compétence depuis des années. Bien entendu, s'ils le veulent, les Ukrainiens peuvent y adjoindre leurs ingénieurs. Mais de grâce, qu'ils gardent sur place les gens compétents !

Victor marmonna quelque chose en russe. Kian-Su-Sheng leva un sourcil ;

— Vous avez dit, Victor ?
— Quelque chose comme « Oui, Chef ».

....

On était en fin de semaine, ce qui correspondait à la période viennoise hebdomadaire d'Alex.

Il s'était lancé dans la correction du texte du rapport préliminaire de Brad. Il avait eu du mal à s'y mettre. La mort de Laura, puis celle de William, l'avait perturbé sérieusement.

Il aimait bien Laura, et il s'avouait honnêtement qu'il en était tombé un peu « en amour », comme disent les Canadiens français, quand la grande blonde avait débarqué à leur comité trois ans auparavant. Mais l'arrivée de la petite Italienne brune avait sonné le glas de toute tentative de flirt !

Quant à William, Alex le connaissait depuis plus de dix ans, et il avait toujours eu pour lui une admiration sincère pour son intelligence et sa puissance de travail, qui n'avaient d'égale que sa discrétion. Qu'il puisse finir embroché comme un poulet par un voleur à la tire sur la Grand-Place de Bruxelles était la dernière chose qu'Alex aurait pu imaginer...

Son portable sonna ;

— Monsieur Cormelon ? Le Directeur veut vous voir.
— Bien sûr. Quand ça ?
— Tout de suite.
— Tout de suite ?
— Oui, Monsieur Cormelon.
— Bon... J'arrive.

Alex fut introduit dès son arrivée dans le bureau du Directeur de l'AIEA. Il remarqua que la jeune assistante blonde, contrairement à son habitude, n'était pas souriante.

Kian-Su-Sheng se leva pour venir le saluer. Lui non plus ne souriait pas.

— Asseyez-vous, Alex.

Alex obtempéra. La Directeur avait la tête des mauvais jours. En fait, aussi loin qu'il puisse remonter dans le temps, Alex ne l'avait jamais vu avec un visage aussi fermé.

— Alex ; vous vous doutez peut-être déjà de la raison de cette convocation ?
— Je... Non, pas vraiment.
— Victor Baroustov est mort.

Alex faillit tomber de son siège.

— Quoi ? Mais quand ? Il est passé me dire bonjour ici à mon bureau il y a quelques jours ; et il allait très bien !

— Il allait effectivement très bien quand je l'ai fait venir ici la semaine dernière pour l'envoyer en mission à Tchernobyl.

— Il ne m'avait rien dit...

— Ce n'était pas secret, mais Victor avait gardé des habitudes ...

— Du KGB ?

— Vous êtes bien renseigné, Alex !

— C'était de notoriété publique, malgré la discrétion de Victor sur le sujet. Mais comment est-il mort ?

— Il a fait une chute de trente mètres depuis le toit du sarcophage ;

— Une chute ? Accidentelle ?

— Mes informations sont qu'il a voulu inspecter les fissures du toit du sarcophage avec des membres de son ancienne équipe et quelques spécialistes ukrainiens. Il pleuvait, il y avait beaucoup de vent, et à certains endroits la rambarde de protection avait disparu. Victor se serait approché du bord, aurait glissé, et serait tombé dans le vide sans que personne ne puisse le retenir.

Alex ne semblait pas convaincu.

— Victor dérapant et tombant d'un toit ? Il était en pleine forme et ce n'était pas vraiment un casse-cou.

— Il y a autre chose.

— Oui ?

— Victor avait trois grammes d'alcool dans le sang.

— Trois grammes ? Moi, je suis dans le coma, avec ça !

— Victor, d'après ce que j'en sais, ne paraissait qu'un peu éméché, sans plus. Il avait bu pas mal de vodka avant d'insister pour monter en haut du sarcophage.

— J'ai déjà vu Victor boire de la vodka, mais pour un russe, il était plutôt du genre sobre...

— Cela correspond aussi aux informations dont je dispose.

— Dites, c'est vraiment un accident ?

— A priori, oui.

— A priori ?

— L'enquête ne fait que commencer. Mais puis-je vous faire remarquer, Alex, qu'en quelques semaines, trois de vos collègues de la mission mexicaine sont décédés.

Alex, un peu assommé par la nouvelle de la mort de Victor, en avait presque oublié ce point.

— Oui, vous avez raison ; c'est complétement fou !

— Je suis bien d'accord avec vous, Alex, et comme c'est moi qui ai envoyé cette mission à Mexico, je me retrouve avec trois sur sept de mes experts qui disparaissent de façon... disons brutale dans les semaines qui suivent. S'agissant de sept personnes en parfaite santé, quelle était d'après vous la probabilité d'en voir disparaître trois en trois semaines ?

— Je suppose faible...

— Dîtes plutôt quasi nulle ! Dîtes-moi, Alex, que s'est-il passé exactement là-bas ? Je me suis laissé dire que le ministre mexicain de la Santé avait exercé des pressions pour que notre rapport aille dans le sens de ses interventions médiatiques, afin que le scandale de l'accident de Mexico n'éclabousse pas trop la campagne pour la réélection du président...

— Vous aussi, vous êtes bien renseigné !

— Dans la position que j'occupe, cela vaut mieux, non ? En fait, Brad m'avait appelé en rentrant de la mission pour me mettre au courant. Dans le contexte, cela n'était d'ailleurs peut-être pas très prudent.

— Pas prudent ? De faire quoi ?

— De m'appeler sur une ligne non sécurisée.

— Vous croyez que...

— Je ne crois rien. Je sais simplement que nous sommes souvent sur écoute.

— Et vous pensez que ces trois disparitions... pourraient être en rapport avec cette affaire de Mexico ?

— Je n'en sais rien. Je cherche des explications.

— Mais pour Laura, il semble vraiment s'agir d'un drame privé.

— Un drame privé qui semble avoir comme cause directe l'envoi d'une vidéo, elle aussi « privée», possiblement tournée précisément à Mexico. Cela aurait pu aussi vous arriver, Alex, non ?

L'interpelé rougit légèrement ; Alex se dit que ce diable de bonhomme savait vraiment beaucoup de choses.

— Effectivement.

— Et William a été poignardé par un individu parlant espagnol.

— Exact, mais... et Victor là-dedans ?

— Pour Victor, je suis d'accord ; il n'est pas évident de trouver un rapport entre son décès et l'affaire mexicaine. Vous avez des hypothèses ?

Alex eut une pensée pour les bizarres sources radioactives qu'ils avaient détectées à Cholula. A priori, personne n'avait soufflé mot de cette étrange découverte. Fallait-il en parler maintenant ? Il choisit de remettre cette révélation à plus tard.

— Je ne vois vraiment pas.

— Vous êtes certain que vous n'avez pas trouvé quelque chose comme le trésor de Toutankhamon, qui a tué l'un après l'autre tous ses découvreurs ?

Là, Alex se demanda si le Directeur lisait dans ses pensées. Il balbutia un peu.

— Non... je ne vois pas ...

— Je ne crois pas en fait à ce genre de malédictions ; je reste un scientifique. Mais j'ai quand même envisagé de vous faire protéger.

— C'est ridicule !

— Peut-être pas tant que ça. En tout cas, j'ai déjà demandé à Brad, à Luis-Felipe et à Patrick de prendre quelques précautions élémentaires, et de me tenir au courant de tous leurs déplacements : cela vaut aussi pour vous.

Kian-Su-Sheng raccompagna Alex à la porte. Il eut un semblant de sourire crispé en lui serrant la main.

— Faites attention à vous, Alex.

37

Juanita avait vingt-cinq ans. Petite brune aux yeux noirs, elle semblait être le résultat, plutôt réussi, du métissage d'un garçon des Andes avec une fille de Castille, à moins que cela ne soit l'inverse.

Juanita n'aurait jamais pu vivre bien longtemps loin de sa ville natale, Arequipa, la ville blanche du Pérou, à l'intérieur des terres, et dominée par le cône parfait du volcan Misti.

De fait, elle n'avait quitté Arequipa, faute d'autre solution, que pour terminer ses études d'Histoire et d'archéologie à Lima. Mais sitôt ses diplômes en poche, elle était bien vite retournée dans la ville qui l'avait vue naître, ainsi que tous ses ancêtres, du moins aussi loin que pouvaient remonter les souvenirs familiaux.

Juanita considérait avoir eu beaucoup de chance, car sitôt revenue de Lima avec ses deux Masters, elle s'était vue proposer le poste de responsable des collections de la

Recoleta, un vieux couvent quelque peu oublié mais à la longue histoire, situé en bordure du cœur de la ville. Il faut dire que son père, vieux médecin connu de tous et unanimement apprécié à Arequipa, s'était, depuis des années, lié d'amitié avec le Chanoine dudit couvent. Juanita ne se faisait pas beaucoup d'illusion et savait bien que sa rapide promotion avait quelque chose à voir avec cette vieille amitié, même si elle pensait avoir les compétences requises pour mériter ce poste.

La jeune fille avait donc récupéré la Direction du vieux couvent désaffecté, laquelle direction signifiait la responsabilité de trois structures différentes : d'abord les bâtisses conventuelles elles-mêmes, avec la chapelle, encore utilisée le dimanche ou pour quelques mariages ou enterrements, avec une petite collection de meubles coloniaux d'époque, et des statues en bois peint remontant aux premières années de la conquête. S'y ajoutait une collection de peintures « cuzcéniennes », ces toiles peintes par les métis hispano-indiens, où la thématique catholique était quelque peu réinterprétée, avec une surcharge de couleurs et de détails naïfs qui n'était pas sans charme, même pour un œil moderne. Juanita, elle, adorait !

Et puis, en second lieu, il y avait un musée, en vérité un tout petit musée, centré sur les populations indiennes d'Amazonie ; il présentait dans trois salles poussiéreuses à souhait des armes de jet, des ustensiles divers et quelques animaux empaillés. Le tout était exhibé dans de larges vitrines, dans un désordre savoureusement suranné. Juanita avait pensé au premier abord rénover totalement la présentation, et puis elle s'était ravisée, considérant que ces grandes vitrines à l'ancienne, dans ce cadre colonial, dégageait davantage d'émotion que les structures ultramodernes de certains musées de Lima. Alors elle avait décidé de simplement dépoussiérer le tout, d'améliorer l'éclairage (initialement anémique) et de laisser la vieille collection amazonienne « dans son jus ».

Enfin il y avait la bibliothèque. Mais là, Juanita dut faire preuve d'un peu de patience, ravalant sa frustration durant deux longues années.

La situation était ici un peu particulière. De fait, Juanita connaissait cet endroit extraordinaire, pour l'avoir visité une fois, par autorisation spéciale du chanoine, juste avant de partir à Lima. Elle était tombée immédiatement sous le charme de cette longue nef sombre, d'au moins dix mètres sous plafond, entourée d'une sorte de galerie-mezzanine courant tout autour à mi-hauteur, et aux murs entièrement couverts de rayonnages ployant sous de pesantes rangées de livres aux épaisses couvertures de cuir.

Dans la partie basse, une douzaine de vitrines horizontales, plus ou moins déglinguées et couvertes de quelques siècles de poussière, protégeaient des ouvrages encore plus antiques que ceux des rayonnages, et quelques cartes paraissant antédiluviennes, qui auraient fait le bonheur des géographes.

Mais l'endroit avait été placé sous la garde d'un vieux prêtre qui devait approcher les quatre-vingt-dix ans, et qui avait pris avec un tel sérieux le rôle de protection du patrimoine exceptionnel qui lui avait été confié, qu'il ne permettait à personne de pénétrer dans une antre qu'il considérait clairement comme une version personnelle du Saint des saints.

Quelques universitaires de Lima bien informés, ayant eu vent de la collection d'ouvrages de la bibliothèque de la Recoleta, avaient demandé l'autorisation de venir y travailler. Ils avaient été aussi systématiquement que sèchement éconduits par le vieux prêtre-Cerbère, qui arguait qu'il n'était pas question de laisser ces ouvrages inestimables prendre le risque d'être détériorés par des mains impies... Et quand on lui faisait remarquer qu'il était peut-être un peu sévère dans ses refus réitérés, le vieux prêtre rappelait que son prédécesseur avait refusé toute visite de la bibliothèque durant les soixante-cinq ans de sa charge, et qu'il avait bien l'intention de battre ce record !

Et puis, un beau jour, le vieux prêtre ne pointa pas sa longue et maigre silhouette à la messe donnée le dimanche matin dans la chapelle du couvent. Juanita et le Chanoine, un peu inquiets, s'en allèrent frapper à la porte de la bibliothèque. En l'absence de réponse, ils entrèrent. Dans l'espèce de cagibi du fond qui servait de bureau, ils trouvèrent le vieil ecclésiastique assis à sa table de travail, la tête posée sur une liasse de parchemins, et ayant à l'évidence rendu son âme à Dieu depuis un certain temps.

Le décès du vieux prêtre fit de la peine à Juanita, qui le respectait beaucoup malgré — ou à cause de — son acharnement à garder inviolé le trésor qui lui avait été confié.

Deux jours plus tard, le chanoine lui confirma qu'elle était maintenant seule maîtresse à bord de la grande nef et de sa collection de livres, de documents et de cartes anciennes. Il ne restait à Juanita qu'à faire le bilan de ce qui s'y trouvait, et à informatiser le tout. Juanita sourit en pensant que l'analyse et le classement de toute cette collection allaient lui prendre quelques dizaines d'années, mais ce n'était pas pour la rebuter.

Elle commença tout simplement par enlever l'épaisse couche de poussière qui empêchait de voir à travers les vitrines. Là, elle découvrit quelques cartes dont elle n'avait jamais trouvé mention durant ses études à Lima. Elle se jura d'appeler certains de ses professeurs pour qu'ils viennent étudier ces documents.

Et puis elle se tourna vers les rayonnages : par où commencer ? Et d'abord, comment diable tous ces ouvrages avaient-ils été rangés ? Elle pensa à un ordre chronologique, mais un rapide tour de la bibliothèque lui montra que sur certains rayonnages les livres étaient classés par année, mais sur certains autres pas du tout ! Elle trouva des secteurs dédiés à la géographie, aux sciences, et toute une partie dévolue à la théologie. Un autre rayon contenait uniquement des relations de voyages, et dans d'autres endroits, le classement, s'il y en avait jamais eu un, dépassait l'entendement...

Juanita commençait à désespérer de trouver une clef pour l'aider à s'y retrouver dans les dizaines de mètres de rayonnages. Un soir, fourbue après dix heures de nettoyage et de protection d'ouvrages situés juste sous le toit et qui avaient un peu souffert de l'humidité, elle revint s'asseoir dans le petit bureau. Elle réalisa alors que ni elle ni le chanoine, découvrant le corps du vieux prêtre, n'avaient porté attention aux documents qu'il semblait étudier au moment où il était passé de vie à trépas. Lesdits documents n'avaient pas bougé depuis ; ils étaient là, devant Juanita, qui se pencha sur les vieux parchemins.

Il s'agissait d'une lettre, très soigneusement calligraphiée sur plusieurs feuillets.

C'était écrit en espagnol : un espagnol fort ancien qui donna au début un peu de fil à retordre à la jeune fille. Mais quand elle commença à comprendre le contenu de l'antique missive, le cœur de Juanita s'accéléra et elle se dit que le vieux prêtre-Cerbère venait de lui faire un incroyable cadeau, un de ces cadeaux dont auraient rêvé tous les historiens de la planète.

38

Cuzco, le 4 Juillet de l'An de Grâce 1547

Très Saint-Père,

Si la plus humble de vos brebis ose prendre la plume pour vous adresser cette missive et empiéter sur votre temps si précieux, c'est pour s'assurer que la relation de certains faits remarquables, dont je me suis retrouvé bien involontairement et partiellement dépositaire par la Grâce de Notre-Seigneur Jésus, réussisse à parvenir à Votre Sainteté, par-delà les mers.

Il se trouve qu'à la demande de mon frère en Jésus-Christ le Père Bartolomé de Las Casas, je vais dans quelques semaines embarquer pour l'Espagne à partir de la Carthagène des Indes, à bord du vaisseau « La Gorgona ».

Sitôt débarqué, je me rendrai à la grande controverse que Votre Sainteté, dans son immense sagesse, a décidé d'organiser à Valladolid sur l'existence ou non d'une âme de Dieu chez nos frères indiens.

Je ne serai pas seul.

Frère Bartolomé, dans le but d'appuyer à Valladolid notre plaidoyer en faveur de nos frères du Nouveau Monde, m'a demandé d'amener en terre espagnole quelques-uns des natifs du nouveau continent.

De ce fait, votre Saint Légat à Valladolid, et peut-être même un peu plus tard Sa Sainteté elle-même, pourront constater de leurs yeux que ces êtres de chair et de sang sont bien nos semblables et nos frères en Jésus-Christ, et non, comme le clament certains de nos conquistadors, une quelconque race inférieure tout juste bonne à être massacrée ou réduite en esclavage.

Je vais donc emmener avec moi, à bord de la Gorgona, un jeune homme qui était un prêtre de leur religion avant de se convertir à Notre-Seigneur. Je vais aussi emmener avec moi une jeune femme au destin tout à fait extraordinaire. Il s'agit d'une princesse aztèque qui a échappé par miracle à l'effroyable massacre dont s'est rendu coupable Hernan Cortès en 1519 dans la ville de Cholula. Après s'être convertie, cette princesse a effectué un incroyable périple à travers le Nouveau monde, qui l'a menée de Tenotchitlan au Mexique à Lima au Pérou en passant par la Carthagène des Indes. Elle est finalement arrivée dans ma paroisse à Cuzco, où son extraordinaire bonté et son dévouement envers les plus démunis lui ont permis de gagner tous les cœurs. Amalia – C'est le nom chrétien de cette princesse — avait pu s'enfuir de Cholula en emportant avec elle quelques-uns des secrets de son antique civilisation. Ces secrets, qui remontent à la nuit des temps, et dont je n'ai pas moi-même précisément connaissance, Amalia souhaite nous les transmettre. Mais elle dit que ces secrets sont si importants qu'ils ne peuvent être confiés qu'au chef suprême de notre Sainte Église catholique. Amalia les conserve précieusement dans une lourde caisse plombée.

Nous espérons être en mesure de pouvoir apporter ces secrets à Votre Sainteté. Mais les voyages à travers le grand océan restent risqués. Des tempêtes imprévues ont eu raison des vaisseaux les plus robustes ; des flottilles entières des pirates sanguinaires attendent nos galions en haute mer pour piller l'or et l'argent ramené du Nouveau Monde. Nombre de navires ont ainsi disparu corps et biens, et il serait dramatique de voir les secrets que souhaite nous révéler Amalia disparaître définitivement au fond des flots.

Amalia, tout comme moi, est bien consciente des risques et des dangers de cette traversée. Alors, elle a décidé de partager en deux son « secret ». Elle en a placé la moitié dans la lourde caisse qui ne la quitte jamais, une caisse si pesante que seul Pedro, le jeune prêtre aztèque converti à la stature herculéenne, est capable de la porter seul. L'autre moitié, elle l'a mise dans une autre caisse fabriquée à l'identique.

C'est cette seconde caisse que je confie, avec cette missive, au père Alfredo de Bascalante, qui m'assiste depuis dix ans à l'église del Triunfo à Cuzco, et en qui ma confiance est totale. Si par malheur nous ne parvenons pas à arriver jusqu'à Votre Sainteté avec notre précieux chargement, alors le père Alfredo fera tout ce qui est en son pouvoir pour vous faire parvenir la caisse placée sous sa protection. Amalia, qui parle et écrit couramment notre langue, a rédigé et caché dans la caisse une longue lettre destinée à expliquer à Votre

Sainteté comment peut être utilisé ce qui s'y trouve, pour le plus grand bien de l'Humanité toute entière.

Soyez assuré, Votre Sainteté, de nos prières quotidiennes pour que le Seigneur Dieu vous aide et vous assiste dans la mission qu'il vous a confiée.

Frère Antonio Terramonte

39

Luis-Felipe agitait ses grands bras comme un moulin à vent à la sortie de l'aéroport de Lima, là où les chauffeurs de taxi et ceux des hôtels de la ville, tassés derrière les barrières métalliques, brandissaient des pancartes multicolores portant des patronymes variés.

— Alex ! Par ici !

Alex, qui venait de récupérer sa valise, fila droit vers son ami. Ils tombèrent dans les bras l'un de l'autre, dans l' « abrazo » qui était familier en Amérique du Sud, mais qui étonnait toujours leurs amis des Etats-Unis.

— Alex, c'est vraiment gentil à toi de venir nous aider pour ce cours !

— C'est vraiment uniquement pour toi, tu sais ! Sept conférences de quarante-cinq minutes à préparer en espagnol, et avec seulement un préavis de trois semaines : tu te rends compte du travail ?

— Mais ce sont des sujets que tu maîtrises parfaitement, Alex, ne me fais pas croire que cela t'a pris beaucoup de temps !

— Qu'est-ce que tu imagines ? J'ai passé un temps fou à faire recorriger mon espagnol approximatif par un ami argentin.

Luis-Felipe éclata de rire.

— Tu aurais mieux fait de garder ta version à toi !

— Allons bon ! Pourquoi ça ?

— Parce que les Argentins, au cas où tu ne le saurais pas, ont un espagnol bien à eux.

— Oui, je sais pour l'accent, mais à l'écrit...

— À l'écrit, c'est pareil : il y a toutes les chances que dès ta seconde diapositive, on repère que cela a été corrigé par un Argentin !

Alex était un peu dépité.

— Et moi qui croyais bien faire...

Luis-Felipe lui envoya une grande claque dans le dos ;

— Ce n'est pas grave : au moins, tu ne parleras pas avec l'accent argentin, avec des « Ché » partout !

— C'est cela qui avait valu son surnom au « Ché » Guevara, non ?

— Exact.

— Ça, pour l'accent, ne t'inquiète pas ; pour moi, ce sera plutôt de l'espagnol avec un accent parisien du dix-huitième arrondissement...

Quand Alex venait à Lima, il logeait dans une petite aile, réservée aux invités, de la grande villa de Luis-Felipe.

Il retrouva toute la famille pour le dîner.

À l'apéritif, l'incontournable « Pisco Sour » péruvien était de rigueur. Celui de Luis-Felipe était exceptionnel. Alex se demandait toujours pourquoi cet apéritif national péruvien s'avérait quasi inexportable. Nulle part ailleurs il n'avait pu retrouver cette saveur. Etait-ce lié à la qualité du Pisco, cet alcool de raisin local ? Ou au type de citron vert utilisé ici ? A la touche d'Angostura rajoutée à la dernière minute ? Ou bien alors à la façon dont les blancs d'œufs étaient battus en neige ?? Mystère...

Une chose était par contre certaine : après deux Pisco Sour de Luis-Felipe, Alex avait toutes les peines du monde à marcher droit !

Luis-Felipe venait de servir son second Pisco à Alex quand il sortit une revue du dessous de la grande table à thé.

— Alex, tu connais ?

— « Archeologia » ? Bien sûr ! Nous avons le même titre en France, mais j'ai aussi acheté ici plusieurs des numéros spéciaux de votre version sud-américaine : C'est toujours de très bonne tenue. À ce que je vois, tu es toujours passionné d'Histoire ancienne ?

— Toi aussi, non ?

— Je ne vais pas dire le contraire ; tu ne me croirais pas !

Luis-Felipe revint à la revue ;

— Et bien, ça, c'est le dernier numéro qui vient de paraître ; je suis abonné et je l'ai reçu hier. Et là-dedans, il y a quelque chose qui risque de t'intéresser.

— Allons bon ; qu'est-ce que tu nous as encore déniché ?

— Juste une petite note dans le courrier des lecteurs : quelques lignes écrites par une certaine Juanita de las Arenas, qui est la conservatrice du Musée de la Recoleta à Arequipa.

— Arequipa ? C'est loin, ça, non ?

— Attends ! C'est toi, qui débarques de Paris, qui me dis ça ? D'ici, on y est en une heure d'avion.

— Admettons... Et qu'est-ce qu'elle raconte, Bonita ?

— Juanita ! Le titre de sa note, c'est : « L'incroyable voyage d'une princesse aztèque de Cholula à Cuzco ».

— Cholula ? Tu as dit Cholula ? Comme...

— Comme l'endroit où le détecteur de Patrick s'est mis à crépiter comme un malade, oui.

— Et qu'est qu'elle dit, dans cette note ?

— En fait pas grand-chose. Je pense que la place lui était comptée dans cette rubrique « courrier ». Elle raconte quand même brièvement qu'en rangeant des documents anciens dans la vieille bibliothèque de la Recoleta, elle était tombée par hasard sur une lettre datée de 1547...

— 1547 ? Cela ne nous rajeunit pas. Et elle était adressée à qui, cette lettre ?

— Au pape.

— Au pape ? Rien que ça ?

— Oui ; et vu la date, cela devait être Paul III.

— Allons bon. Et elle disait quoi, la lettre ?

— Juanita ne donne pas beaucoup de détails : il semblerait que le prêtre de Cuzco qui écrivait la lettre était sur le point de s'embarquer pour l'Espagne avec une princesse aztèque qui avait fait le voyage de Cholula à Cuzco. C'est surtout ce périple qui a marqué notre conservatrice, d'où le titre de la note.

— C'est tout ?

— Ce n'est déjà pas mal, non ?

— Cela ne fait qu'ajouter un nouveau mystère au nôtre, non ? Pourquoi diable cette princesse aurait-elle fait tout ce chemin du Mexique jusqu'au Pérou, à un moment où je pense que Lan Chile n'avait pas encore développé toutes ses connections aériennes... et puis pourquoi vouloir partir ensuite en Europe ? Et en avant pour un nouveau mystère « cholulesque » !

— À moins que les deux ne soient liés ?

Alex, qui portait son verre de Pisco à ses lèvres, s'arrêta net ;

— Tu dis ?

— Réfléchis : nous avons deux énigmes sur les bras, et un point commun : Cholula. Peut-être y-a-t-il un lien entre les deux ?

— Tu voudrais dire que...

— Je ne veux rien dire du tout, sinon que ça mérite réflexion, non ?

Une idée traversa l'esprit d'Alex.

— Et tu crois que cela pourrait aussi avoir un lien avec... les disparitions de Laura, de Jean-Claude et de Victor ?

— Aucune idée. Mais je t'avoue que cela m'a traversé l'esprit. On a parfois envie de relier entre elles les choses étranges quand elles surviennent en cascade, non ?

Alex sirota enfin une gorgée de son Pisco Sour.

— Et tu n'as pas eu envie de demander à Bo... à Juanita qu'elle t'envoie le texte complet du document,

— Si, mais on peut faire encore mieux.

— Ah bon ?

— Tu m'as bien dit que tu devais absolument prendre une semaine de vacances après notre cours de radioprotection ?

— Exact : l'Agence de Vienne menace même de me supprimer purement et simplement cette semaine si je ne prends pas ces jours de vacances dans le mois qui vient ! Il faut dire que j'ai un peu de retard de ce côté-là...

— Très bien ! Tu connais Arequipa ?

— Pas vraiment ; j'y suis passé deux fois, mais je ne peux pas dire que je connais : attends ; qu'est-ce que tu veux dire ?

— Je veux dire que sitôt le cours terminé ici, nous sautons dans le premier avion pour Arequipa. Tu verras ; c'est l'une des plus belles cités du Pérou. On l'appelle « La ville blanche », à cause de la couleur de presque toutes ses petites maisons. Et puis la cathédrale, sur la grande place centrale, est superbe. Et on y trouve un grand complexe conventuel, le couvent de la Catelina, et bien entendu le couvent plus petit de la Recoleta, avec son petit musée amazonien et sa vieille bibliothèque. Et là, nous demandons à voir la Juanita en question, et à étudier en détails le document de 1547, au cas où...

— Au cas où quoi ?

— Au cas où cela nous donnerait un indice pour comprendre les choses étranges qui se passent ou se sont passées à Cholula.

40

Luis-Felipe avait raison. Arequipa valait le détour. Les petites maisons blanchies à la chaux n'excédaient pas un étage, à cause des tremblements de terre, fréquents dans la région. L'architecture coloniale, soigneusement restaurée ces dernières années, faisait de la ville une sorte de modèle de l'urbanisme de la Conquista.

Mais ce qui impressionna le plus Alex, ce fut le monumental cône volcanique du Misti, qui dominait la cité du haut de ses 5825 mètres. Il n'était pas très étonnant que les Anciens en avaient fait un endroit sacré, où s'étaient semble-t-il déroulées des cérémonies sanglantes. Plusieurs corps, momifiés par le froid, avaient été retrouvés à la cime du grand volcan. Les objets votifs disposés autour des cadavres, leurs riches atours et... des traces de traumatismes crâniens mortels, plaidaient en faveur de sacrifices rituels aux dieux des montagnes, ceux que les Indiens vénèrent encore aujourd'hui en les appelant les « Apus ».

Luis-Felipe et Alex étaient arrivés dans la matinée. Les deux amis avaient obtenu un rendez-vous dès le début de l'après-midi avec Juanita de las Arenas, au couvent de la Recoleta.

Il arrive souvent qu'un nom évoque d'emblée le physique d'un personnage. Pour des raisons qu'il aurait eu bien du mal à expliquer, Alex s'était fait une image de Juanita. Il s'imaginait une matrone dodue d'une cinquantaine d'années, le nez plutôt épaté chaussé de binocles d'un autre âge, et vêtue comme une bibliothécaire sortie d'un livre d'Agatha Christie, c'est-à-dire de façon assez peu sexy.

Il eut donc une sorte de sursaut quand il se retrouva face à face avec une jeune péruvienne brune toute fine d'un mètre cinquante-cinq, vêtue d'une tunique blanche brodée de motifs incas et d'un jean plutôt moulant et suggestif.

Juanita nota immédiatement l'hésitation d'Alex. Elle tendit la main.

— *Mucho gusto !* Enchantée !

La jeune fille ajouta avec un petit sourire :

— Vous ne me voyiez pas comme cela ?

Alex secoua la tête ;

— Si, enfin non, c'est-à-dire que...

— Que vous imaginiez une quinquagénaire à lunettes un peu obèse, non ?

Ce fut au tour d'Alex de sourire.

— Comment vous avez deviné ?

— C'est facile. C'est la réaction de la plupart des gens qui prennent rendez-vous avec moi sans avoir pris le temps de jeter un coup d'œil à mon curriculum vitae, qui est pourtant assez facile à trouver sur Google.

Alex se mordit les lèvres. Il pensa : « Tu l'as bien mérité ! Ça t'apprendra à débouler à un rendez-vous mal préparé !... ».

Juanita fit signe de la suivre.

— Vous ne connaissez probablement pas notre bibliothèque ?

Luis-Felipe avait suivi de près.

— Alex n'est jamais venu à la Recoleta. Moi, si : j'avais eu la chance de pouvoir visiter la bibliothèque il y a une dizaine d'années. À ce moment-là, c'était un vieux prêtre qui s'en occupait.

— Oui : le père Armando. Il est décédé il y a six mois. Dites, vous deviez être un peu pistonné, vous, car le père Armando n'acceptait quasiment aucune visite.

Luis-Felipe eut un petit sourire ;

— Disons que j'ai quelques amis bien placés à l'archevêché. Cela aide... Mais en tout cas, même « pistonné », comme vous dites, je n'ai eu le droit de toucher à rien ! Le père Armando veillait au grain et ne me lâchait pas d 'une semelle !

— Juanita hocha la tête.

— Je comprends mieux...

Ils étaient arrivés dans la grande nef-bibliothèque. La mâchoire d'Alex descendit d'un cran. Pour des passionnés d'Histoire, l'endroit avait quelque chose de l'antichambre du Paradis, et les lourds livres, tous reliés de cuir épais, ne semblaient pas avoir été ouverts depuis des siècles.

Juanita les avaient menés à son bureau-cagibi.

— C'est là que j'ai découvert le document qui vous intéresse, et à partir duquel j'ai écrit cette note pour *Archeologia*. En fait, c'était précisément ce texte que le père

Armando était en train d'étudier, quand il est passé de vie à trépas. On l'a retrouvé là, la tête posée dessus !

Luis-Felipe regardait tout autour de lui.

— Elle est donc ici, cette fameuse lettre du seizième siècle...

— Non, elle n'est pas là : je ne l'ai plus.

— Hein ?

Les deux hommes avaient fait chorus ; Juanita éclata de rire.

Alex ne trouvait pas ça drôle du tout.

— Cela vous fait rire ?

— Oui, bien sûr. Je m'attendais bien à ce que vous soyez déçus, mais pas à ce point-là !

Luis-Felipe avait vite repris son calme.

— Excusez-nous, mais, vous savez, nous sommes venus exprès, le plus vite que l'on a pu, pour... Pour...

— Pour voir ce document.

— Voilà !

— Le document original, j'ai dû le donner à un envoyé de l'archevêque, venu de Lima : il est prévu une expertise. En attendant, on m'a demandé d'être discrète et de ne plus en parler. En fait, l'envoyé de l'archevêché n'avait pas l'air très content de la publication de ma petite note !

— Et vous n'avez pas gardé de copie ?

Juanita eut un petit sourie en coin.

— D'après vous ? On m'a demandé d'être discrète, mais on ne m'a pas interdit de garder une copie. En fait, personne ne m'a parlé de ça, et comme le dit le proverbe : « Qui ne dit mot consent », non ?

Alex reprenait espoir.

— Donc vous avez une copie.

Juanita regardait le plafond.

— C'est possible...

Luis-Felipe anticipa la question d'Alex et voulut le freiner, mais n'en eut pas le temps.

— Et on peut voir cette copie ?

Juanita redevint subitement très sérieuse.

— Et à quel titre devrais-je vous montrer cette copie, si tant est que j'en possède une ?

Alex réalisa brutalement que la jeune fille avait raison ; rien ne leur donnait le droit d'exiger de lire le document.

Luis-Felipe reprit.

— Vous avez tout à fait raison, Juanita, nous n'avons aucun titre particulier à faire valoir. Et pourtant cette lettre nous intéresse tout particulièrement. Dites-moi, vous avez combien de temps à nous consacrer ?

— Comment ça ?

— Il faudrait que l'on puisse vous expliquer pourquoi nous sommes ici, mais cela va prendre un peu de temps.

— Pas de problème. J'avais bloqué deux heures, et je peux sans problème décaler mon rendez-vous suivant. C'est d'ailleurs ce que je vais faire, car vous commencez à m'intriguer. Vous permettez ?

La jeune fille sortit son portable, s'éloigna un peu et passa un bref coup de fil. L'affaire fut rapidement réglée.

— Voilà, c'est fait. Nous avons l'après-midi devant nous. Mais mon mini-bureau ici n'est pas très confortable. Suivez-moi ; nous allons trouver un endroit un peu plus spacieux.

Juanita les emmena dans la partie conventuelle, dans une grande pièce sobre. Ils prirent place autour d'une lourde table d'acajou massif.

Luis-Felipe prit son temps. Il présenta d'abord Alex, puis lui-même, avec leurs fonctions nationales et occasionnellement internationales. Il expliqua brièvement les raisons de leur mission au Mexique, et il prit davantage de temps pour raconter toutes les péripéties de leurs aventures au sein de la grande pyramide de Cholula.

Juanita buvait ses paroles.

— Des sources radioactives ? Dans la pyramide de Cholula ? Et vous les avez trouvées ?

— Non. Elles sont probablement enfouies dans les profondeurs du monument, mais leurs radiations nous donnaient leurs signatures.

— Et vous avez une explication ?

— Alors ça, pas la moindre ! la présence de ces sources radioactives au sein d'un monument aztèque est totalement incompréhensible. Vous comprenez maintenant pourquoi votre étrange document de 1547 qui mentionne Cholula nous a fait bondir, au figuré d'abord, puis au propre, puisque nous sommes ici !

Alex poursuivit.

— D'autant que depuis, il s'est passé des choses troublantes.

Luis-Felipe le regarda ; il n'avait pas voulu aborder ce sujet, mais après tout...

Juanita ouvrait de grands yeux.

— Des choses troublantes ?

Alex se lança.

— Trois des membres de notre mission sont décédés dans le mois qui a suivi notre découverte à Cholula.

— Décédés ? Morts ? Vos collègues ? Mais comment ?

— De façons très différentes ; un drame passionnel apparemment évident, une chute accidentelle de trente mètres, et un vol à la tire qui a mal tourné.

— Cela ressemble à une malédiction, votre histoire.

— Vous croyez à ce genre de choses ?

— Mes chromosomes espagnols pas tellement, mais mes chromosomes indiens sont plus réceptifs à ce genre de légendes. Et vous ?

Ce fut Luis-Felipe qui reprit ;

— Vous savez, nous sommes des scientifiques, donc assez peu enclin à gober ce genre d'histoires. Mais il faut peut-être garder à l'esprit que certaines de ces malédictions, ou censées telles, ont parfois pu trouver des explications tout à fait rationnelles. Prenez l'exemple-type de la « malédiction » qui a tué tous les découvreurs du tombeau de Toutankhamon : certains pensent maintenant que toute l'équipe qui a ouvert le tombeau a été contaminée par une mycobactérie qui avait proliféré et s'était concentrée à des doses hautement toxiques dans l'espace clos du tombeau, et ceci durant des siècles ; les premiers qui sont entrés ont inhalé cette bactérie et en sont morts les uns après les autres : pas vraiment de malédiction là-dessous...

Juanita resta silencieuse un long moment, et puis elle lâcha :

— Je crois que je vais vous montrer le document.

41

« Chez Domingo » passait pour l'un des meilleurs restaurants d'Arequipa. C'était Luis-Felipe qui avait conseillé l'endroit.

Par contre, il avait expliqué qu'il ne pouvait se joindre à Juanita et Alex, car il lui était impossible de décliner l'invitation d'un cousin qui habitait la ville. Il avait donc laissé Alex dîner seul avec la jeune péruvienne. En vérité, Luis-Felipe, qui était fin psychologue et non dénué d'un sens certain de l'observation, avait considéré qu'il aurait pu être de trop à ce dîner, et qu'il valait mieux laisser Juanita et Alex en tête. Il avait cru en effet déceler que son ami français ne paraissait pas totalement insensible au charme de la jeune fille.

Alex était tout excité. Il avait quasiment appris par cœur la lettre du Père Terramonte.

— Juanita, est-ce que vous avez une idée de ce qu'aurait pu être ce « secret » que la princesse aztèque voulait amener au pape ?

— Pas vraiment, mais il devait s'agir de quelque chose de très précieux, si on en croit la façon dont le père Terramonte décrit la caisse où cela se trouvait !

— J'ai bien lu ? La lettre parle de caisse plombée ?

— Oui. Cela vous évoque quelque chose ?

— Pendant très longtemps, les containers que nous utilisions pour nous protéger des sources radioactives étaient en plomb ; maintenant, ils sont plutôt en uranium appauvri, mais le plomb est encore assez souvent utilisé...

— Vous pensez que ces caisses plombées étaient destinées à protéger des sources radioactives ?

— Plus exactement, elles étaient peut-être destinées à « se protéger » de sources radioactives ! En fait, ce n'était peut-être pas pour protéger le « secret » que les caisses étaient plombées, mais pour se protéger des radiations du fameux « secret »...

— Mais si la princesse aztèque avait amené ces... ces choses... de Cholula, alors pourquoi avez-vous encore détecté des... radiations là-bas ?

— Je n'en sais rien ; peut-être n'a-t-elle pas pu tout emporter, et en a-t-elle laissé une partie dans la pyramide ?

— Mais on connaissait la radioactivité à cette époque ?

— Bien sûr que non : la radioactivité n'a été découverte qu'en 1896.

— Alors ?

— Alors je ne sais pas. Bien sûr, il existe des sources radioactives naturelles sur terre depuis la nuit des temps...

— Des sources comme celles que vous avez détectées à Cholula ?

— Justement pas, et c'est là que cela devient incompréhensible : le cocktail de sources que nous avons détecté à Cholula ne correspond à rien de ce que l'on peut trouver dans la nature.

— Dites, cela devient plutôt compliqué, votre histoire !

Alex sourit. Il se dit qu'il était en train de tomber doucement sous le charme de son interlocutrice, qui de plus semblait avoir l'esprit plutôt vif... Il reprit.

— Et puis, pour tout simplifier, nous ne savons même pas si la caisse qu'emmenaient la princesse et le père Terramonte est parvenue à destination, c'est-à-dire au pape de l'époque, Paul III si je ne me trompe.

— A priori, elle est bien arrivée.

— Comment diable pouvez-vous savoir ça ?

— Il existe à Madrid un bureau qui conserve précieusement tous les documents possibles et imaginables sur les voyages transocéaniques de cette période : j'ai réussi à contacter mes collègues madrilènes, et ils m'ont fort gentiment renseignée : la Gorgona, sur laquelle ont embarqué la princesse et le père Terramonte en 1547, est bien arrivée sans encombre en Espagne...

— Vous m'impressionnez ! Et après, on sait où ils sont allés ?

— Cela, je ne peux pas le savoir.

— Dommage, mais on sait déjà que la caisse a traversé l'océan : ce n'est déjà pas si mal... Maintenant, il faudrait aller faire un tour du côté des archives du Vatican pour voir si Paul III a réceptionné sa livraison.

Juanita sourit.

— Les archives du Vatican, je n'y ai pas accès !

Alex était pensif.

— Cela pourrait peut-être se faire...

— Vous voulez dire ?

— Il se trouve qu'il y a quelques temps, j'ai traité, et apparemment guéri, un évêque français qui vient d'être nommé cardinal camerlingue au Vatican. Si je lui demande, il pourrait peut-être m'aider à avoir accès aux archives de cette période, si tant est qu'il y ait quelque chose à trouver...

Juanita réfléchissait.

— Ce serait fantastique de pouvoir obtenir ces informations ! Mais il y a quand même quelque chose que je ne comprends pas : quel était l'intérêt de livrer au pape des sources radioactives dont on ne savait d'ailleurs même pas qu'elles l'étaient, et dans une lourde caisse plombée ?

— Je ne sais pas : il y avait peut-être autre chose avec... Ces sources en elles-mêmes étaient probablement plus dangereuses qu'autre chose.

Alex servit un peu de vin argentin à Juanita, et une idée lui traversa brusquement l'esprit ;

— Et la seconde caisse ?

— La seconde ?

— Oui : où diable cette seconde caisse, celle que la princesse a laissée au Pérou, est-elle cachée ?

— Il n'y a rien dans notre document qui permette de le savoir. Si la princesse est revenue au Pérou, elle l'a probablement récupérée, et soigneusement cachée, ou détruite...

— Elle est revenue ?

— Impossible de savoir. Nous n'avons aucune idée du navire sur lequel elle aurait pu embarquer, et par conséquent mes amis de Madrid ne nous sont d'aucun secours, cette fois-ci.

— Si l'on fait l'hypothèse qu'elle n'est pas revenue, ou bien qu'elle n'ait pas pu revenir, ou d'ailleurs qu'elle n'ait pas souhaité revenir, qu'est-ce que le père Alfredo aurait bien pu faire de la caisse qui lui avait été confiée ?

— Aucune idée ! Il a probablement emporté son secret dans sa tombe.

— Vous avez dit quoi, là ?

— Moi ? Qu'est-ce que j'ai dit ?

— Juanita, vous êtes géniale ! Il y a un avion pour Cuzco demain ?

42

L'église del Triunfo était la plus ancienne de Cuzco. Fondée en 1536, elle se situait sur la Plaza de Armas, à la droite de la cathédrale, un peu plus récente.

— Le Père Alfredo de Bascalante ? Bien sûr ! Cela a été le second prêtre de notre paroisse, juste après son fondateur, le père Terramonte.

Alex et Luis-Felipe buvaient les paroles du vieux curé.

— Et il est enterré ici ?

Alex ne tenait plus en place.

— Oui, bien sûr. Sa tombe est là-bas, tout au fond du chœur. Venez...

Alex et Luis-Felipe suivirent. Ils passèrent derrière l'autel. Le curé leur montra au sol une vieille pierre tombale.

— Voilà : c'est ici. La pierre est bien abîmée, mais on lit encore assez bien son nom, et la date de sa mort, là : 1552. Je peux vous demander pourquoi il vous intéresse ?

Luis-Felipe répondit calmement.

— Bien sûr ! Mon ami français et moi-même sommes passionnés par l'histoire de la période qui suit immédiatement la Conquista. Le père Terramonte et le père

Bascalante furent des maillons essentiels de la christianisation de Cuzco. À propos, je pense que le père Terramonte est aussi enterré ici ?

— Non ; le père Terramonte est retourné en Espagne vers 1547 ou 1548, et nous n'avons plus jamais eu de nouvelles de lui. Il a dû mourir en Europe, ou bien au cours de la traversée.

— Il est vrai que les voyages à l'époque étaient plutôt risqués. Mon père, vous permettez que nous prenions des photos de la pierre tombale du père Bascalante ?

— Bien entendu. Mais vous voudrez bien m'excuser : je dois vous laisser pour préparer ma prochaine messe.

— Nous n'en avons que pour quelques minutes. Merci mon père.

Alex sortit son appareil photo et fit un clin d'œil à son ami.

— Tu as emmené ce que je pense ?

— Bien sûr !

— Bon : alors vas-y pendant que je mitraille la tombe !

Alex photographia la pierre tombale sous toutes les coutures, en jetant des coups d'œil à la ronde, mais la vieille église était déserte à cette heure matinale.

Pendant ce temps, Luis-Felipe avait sorti quelques appareils et s'affairait.

Alex se retourna vers lui.

— Ça va ? Tu as tout ce que tu veux ?

— Oui, c'est bon. On peut y aller.

Ils sortirent de l'église del Triunfo. Ils s'attablèrent à une terrasse sur la Plaza de Armas, un peu à l'écart. Alex nota que Luis-Felipe était un peu plus pâle que d'habitude.

— Alors ?

— Alors tu as mis dans le mille, Alex.

— Qu'est-ce que tu veux dire ?

— Je veux dire que le Geiger et le spectroscope donnent exactement les mêmes résultats qu'à Cholula. Ta seconde caisse, elle est là-dessous, dans la tombe du père de Bascalante !

43

Alex avait de nouveau invité Juanita chez Domingo. Il lui avait raconté ce que Luis-Felipe et lui-même avaient découvert à Cuzco.

La jeune fille avait presque sauté de sa chaise.

— Mais vous ne pouviez pas ouvrir la tombe ?

Alex sourit.

— Je ne suis pas très sûr que le curé de la paroisse aurait apprécié de nous voir arriver sans crier gare avec deux barres à mine pour soulever la dalle qui ferme la tombe de ce pauvre père Bascalante ! Luis-Felipe est en train de faire du forcing auprès de l'archevêché, où il a ses entrées, pour obtenir une autorisation, mais cela va probablement prendre un peu de temps.

— Donc d'ici là il va falloir prendre son mal en patience ?

— J'en ai bien peur : et moi, il va falloir que je retourne en France après-demain.

— Déjà ?

Alex tenta de discerner ce qu'il y avait derrière ce « déjà » spontané. Lui aussi aurait bien rajouté un « déjà », car il commençait à se sentir de mieux en mieux face à la jeune péruvienne. Est-ce que le « déjà » de Juanita avait la même signification ?

De fait, étaient-ce les deux Pisco Sour de l'apéritif, ou le Malbec argentin, ou l'ambiance feutré du vieux restaurant, ou la complicité qui s'installait progressivement entre eux autour des « Mystères de Cholula », comme ils disaient maintenant, mais la conversation prit un tour plus personnel.

— Juanita, vous... Tu... Vous...

— Vous pouvez me tutoyer.

— À condition que vous ... Tu arrêtes de me vouvoyer !

— Ce n'est pas très facile pour moi ; vous êtes ...

— Plus vieux ?

Juanita rit de bon cœur ;

— Mais non ! je ne voulais pas dire ça !

— Alors ?

— Alors, va pour le tutoiement ! Vous vouliez dire quoi ?

Ce fut au tour d'Alex d'éclater de rire ;

— On est mal parti !

Juanita mit trois secondes à réaliser.

— D'accord ! Donc : *tu* voulais me demander quelque chose ?

— Oui.

—Quoi donc ?

— Tu... Tu vis toute seule ?

— Je vis avec ma famille.

— Je veux dire ; jolie comme tu es, tu as bien un... ami... un compagnon ?

Juanita but une gorgée de Malbec.

— J'avais...

— Tu avais ?

— À Lima, j'ai rencontré un jeune homme à l'Université, très beau...

Alex eut un pincement au cœur. Sans être repoussant, il ne se considérait pas comme très avantagé par son physique. Une vague idée de jalousie lui passa par l'esprit. Juanita continuait.

— Nous sommes restés ensemble durant mes deux ans à Lima. Quand je suis revenu à Arequipa, il n'avait pas fini son doctorat d'Histoire ancienne, mais il m'a promis de venir à Arequipa tous les week-ends.

— C'est ce qu'il a fait ?

— Oui, durant trois mois, et puis un jour, sans prévenir, il n'est plus venu. Il n'a répondu à aucun de mes messages. J'ai alors joint une de mes amies à Lima, qui a fini par me dire qu'il sortait avec une fille blonde de la haute bourgeoisie.

Alex répondit machinalement.

— Je suis désolé.

— Tu n'en as pas l'air.

— Comment ?

— Je dis : « tu n'en as pas l'air » ; tu n'as pas l'air si désolé que ça que je sois seule pour le moment.

Alex se sentit devenir pivoine. Juanita décida de lui sauver la mise.

— Et toi ?

— Moi ? Moi quoi ?

— Tu vis seul ?

— Oui ... Pour le moment.

— Tu as quelqu'un en vue ?

— Non ! non, personne en particulier ; mon travail ne me laisse pas beaucoup de temps...

— Et tu as décidé de rester seul jusqu'à la fin de tes jours ?

— Ça non !

La rapidité et la spontanéité de la réponse fit rire Juanita.

— Donc il y a de l'espoir !

— De l'espoir pour qui ?

— Je ne sais pas, moi : de l'espoir pour des jeunes femmes qui souhaiteraient se rapprocher d'un médecin français passionné d'Histoire, par exemple...

— Tu veux dire quoi, par là ?

— Rien de particulier.

— Tu es sûre ?

— Sûre et certaine. Dis-moi, on pourra continuer à correspondre quand tu seras à Paris ?

— Bien sûr que oui. Mais il nous reste deux jours.

Juanita sourit.

— Oui, deux jours... *Dios mios*, tu as vu l'heure ? Il faut que je rentre !

Ils se retrouvèrent sur le trottoir.

Juanita se tourna vers Alex :

— Tu rentres comment ?

— La villa de Luis-Felipe est au bout de la rue, un peu plus haut : j'y vais à pied. Et toi ?

— Notre maison est un plus au nord, et j'ai mon scooter.

— On s'embrasse ?

Juanita tendit la joue.

Alex risqua :

— On ne peut pas s'embrasser... autrement ?

— On peut essayer...

Leurs lèvres s'effleurèrent, puis ils échangèrent un baiser plus typiquement « français ». Alex serra la jeune fille contre lui ; elle se dégagea doucement.

— Pas trop vite...

— D'accord ! Alors demain ?

Juanita eut ce petit rire qui faisait craquer Alex.

—Vous alors, les Français ! Demain... Peut-être...
Buenas noches !

Elle effleura de nouveau les lèvres d'Alex, et démarra
son scooter. Alex la regarda partir, resta planté là une minute,
puis se dirigea vers la villa de Luis-Felipe.

Un peu plus loin, le lourd camion de livraison de Coca-
Cola débula à pleine vitesse d'une petite rue transversale et
envoya le scooter voler à vingt mètres.

44

Luis-Felipe avait prévenu Alex et lui avait donné le numéro de la chambre où Juanita avait été hospitalisée. Comme il l'avait prévu, l'accident de la jeune fille avait sérieusement secoué son ami français.

— Mais c'est pas vrai ! Dans quel état est-elle ?

— Là, elle est en coma vigil.

— On lui a fait un scanner ?

— Oui, tout de suite, mais il n'y a pas d'hématome sous-dural ni extra-dural. Probablement une contusion cérébrale ; il faut dire qu'elle a fait un vol plané de vingt mètres et qu'elle a fini dans le mur d'en face... Elle a aussi des fractures multiples ; plusieurs côtes, un avant-bras, un tibia et peut-être quelques autres dont je ne souviens pas.

— Mais comment ça s'est passé ?

— Le chauffeur du camion roulait apparemment très ou trop vite dans ces petites rues, et il lui a refusé la priorité, sachant d'ailleurs qu'ici, elle n'est respectée qu'occasion-nellement, la priorité... Je crois surtout que le bonhomme se croyait tout seul à cet endroit et à cette heure tardive.

— Ça y est ! Je vais culpabiliser : on a discuté longtemps hier soir...

— C'est stupide ! Tu n'es pour rien là-dedans !

— Tu m'as dit la chambre 25 dans le service de chirurgie ?

— C'est ça.

— J'y fonce tout de suite.

Alex eut un peu de mal à trouver le bon service au bon étage à l'hôpital d'Arequipa. Les bâtiments paraissaient vraiment vieillots, mais Luis-Felipe avait rassuré Alex en lui disant que l'équipement était bon et les médecins compétents.

Il arriva enfin à la chambre 25. La porte était entr'ouverte. Il la poussa tout doucement. Sur le lit, Juanita, le crâne bandé, plâtrée de partout, semblait dormir. À ses côtés un médecin, ou un infirmier, s'apprêtait à injecter quelque chose dans la tubulure de sa perfusion.

Alex se racla la gorge. Il s'adressa à l'homme en espagnol ;

— Vous lui injectez quoi, là ?

L'homme en blouse blanche sursauta et se retourna d'un bloc. Il dévisagea d'un drôle d'air Alex, qui pensa que son accent français l'avait encore trahi. Il poursuivit.

— Vous savez, je suis médecin : c'est pour ça que je...

Alex ne put aller plus loin. L'homme saisit le plateau métallique où avait été préparé le produit à injecter et le lança à la figure d'Alex, le manquant de peu. Puis il se rua vers la porte, envoyant Alex, qui avait eu la mauvaise idée de se trouver sur son chemin, s'étaler sur le dos les quatre fers en l'air.

Quand il se releva, il entendit l'autre détaler à toute vitesse dans le couloir. Alex sortit de la chambre, un peu sonné, et tomba nez à nez avec une jeune infirmière alertée par le bruit.

Il demanda :

— Mais qui c'était, ce type ?

— Qui ça ?

— Le... docteur ou l'infirmier qui était en train de faire une piqure à la malade de la chambre 25 !

La jeune fille le regardait sans comprendre.

— Mais de qui vous voulez parler ?

Alex commençait à s'énerver.

— Mais du type qui vient de sortir en courant après m'avoir bousculé : un grand... plus grand que moi, costaud, un peu chauve...

— Mais il n'y a aucun docteur ici qui ressemble à ce que vous me dites !

— Un infirmier, alors ?

— Il n'y a que des infirmières dans ce service.

— Mais il était en train de lui injecter quelque chose !!

— À la malade du 25 ?

— Oui, à la malade de la chambre 25 !

— Mais il n'y avait aucune prescription pour elle ce matin ; rien que la perfusion...

— Bon sang, je ne suis pas fou : Venez !

Alex revint dans la chambre, la jeune infirmière sur les talons. Juanita était toujours aussi immobile.

Alex ramassa le plateau métallique qu'il avait failli prendre en travers de la figure.

— Là, vous voyez ! C'était préparé là-dessus et il nettoyait la tubulure pour lui injecter... Alex regardait autour de lui... Ça !!

Il venait d'apercevoir la seringue qui avait roulée dans un coin de la chambre. Il alla la ramasser.

317

— Qu'est-ce qu'il y avait là-dedans ?

— Je n'en sais rien. Peut-être le flacon, là ?

La jeune infirmière venait de ramasser par terre un flacon vide.

Alex regarda.

— Elle est diabétique ?

— Qui ça ?

— Mais Jua...La malade, là !

— Pas du tout.

— Mais ça, c'est un flacon d'insuline...

Alex comparait le flacon à la seringue encore pleine.

— Mais c'est fou ; ce type allait lui injecter la totalité du flacon !

— Oui... et alors ?

— Alors ? il y a de quoi tuer un troupeau d'éléphant par hypoglycémie aiguë, avec cette dose-là !

......

Luis-Felipe avait rejoint Alex à l'hôpital.

— Alex, j'ai discuté avec notre collègue qui est le chef du service où est hospitalisée Juanita ; Il ne comprend pas ; personne à l'hôpital ne correspond à la description du bonhomme que tu as dérangé.

— Une dose pareille d'insuline, en même temps que la perfusion de glucose, cela ressemble au crime parfait, non ?

— À peu près. D'abord, je crois que personne n'aurait songé à rechercher une hypoglycémie aiguë chez quelqu'un passant de vie à trépas après un polytraumatisme aussi grave. Ensuite, même si on y avait pensé, la perfusion de glucose aurait retardé l'hypoglycémie dans le sang, et il y aurait eu toutes les chances que l'on n'ait jamais identifié la cause de mort de Juanita.

— Mais qui pourrait vouloir sa mort ? C'est totalement idiot.

— On ne connait pas tout de son passé, Alex...

— Mais si... Enfin elle m'avait un peu raconté, et il n'y avait rien là-dedans pour justifier... à moins que...

— Que quoi ?

— Que cela ait un rapport avec le document sur Cholula ?

— Je ne crois pas. De toute façon, nous allons bientôt être fixés sur les mystères de nos sources radioactives ; j'ai obtenu l'autorisation exceptionnelle d'ouvrir le tombeau du père de Bascalante, avec deux prêtres qui nous seront envoyés par l'archevêché.

— Si cela pouvait nous faire comprendre un peu mieux... C'est pour quand ?

— La semaine prochaine ; nous aurons deux jours de travail sur place, à partir de Mardi.

— Je serai à Paris ; tu m'appelleras ?

— Promis !

45

— « Rien » ? Comment ça, « rien » ?

— Rien : je te dis « rien », Alex, rien de rien ! Aucune radioactivité au niveau de la tombe du père de Bascalante, et rien qu'un tas d'os quand nous l'avons ouverte !

— Mais, Luis-Felipe, ce n'est pas possible : tu avais bien détecté quelque chose la dernière fois ?

— Oui ; j'avais même enregistré les données du spectroscope sur mon ordinateur.

— Et maintenant il n'y a plus rien ?

— Je viens de te dire que l'on n'enregistre pas la moindre trace de radioactivité ; juste le bruit de fond de l'irradiation naturelle, et cela même avant d'ouvrir la tombe.

— C'est pas possible : on serait venu entretemps retirer les... les machins radioactifs ?

— Ça ne tient pas debout : qui voudrais-tu qui fasse ça ? Et puis j'ai bien regardé ; personne n'a touché à la tombe depuis que nous sommes passés.

— Tu en es certain ?

— Sûr et certain ; j'ai regardé sous toutes les coutures, tu penses bien, ou alors ce sont des as du camouflage !

— Je n'y comprends plus rien...

— Si cela peut te consoler, moi non plus.

— Cela ne me console pas du tout. Et dis-moi ; tu as des nouvelles de Juanita ?

— Elle semble se réveiller tout doucement, mais il est trop tôt pour savoir si elle gardera ou non des séquelles.

— Si tu la vois et qu'elle est un peu consciente, tu lui dis...

— Oui ; je lui dis quoi ?

— Que... je pense à elle et que je l'embrasse.

— Reçu cinq sur cinq.

— Et la police a des idées sur le type qui a essayé de la supprimer à l'hôpital ?

— J'ai vu le commissaire : il n'a aucune piste à se mettre sous la dent.

— Dis, si cela continue, moi je crois que je vais changer d'avis sur les malédictions, parce que cela commence furieusement à y ressembler !

46

Alex jeta un coup d'œil à son portable. L'appel venait d'un pays étranger, mais l'indicatif ne lui disait pas grand-chose. En tout cas, cela n'avait pas l'air de venir d'Amérique du Sud...

Il décrocha ;

— Alex Cormelon ?
— Oui, c'est moi.
— Paul Cordier à l'appareil.
— Monseigneur Cordier ! Déjà ! Je ne m'attendais pas à ce que vous me rappeliez aussi tôt.
— Alex, s'il vous plaît, arrêtez de me donner du « Monseigneur » : si je me souviens bien, vous m'appeliez simplement « Mon père », jusqu'à maintenant !
— Exact, mais vous n'étiez pas cardinal, et encore moins camerlingue de notre pape ! Et il me semblait bien que l'on disait « Monseigneur » à un cardinal, non ?
— On dit ce que l'on veut : vous pourriez tout aussi bien m'appeler Paul.

Alex rit de bon cœur.

— Là, j'aurais un peu de mal, Mon... Mon père !

— Pourquoi pas ? Etre nommé cardinal camerlingue ne donne pas automatiquement la... Comment diriez-vous ? Ah oui ; « La grosse tête »... Et puis, Alex, rappelez-vous que je vous dois beaucoup plus que ce que vous me devez.

— J'ai seulement fait mon travail et j'ai eu la chance que cela marche, c'est tout.

— C'est déjà beaucoup, non ?

— Vous savez, mon père, j'aime beaucoup ce que dit l'adage classique : « Medicus curat, Deus sanat » ; le médecin soigne, Dieu guérit !

— Sauf que l'adage est d'Hippocrate et qu'originellement, il dit « Medicus curat, Natura sanat » ; le médecin soigne, la Nature guérit...

— D'accord, je me rends ! Je ne suis pas de taille à ces jeux-là !

— Je ne vous crois pas une minute, Alex, mais ce n'est pas pour ce genre de joute intellectuelle que je vous appelle. Tout ce que vous m'avez raconté l'autre fois m'a passionné, et m'a aussi fait un peu peur. Si j'ai bien compris, vous n'éliminiez pas la présence, dans les collections historiques du Vatican, de sources radioactives non identifiées comme telles, et susceptibles de se révéler dangereuses ; c'est bien ça ?

— C'est tout à fait cela.

— Alors, avec votre permission, je suis allé voir le cardinal Monsanto, qui, comme vous le savez peut-être, est tout à la fois Doyen du Sacré Collège, donc l'un des tout premiers personnages du Vatican après le Saint-Père, et responsable de la Bibliothèque Apostolique Vaticane, et donc des archives dites secrètes du Vatican.

— Je m'étais déjà un peu renseigné de ce côté, Mon père, mais je n'avais pas beaucoup d'espoir. Les archives secrètes du Vatican ne remontent au mieux qu'en 1612 !... Et ensuite, comme leur nom l'indique, elles sont secrètes...

— Alex, s'il vous plaît, tordons tout de suite le cou à ce terme inapproprié de « secrètes ». Souvenez-vous que ce mot vient du latin « secretum », qui signifie « privé », ou « d'usage privé », et pas du tout « occulté » ou « soigneusement caché », c'est-à-dire le sens que nous lui donnons aujourd'hui.

— J'ai quand même lu que de nombreux documents restent interdits à la consultation, non ?

— C'est vrai, mais je fais toute confiance à mes collègues du Saint-Siège, passés et actuels, pour avoir pris ou pour prendre ces décisions de confidentialité pour des raisons valables et respectables.

— J'ai donc raison ?

— Partiellement seulement : les archives du Vatican sont en fait de moins en moins « secrètes » ! On ne sait pas assez que Léon XIII, à la fin du dix-neuvième siècle, et puis plus récemment Paul VI, Jean-Paul II et Benoit XVI, ont ouvert l'accès à de nombreux documents considérés comme « sensibles », comme par exemple ceux ayant trait à la Seconde Guerre mondiale.

— La correspondance entre Pie XII et Hitler ?

— Disons certains documents se rattachant aux échanges entre la Papauté et l'Allemagne nazie... Mais tout ceci nous éloigne un peu de notre sujet. Vous parliez de 1612, Alex ?

— Oui : les archives « secrètes », ou « privées », si vous préférez, ne remontent qu'en 1612, c'est-à-dire à une date postérieure à notre manuscrit d'Arequipa, qui, lui, date de 1547 !

— C'est exact, mais le cardinal Monsanto me faisait remarquer, ce dont je ne me souvenais plus bien, je l'avoue, qu'Innocent III, dès 1198, avait commencé à rassembler les documents qui lui semblait capitaux pour la Papauté. C'est ensuite le pape Nicolas V qui a décidé de les entreposer dans la bibliothèque vaticane, et cela en 1448, soit bien avant l'écriture de votre manuscrit, Alex.

— Je n'osais pas en espérer tant ! Et vous avez pu en savoir plus ?

— Pas vraiment pour l'instant. Mais une chose paraît certaine : si votre prêtre de Cuzco et votre mystérieuse princesse aztèque sont réellement parvenus jusqu'à Paul III, nous devrions pouvoir retrouver des documents mentionnant cette visite.

— Et le... la caisse contenant le « secret » de la princesse, un secret qui semble bien en être un vrai, celui-là...

— D'après Monseigneur Monsanto, tous les cadeaux faits aux papes, sauf exceptions, étaient soigneusement répertoriés, et conservés dans des salles et des caves qui deviendront le Musée du Vatican.

— Ce qui vous dire que notre... je ne sais trop quoi... pourrait se trouver aujourd'hui dans les collections du Musée du Vatican ?

— Ne vous emballez pas trop vite, Alex ! Le terme « Musée du Vatican » est, lui aussi, mal choisi : le Vatican possède pas moins de onze « musées », répartissant leurs collections dans plus de mille salles différentes, et les réserves de ces musées remplissent un nombre de salles, de caves et de hangars encore plus considérables ! De plus, inutile de vous préciser que ces collections ne sont pas informatisées ; un travail notable a certes été effectué récemment de ce côté, mais d'après ce que je sais, on est encore très loin du compte. Cela nous rapproche donc assez de l'histoire de l'aiguille dans la botte de foin...

— Je vois... Comment pourrait-on avancer, d'après vous ?

— Le Cardinal Monsanto, qui gère donc au plus haut niveau ces archives et ces collections, a semblé intéressé par votre histoire, Alex, du moins pour la partie que vous avez bien voulu me confier et que je lui ai modestement rapportée. Il souhaiterait si cela est possible pouvoir vous rencontrer pour en discuter plus avant, avant de se lancer dans d'éventuelles recherches qui, vous l'avez compris, risquent de se révéler plutôt complexes.

— Me rencontrer ? Où ça ? à Rome ?

— Je crains que vous n'ayez pas trop le choix. Le Doyen du Sacré Collège quitte rarement la ville sainte.

— Mais je ne parle pas italien ! Je le comprends un peu, mais...

— Pas de problème de ce côté, Alex. Le cardinal Monsanto parle couramment une demi-douzaine de langues, dont le français.

—Bien. Je vais voir si je peux obtenir un rendez-vous et j'essaierai alors de m'organiser pour transiter par Rome en allant à Vienne... Comme on dit ; « Si tu ne viens pas à Lagardère, Lagardère viendra à toi ! ».

— « Le Bossu », de Paul Féval.

— Vous connaissez ?

— On peut être théologien et ouvert à d'autres formes de littérature.

47

Alex n'en revenait pas d'avoir obtenu ce rendez-vous aussi rapidement avec l'un des tout premiers personnages du Vatican.

Bien sûr, l'intervention de Monseigneur Cordier avait surement aidé, mais de là à être reçu moins d'une semaine après l'avoir demandé...

On l'avait fait pénétrer dans une large pièce dont les trois fenêtres donnaient sur la place Saint-Pierre. Deux fauteuils plutôt spartiates encadraient une petite table avec une carafe de jus d'orange, une autre carafe d'eau claire et deux verres.

Il avait préféré rester debout.

Il n'attendit pas longtemps : Monseigneur Monsanto pénétra dans la pièce, accompagné d'un jeune prêtre.

Le doyen du Sacré-Collège n'avait pas la tête de l'emploi. Plutôt petit, rondouillard, souriant, on l'aurait plutôt vu dans le rôle d'un petit notable provincial affable et débonnaire.

—Docteur Cormelon ! Mais asseyez-vous, voyons !

Le français du cardinal était parfait, avec à peine une pointe d'accent italien.

Alex s'était incliné ; à vrai dire, il ne savait pas trop quelle attitude prendre ; les ronds de jambe, ce n'était pas vraiment sa tasse de thé...

Monseigneur Monsanto s'était assis ; Alex fit de même.

— Père Lorenzo, vous pouvez servir notre hôte ? Que prendrez-vous, Docteur ?

— Je... prendrai un jus d'orange.

— Parfait ; et un verre d'eau pour moi, comme d'habitude : merci.

Alex ne savait pas trop comment il allait engager la conversation, et il savait que l'audience ne devait pas dépasser la demi-heure. Le cardinal lui facilita la tâche.

— Monseigneur Cordier m'a dit que votre position de spécialiste en...radioprotection... C'est ça ? Vous avait amené à certaines découvertes... surprenantes, et que je devais être mis au courant...

— C'est exact, Monseigneur, je...

Alex avait jeté un coup d'œil au jeune prêtre, qui avait reculé de trois pas, mais était resté dans la pièce. Monseigneur Monsanto sourit.

— Vous souhaitez me parler seul à seul ?

— Je... je ne voudrais pas...

— Je comprends tout à fait ; père Lorenzo, pouvez-vous m'attendre dans le vestibule, s'il vous plaît ? Et fermez la porte, merci beaucoup.

Le jeune prêtre s'exécuta. Le cardinal, toujours aussi souriant et décontracté, se retourna vers Alex.

— Allez-y, mon fils. Parlez sans crainte : je ne crois pas que la CIA ait mis cette salle sur écoute !

Alex s'éclaircit la gorge.

— Voilà : je vais essayer de faire bref. Tout d'abord merci d'avoir accepté de m'accorder cette audience. Je sais que votre temps est précieux.

— Pas plus que le vôtre, Docteur. Et vous faîtes un bien beau métier.

— Justement, il se trouve que je fais une sorte de double métier : je suis à la fois cancérologue et je traite des patients, mais je travaille aussi pour l'Agence Internationale pour l'Energie Atomique, l'AIEA. Dans ce cadre, je m'occupe de soigner les victimes d'irradiation accidentelle, et, avec mes collègues, notre travail est aussi de traquer les sources radioactives qui peuvent se perdre corps et biens et se retrouver responsables d'accidents plus ou moins graves.

Monseigneur Monsanto s'était un peu penché en avant.

— Et c'est fréquent, ce genre de perte de sources radioactives ?

— Probablement beaucoup plus fréquent que ce que l'on pense. On détecte souvent trop tard ces sources perdues, quand elles ont entraîné des accidents plus ou moins sévères, ou alors totalement par hasard. Récemment, on a même trouvé du Cobalt 60 dans la grille de la cour de récréation d'une école maternelle à Taïwan ! Mes collègues et moi sommes intimement persuadés que certains accidents passent complétement inaperçus, et que nombre de sources radioactives perdues le restent définitivement...

— Et d'où viennent ces sources de rayons, Docteur ?

— Très rarement de la filière de l'industrie nucléaire, comme on le pense souvent ; parfois ce sont des sources d'origine militaire, mais en fait, les sources perdues qui ont été le plus souvent responsables d'accidents par le passé, proviennent de ce nous appelons le « petit » nucléaire industriel.

— C'est-à-dire ?

— Essentiellement des sources utilisées pour des radiographies industrielles. En fait, elles servent à faire des radios des soudures pour juger de leur qualité. Les règles de sécurité ont longtemps été beaucoup plus laxistes dans ce domaine que pour les radiographies médicales, et on ne compte pas le nombre d'accidents liés à la mauvaise manipulation de ces sources, ou liés à leur perte pure et simple dans la nature !

— Je vois. Continuez, s'il vous plaît.

— Il se trouve que tout à fait par hasard, nous avons détecté, au cours d'une mission de l'AIEA, un taux d'irradiation très anormal en visitant la pyramide de Cholula au Mexique.

— Des sources qui auraient été perdues ? Dans une pyramide aztèque ?

— Je conçois que cela paraît surprenant. Et de plus, ce que nous avons détecté ne correspond pas du tout aux sources radioactives dont nous avons l'habitude ; et il y en avait de plusieurs types, mais toutes avec des périodes, c'est-à-dire des durées de vie, extrêmement longues.

— Et vous avez pu trouver ces sources ?

— Non : elles sont probablement enfouies profondément dans le monument, et très difficilement accessibles, mais nous avons pu les identifier, puisque nous avions en quelque sorte leur « signature », avec le type de radiations qu'elles émettent.

Le cardinal Monsanto eut un petit sourire.

— Excusez-moi, Docteur, mais en quoi le Vatican est-il impliqué dans cette découverte ?

— J'y viens, Monseigneur. Quelque temps plus tard, nous avons découvert dans une vieille bibliothèque quelque peu oubliée, à Arequipa, au Pérou, un manuscrit datant de 1547, et qui semble avoir échappé à tous les historiens depuis cette date. Ce manuscrit suggère qu'un prêtre de Cuzco, à la demande de Bartolomé de las Casas, s'est rendu en Europe accompagné d'une princesse aztèque...

— Aztèque ? Mais à Cuzco, il s'agissait des Incas, non ?

— C'est exact, Monseigneur ; il semble que la princesse en question ait parcouru un long chemin, précisément de Cholula au Mexique jusqu'à Cuzco au Pérou.

— Cela paraît plutôt extraordinaire pour l'époque, non ?

— Je suis bien d'accord. Mais ce qui est aussi extraordinaire, c'est que le document suggère qu'elle avait emmené « quelque chose » de très précieux de Cholula. Ce « quelque chose », elle l'a partagé en deux ; elle en a emmené une partie pour traverser l'océan dans le but de l'amener au pape de l'époque, qui devait être Paul III. Elle en a laissé une autre partie sous la garde d'un prêtre de Cuzco.

— C'est une histoire assez incroyable, Docteur. Et d'après vous, elle a réussi à joindre Paul III ?

— Je n'en suis pas certain. Mais nous avons malgré tout réussi à savoir que le navire qu'elle a emprunté depuis les

Amériques est bien arrivé en Espagne. Après, nous n'avons pas trouvé le moyen de savoir ce qui s'est passé...

— Mais pourquoi croyez-vous que ce que votre princesse voulait apporter au pape était radioactif ? Parce que c'est cela que vous suggérez, non ?

— Parce que notre manuscrit dit qu'une partie de la « chose » amenée de Cholula par la princesse a été laissée par sécurité à Cuzco, au curé de la première paroisse de cette ville.

Le cardinal, très calme, souriait toujours.

— Ne me dites pas que vous avez trouvé cette... « chose » à Cuzco !

— Oui et non, Monseigneur.

— Qu'est-ce que vous voulez dire par là ? Vous m'intriguez, Docteur.

— Nous... — Ici, Alex eut une pensée pour Juanita — Nous avons pensé que le père de Bascalante, c'était son nom, avait pu emporter ce secret dans sa tombe, au sens propre. Alors nous sommes allés sur sa tombe, dans l'église del Triunfo à Cuzco.

— Et alors ?

— Et alors, nous avons détecté exactement les mêmes radiations que dans la pyramide de Cholula !

— Ce qui vous fait penser, a priori à juste titre, que l'autre partie de cet étrange cadeau pour le pape était aussi radioactif.

— Exactement.

— Et vous avez pu extraire ce... ces sources radioactives de la tombe ?

L'œil d'Alex s'assombrit.

— Non, Monseigneur.

— Non ? Pourquoi donc ?

— Quand mon ami péruvien a pu obtenir les autorisations de l'archevêché de Lima, il n'a plus rien trouvé dans la tombe ; les radiations avaient disparu, et la tombe ne contenait que les ossements du père de Bascalante...

— Quelqu'un vous avait précédé et avait récupéré le trésor de la princesse ?

— Je n'en sais rien. La tombe ne semblait pas avoir été touchée depuis notre premier passage...

— C'est effectivement très troublant.

— Puisque vous parlez de troublant...

— Oui, Docteur ? Il y a autre chose ?

— Et bien... je ne sais pas s'il y a un rapport avec... cette histoire... A priori non, mais...

— Je vous écoute, Docteur.

Alex respira un grand coup et se lança.

— Depuis notre découverte à Cholula, trois des membres de notre mission sont décédés dans des circonstances... assez dramatiques.

La cardinal Monsanto eut l'air sincèrement touché.

— J'en suis terriblement désolé. Et vous pensez que cela puisse avoir un rapport quelconque avec votre « découverte » ?

— Franchement, Monseigneur, je ne sais plus quoi penser...

— Mais j'y pense, Docteur : à quoi pourraient servir d'après vous ces sources radioactives ?

— Notre collègue William Rosenbaum suggérait qu'il pouvait s'agir de sources d'énergie pour un... appareil que nous n'avons pas identifié. Et puis, ces sources sont probablement dangereuses, et entre des mains criminelles, comme disait Pierre Curie...

— Elles sont susceptibles de tuer, c'est ça ?

— C'est ça, Monseigneur.

Le cardinal Monsanto se tut. Il sembla pensif pendant une demi-minute, ce qui parut très long à Alex. Et puis il regarda son interlocuteur droit dans les yeux.

— Vous étiez arrivés très près, mon fils...

— Je ne comprends pas...

— Tout près de la vérité. Je vais vous dire, Alex ; vous permettez que je vous appelle Alex ? Votre princesse aztèque est bien parvenue jusqu'à Paul III, et elle s'est servie d'une sorte de pierre radioactive pour le tuer.

Alex resta muet quelques secondes, puis balbutia.

— Elle a... tué Paul III, avec le... la... Et... Et après ?

— Après ? C'est une longue histoire, mais au point où nous en sommes, vous avez gagné le droit de la connaître.

48

Gian Pietro Carafa avait été nommé cardinal, puis Grand Inquisiteur en 1542. On n'aurait pas pu trouver mieux pour cette fonction ; la haine de ce cardinal napolitain pour tout ce qui pouvait ressembler de près ou de loin à une hérésie, sa haine pour les théories de Luther, et encore plus pour les juifs, n'avait pas son équivalent dans la ville sainte. On assurait l'avoir entendu dire ; « Même si c'était mon propre frère qui sombrait dans l'hérésie, j'irai chercher le bois pour le brûler ! ».

Le cardinal Carafa savait qu'un jour viendrait où il parviendrait au trône de Saint-Pierre ; il savait par contre que le temps n'était pas encore venu, même si la mort inattendue de Paul III laissait le champ libre. Mais il était patient, tissant sa toile et peaufinant ses réseaux d'influence. Cette fois-ci, il allait laisser passer son tour : il n'était pas encore tout à fait prêt... Il ne lui restait qu'à favoriser l'élection d'un pape réceptif à ses idées.

Pourtant, quelque chose le gênait dans la disparition de Paul III. Même s'il était âgé, le souverain pontife était jusqu'à une date récente en bonne santé. Alors, le poison, une fois de plus ? Le cardinal Carafa, même s'il convenait en privé ne pas arriver à la cheville des Borgia pour le maniement des concoctions mortelles qui avaient fait la renommée de la famille, connaissait bien les effets de la plupart des poisons utilisés à l'époque. Et la mort de Paul III ne répondait pas aux critères classiques : alors, une production originale sortie de l'antre d'un nouvel alchimiste ? Autre chose ??

Il décida de convoquer le cardinal Beppino pour en avoir le cœur net.

Celui-ci arriva dans l'heure qui suivit, très pâle. On ne savait jamais trop à quoi s'en tenir quand on était convoqué *manu militari* par le Grand Inquisiteur.

— Beppino ! Mon frère ! Comment vas-tu ?

Carafa avait décidé de jouer la carte de la décontraction avec l'ex-intendant obèse de Paul III, qu'il connaissait depuis longtemps, et dont il connaissait bien aussi le peu de courage et de caractère.

— Je... je vais bien, Monseigneur.
— Appelle-moi donc Gian Pietro, comme autrefois !
— Bien ; Monseign... Gian Pietro.
— On t'a retrouvé du travail ?
— Pas encore : j'attends la nomination du prochain pape...
— J'essaierai de lui glisser à l'oreille que tu ferais un excellent camerlingue.
—Oh ! Merci mille fois, Monsei... Gian Pietro !
—Ne t'emballes pas ; je ne suis pas certain que cela soit efficace, mais au moins, j'essaierai. Dis-moi, as-tu une idée de ce qui a emporté notre défunt pape ?
— Pas vraiment : son état s'est dégradé assez vite, et puis il est mort.

— Comme ça ?

— Comme ça.

— Et il ne s'est rien passé de particulier ces dernières semaines ?

Beppino eut un petit sourire.

— Mises à part les prouesses sexuelles avec l'Indienne...

— Qu'est-ce que tu racontes ?

Le gros cardinal sourit d'un air qui se voulait maladroitement entendu.

— Vous n'étiez pas au courant ?

La remarque agaça Gian Pietro Carafa. Le Grand Inquisiteur se flattait d'être au courant de toutes les affaires concernant le personnel du Vatican, y compris et surtout les plus sordides. De ce fait, il appréciait peu d'être pris en flagrant délit d'ignorance. Il répondit sèchement.

— Je ne crois pas, du moins pas en détails : cela t'ennuierait de préciser, Beppino ?

— Bien sûr ! Vous connaissez Bartolomé de las Casas ?

— L'illuminé qui veut nous faire prendre des vessies pour des lanternes et les Indiens pour des êtres humains ?

— Tout à fait. Il se trouve que le frère Bartolomé nous a envoyé depuis l'autre côté de l'Océan une bizarre délégation. Il y avait d'abord un vieux prêtre du Pérou qui voulait lui aussi nous convaincre à tout prix que les Indiens nous étaient égaux en tout...

Carafa haussa les épaules ;

—Et bien voyons ! Et pourquoi pas supérieurs à nous, pendant que nous y sommes ?

— Il y avait aussi un Indien géant ne se séparant jamais d'une lourde caisse cadenassée à laquelle il semblait tenir comme à la prunelle de ses yeux, et enfin...

— Enfin ?

— Enfin, ces deux-là étaient accompagnés d'une jeune Indienne, une princesse disaient-ils, belle à faire se damner une demi-douzaine de saints, et qui a immédiatement comme envoûté notre défunt Saint-Père.

— Tu dis « envoûté » ? Tu y vois la main du Malin ?

— Je ne sais pas, mais elle lui a fait miroiter une sorte de vie éternelle grâce à des secrets ramenés du Nouveau Monde, et puis elle lui affirmait que ses mêmes secrets lui permettrait de décupler... excusez-moi... ses... capacités sexuelles.

— Et comment sais-tu tout cela ? C'est Paul III qui te l'a dit ?

Le gros cardinal se troubla un peu.

— Non, pas vraiment...

— Ce qui veut dire que tu écoutais aux portes ?

— Mais non ! Enfin... parfois, mais c'était pour la sécurité du Saint-Père, vous savez !

— Bien sûr. Et nul ne pourrait te le reprocher, Beppino. Tu sous-entends donc que Paul III a pu mourir de... Disons d'un excès de « prouesses sexuelles » avec sa belle Indienne ? Elle était donc aussi belle et aussi douée que ça ?

— Belle, ça oui, Monsei... Gian Pietro ! J'ai rarement vu une aussi jolie fille ! Mais elle avait expliqué au Saint-Père que c'était l'espèce de gros caillou noir qu'elle lui avait fait mettre sous son lit qui avait revigoré son sexe, en même temps que cela devait prolonger son existence...

— Qu'est-ce que cette histoire, Beppino ?

— Dans la caisse que transportait le géant arrivé avec le vieux prêtre et la princesse, il y avait une pierre noire. L'Indienne a expliqué au Saint-Père qu'elle avait ramené spécialement cette pierre magique depuis son pays comme cadeau, car si l'on dormait au-dessus, on ne vieillissait presque plus et on pouvait faire l'amour durant des heures tous les jours !

— Perspective alléchante... D'après ce que tu me dis, la seconde prédiction était juste, non ?

— Ah ça, tout à fait !!

— Mais cela aurait pu tout aussi bien être lié aux dons exceptionnels de la donzelle, non ?

— Peut-être... Elle semblait effectivement très... douée !

Carafa eut un petit sourire.

— Tu jouais les voyeurs, Beppino ?

— Oh non ! Dieu m'en garde ! J'ai seulement un peu écouté... Certains jours.

— Par contre, la première prédiction, le « non-vieillissement », ne s'est, elle, pas avérée vraiment exacte, non ? Paul III est mort quelques semaines après avoir placé cette pierre noire sous sa couche ; exact ?

— C'est vrai... je n'y avais pas pensé...

— Moi, oui. Et où est cette pierre noire, maintenant ?

— Elle est toujours à sa place, sous le lit du défunt Saint-Père : personne jusqu'ici n'a rien touché dans sa chambre.

— Parfait. Tu vas donner l'ordre de continuer à ne toucher à rien jusqu'à ce que je t'envoie mon neveu Giovanni.

Le gros cardinal pâlit. Giovanni Carafa, l'un des neveux du Grand Inquisiteur, était bien connu dans la ville sainte : un condottiere de la pire espèce traînant une solide réputation de cruauté gratuite. La réaction du cardinal obèse n'échappa pas à Gian Pietro Carafa.

— Ne crains rien ! Je veux simplement récupérer cette pierre mystérieuse pour la faire étudier : veille seulement à ce que personne, je dis bien personne, n'y touche avant que Giovanni et ses hommes ne viennent s'en occuper, sinon...

Beppino leva les deux mains, paumes en avant ;

— N'ayez crainte, Monseigneur ! Personne ne mettra les pieds dans cette chambre : j'y veillerai personnellement !

Il sortit en se dandinant d'une façon que le Grand Inquisiteur jugea grotesque...

....

Giovanni Carafa était de taille moyenne, de stature massive et court sur pattes. Il quittait rarement son armure légère. Une barbe noire et fournie mangeait un visage anguleux, balafré de plusieurs longues cicatrices.

La théologie n'était pas son fort, et l'avenir ecclésiastique qu'envisageait pour lui son oncle le Grand Inquisiteur ne l'enthousiasmait guère, mais il savait aussi qu'il fallait passer par là pour atteindre le titre de duc qui le faisait rêver.

— Giovanni, merci d'être venu aussi vite.
— À votre service, mon oncle. Un problème à régler ?

Ce disant, le balafré avait posé la main sur le pommeau de son épée, un geste soulignant clairement sa façon préférée de régler les problèmes.

— Un problème à régler, oui, et assez particulier... Je souhaite que tu fasses récupérer par un de tes hommes une sorte de caillou noir que Paul III avait glissé sous son lit, parce qu'il le considérait semble-t-il comme un talisman plus ou moins magique.

— Pourquoi diable un de mes hommes ? Je peux m'en charger moi-même !

— Non. Paul III est mort quelques semaines après avoir mis cette pierre sous sa couche : je n'exclue pas que cette... chose... puisse être dangereuse.

— Je comprends. Une nouvelle sorte de poison ?

— Peut-être, sauf que dans ce cas, Paul III n'a rien ingurgité : peut-être un poison à distance ?

Le balafré s'esclaffa :

— On n'arrête pas le progrès ! Bien : et quand j'aurai fait récupérer ce caillou, j'en fais quoi ?

— Tu es toujours en bons rapports avec le capitaine des gardes de la prison palatine ?

— En excellents rapports ! A partir du moment où je continue à lui fournir des filles, il ne me refuse rien.

— Très bien. Alors tu vas lui demander de mettre sous la paillasse d'un de ses prisonniers le caillou noir en question, et tu prendras régulièrement des nouvelles de ce prisonnier, et aussi de ceux qui se trouvent dans les cellules d'à côté. Tu as compris ?

— Vous pensez vraiment que ce... caillou puisse être toxique à distance ?

— Je ne pense rien du tout : je me pose des questions, et je compte sur toi pour m'aider à trouver les réponses.

Le condottiere barbu se leva et se frappa la poitrine avec un large sourire.

— Vous pouvez compter sur moi, mon oncle.

49

Le vieux prêtre frappa légèrement à la porte du bureau-bibliothèque.

— Oui ?

Gian Pietro Carafa n'était pas de bonne humeur. Les dispositions qu'il tentait de mettre en place pour éliminer tous les Juifs des pays catholiques se heurtaient à l'opposition de plusieurs cardinaux du Sacré Collège. Il pensa qu'il allait lui falloir monter plus vite que prévu dans la hiérarchie pour pouvoir lutter plus efficacement contre les hérétiques, à commencer par les membres honnis des tribus d'Israël qui porteraient jusqu'à la fin des temps l'opprobre d'avoir crucifié le Christ Jésus.

Le vieux prêtre, un peu dur d'oreille, n'avait pas dû entendre la réponse, car il frappait derechef.

— J'ai dit « Oui » ! Entrez !

Le vieil ecclésiastique, tremblotant un peu, passa la tête.

— Monseigneur, votre neveu Giovanni demande à vous voir.

— Faites-le entrer, Luca, qu'est-ce que vous attendez ?

— Tout de suite, Monseigneur, tout de suite !

Le condottiere barbu, armé de pied en cap, pénétra dans la pièce.

— Mon oncle, je n'ai qu'un mot à dire : bravo !

L'œil du Grand Inquisiteur s'alluma.

— Qu'est-ce que tu veux dire, Giovanni ?
— Que vos soupçons étaient justifiés ! Cette pierre est réellement mortelle !
— Raconte-moi tout. Je veux tous les détails.
— Et bien, j'ai d'abord fait récupérer la pierre, qui se trouvait sous l'oreiller du défunt pape ; une sorte de gros caillou noir irrégulier, avec des reflets métalliques. Comme nous en avions convenu, je l'ai fait placer sous le paillasse d'un Juif converti qui avait été pris en flagrant délit d'usure.
— Un Juif converti reste un Juif... Ton choix était judicieux, Giovanni. Et alors ?
— Et alors il ne s'est pas passé grand-chose les premières semaines, et puis notre prisonnier s'est mis à maigrir, à perdre l'appétit et à vomir. Son dos est devenu rouge, comme s'il avait pris un coup de soleil, et puis il s'est mis à saigner du nez. Enfin, un matin, il a vomi un flot de sang et il est mort.
— Passionnant ! J'avais donc raison.
— Et ce n'est pas tout, mon oncle ! Les deux prisonniers des cellules situées de chaque côté, sont aussi malades. Ils ne sont pas morts, mais ils présentent les mêmes symptômes, en moins grave...
— Et les autres ?
— Les autres prisonniers ?

— Nous n'avons rien observé d'anormal.

Le Grand Inquisiteur se leva et se mit à tourner autour de son bureau.

— Alors, il s'agit d'un poison qui n'agit qu'à faible distance, et qui perd progressivement ses propriétés quand il est trop loin...

Giovanni Carafa risqua.

— Mais, mon oncle, si cette « chose » est aussi dangereuse, comment ceux qui l'ont amenée ont-ils pu survivre ? C'est incompréhensible.

— Pas vraiment : ce gros tas de Beppino m'a raconté que le grand Indien avait amené la pierre noire dans une lourde caisse cadenassée faite de bois et de métal... Giovanni, tu sais ce que tu vas faire ? Tu vas faire fabriquer une caisse en plomb, de plusieurs centimètres d'épaisseur, et tu vas y enfermer la pierre noire.

— Oui, et puis ?

— Et puis tu vas recommencer l'expérience avec un autre prisonnier, mais cette fois-ci avec la pierre dans la caisse bien fermée. Tu as compris ?

— Je crois que j'ai bien compris, mon oncle, faites-moi confiance.

50

Marcello Cervini Degli Spannochi fut nommé pape en 1555. Il prit le nom de Marcel II.

Son élection constitua une relative surprise. Le profil du nouveau pape contrastait de manière frappante avec celui de ses prédécesseurs. Marcel II n'était pas issu des grandes familles italiennes qui, sauf exceptions, s'étaient partagé le trône de Saint-Pierre depuis des décennies. Il n'avait pas de fortune personnelle. Respecté pour sa droiture et sa probité, il possédait, outre une solide culture théologique, des connaissances artistiques poussées, tout aussi bien en dessin, en sculpture, en reliure et en architecture.

Ces compétences multiples avaient le don d'exaspérer les membres du Sacré Collège, qui s'était vu imposer par le collège des cardinaux ce prêtre intègre sorti de nulle part. Il faut dire que Marcelleo Cervini avait fait l'unanimité parmi les cardinaux issus des ordres prêchant la probité et la pauvreté.

Gian Pietro Carafa, le Grand Inquisiteur, était l'un des plus remontés contre le nouvel occupant du trône de Saint-Pierre ; d'abord parce qu'il n'avait pas obtenu toutes les voix qu'il souhaitait lors du vote ; et ensuite parce qu'il se doutait bien que ce n'était pas avec ce pape-là qu'il allait avoir les coudées franches pour lutter contre les hérésies

De fait, il ne fallut pas bien longtemps au cardinal Carafa pour réaliser que le problème posé par le nouveau pape était bien pire que ce qu'il avait anticipé.

Marcel II, ostensiblement, refusa de faire venir à Rome les membres de sa famille, et ne leur accorda aucune charge ecclésiastique plus ou moins assorties de titres ronflants, ce qui était depuis des lustres devenu la règle au Vatican.

Il commença à rédiger des édits envisageant des discussions avec l'Église luthérienne, et s'opposa aux textes proposés par le Grand Inquisiteur visant à restreindre l'accès de certaines professions aux Juifs même convertis. Il s'opposa de même à la création dans les grandes villes de secteurs retranchés où les Juifs devaient impérativement se rassembler ; on appelait ces zones des ghettos.

Marcel II prévoyait aussi de revenir aux idéaux de charité et de pauvreté des premiers Chrétiens, et de récupérer pour la Sainte Église les fortunes colossales accumulées par de nombreux évêques et cardinaux.

Et là, cela devenait trop.

Plusieurs membres du Sacré Collège, craignant à juste titre pour leur fortune et leur position personnelle, vinrent exprimer leur inquiétude auprès du Grand Inquisiteur Carafa.

Celui-ci les reçut et les écouta sans mot dire, et la délégation quitta son palais un peu désemparée.

Mais sitôt les cardinaux mutins partis, Gian Pietro Carafa convoqua son neveu Giovanni.

....

Le 30 Avril 1555, après l'un des règnes les plus courts de la papauté, Marcel II mourut brutalement.

La nuit qui suivit son décès, le vieux moine qui veillait la dépouille du pape reconnut s'être assoupi et raconta avoir été réveillé par une ombre barbue qui avait pris quelque chose sous le lit du Saint-Père, et était reparti en portant une lourde cassette.

On expliqua au moine qu'il avait dû faire un mauvais rêve et qu'il fallait oublier tout cela. Le vieil homme fut immédiatement envoyé finir ses jours dans un lointain couvent des Pouilles, non sans lui avoir collé à la peau une solide réputation de gâtisme avancé.

....

Le 23 mai 1555, Gian Pietro Carafa devint pape et prit le nom de Paul IV.

Le 14 Juillet de la même année, il fit publier la bulle « Cum nimis absurdum », par laquelle il faisait obligation aux Juifs de vivre dans des ghettos. Quelques jours plus tard, il fit brûler à Ancone vingt-quatre juifs convertis.

Giovanni Carafa, son neveu, fut nommé capitaine général de l'Église, puis, quelque temps après, il fut fait duc de Paliano.

51

Alex avait du mal à en croire ses oreilles.

— Alors, c'est cela : la pierre noire radioactive a réellement servi à... tuer.
— Exactement.

Le cardinal Monsanto était toujours souriant. Alex tentait de remettre ses idées en place.

— Et je suppose que c'est pour cela que l'Église n'a pas très envie de divulguer ces informations.
— Tout à fait exact également, mon fils, mais il y avait aussi d'autres raisons pour que cette pierre noire reste l'un des secrets les mieux gardés de notre Sainte Église.
— D'autres raisons ?
— Oui. En fait, le pape Carafa, Paul IV, avait fondé un ordre religieux chargé de la formation des prêtres, ce fut l'ordre des Théatins. Au sein de cet ordre, il sélectionna un groupe de religieux attachés tout particulièrement au respect du dogme. Ce groupe, qui restera dans l'ombre, fut nommé

les « Gardiens de la Foi » ; ce fut à ces prêtres que fut confiée la garde de la pierre noire.

— J'ose espérer qu'ils ne s'en sont plus servis dans des buts...

— Criminels ?

— Oui.

— Vous allez être déçu ; la pierre noire a beaucoup servi dans les années qui suivirent : c'est de cette façon que moururent beaucoup d'anonymes ennemis de l'Église, et aussi quelques personnalités plus connues pour avoir défendu des idées contraires au dogme ; citons au hasard Galilée, Copernic...

— Je crois rêver.

— Vous ne rêvez pas, mon fils. Par contre, je m'étonne que vous ne m'ayez pas posé de questions sur cette capacité de la pierre noire d'arrêter, ou du moins de ralentir le vieillissement.

— C'était une légende, non ?

— Pas forcément. Quand, au début du vingtième siècle, les Gardiens de la Foi ont pris conscience que leur pierre noire était en fait radioactive, ils se sont adressés aux meilleurs scientifiques. Je suppose que vous savez ce qu'est l'hormésis ?

—Oui, bien sûr ; c'est l'action bénéfique des faibles doses de radiations ionisantes. Cela a été très à la mode dans l'entre-deux-guerres, mais on n'a jamais pu prouver cet effet, et il est quelque peu tombé dans l'oubli de nos jours.

—Peut-être à tort. Vous connaissez aussi la réaction adaptative ?

— J'ai fait suffisamment de cours là-dessus !

— Et alors ?

— Et alors, nous sommes là dans des conditions expérimentales très particulières ; une dose très faible donnée juste avant une autre dose beaucoup plus forte réduit la toxicité de cette forte dose, probablement parce que la faible dose initiale a déclenché des systèmes de réparation des cellules.

— Et ne pourrait-on pas extrapoler qu'une très faible dose délivrée en continu, comme celle qui filtrerait à travers le container plombé de notre pierre noire, puisse elle aussi stimuler en permanence nos systèmes de réparation, et ralentir notre vieillissement ?

— Cela n'a jamais été démontré...

— Mais on n'a peut-être pas testé le bon débit de dose ?

— On en a testé un bon nombre.

— Mais pas tous, non ? Depuis des siècles, certaines civilisations, par hasard ou procédant empiriquement, auraient pu trouver le « bon » débit de dose...

— Je n'y crois pas beaucoup, mais après tout... Mais, Monseigneur, tout cela n'explique quand même pas pourquoi l'Église a gardé ce secret si longtemps.

— Vous voulez d'autres raisons : soit ! Vous connaissez la Kaaba ?

Alex fut pris au dépourvu.

— La Kaaba ? À la Mecque ? Oui, bien sûr.

— Et vous savez ce qui est enchâssé à l'angle sud-est de la Kaaba ?

— Une... pierre noire ?

— Tout à fait. Alors, mon fils, vous voyez la Sainte Église, il y a quelques siècles, apporter de l'eau au moulin de l'Islam, en dévoilant urbi et orbi que nous possédions nous aussi une pierre noire venue probablement du ciel comme celle de la Kaaba, et en révélant que ladite pierre est dotée de propriétés considérées à l'époque comme magiques ?

— Effectivement... Mais la pierre noire de la Kaaba n'est pas radioactive.

— Non : nous l'avons fait discrètement vérifier.

— Et il y a autre chose ?

— Comment ?

— Il y a encore une autre raison pour garder le secret ?

— Oui, et là, c'est votre ami Rosenbaum qui était le plus près de la vérité. Les sources radioactives contenues dans la pierre noire sont effectivement là pour fournir de l'énergie.

— A quoi donc ?

— A un émetteur.

— Un...?

—Un émetteur. Vos appareils détectent la radioactivité, mais vous n'aviez pas à votre disposition de quoi détecter des ondes radios, surtout quand elles sont au-delà des fréquences classiques.

— Un émetteur radio ?

— Disons une sorte d'émetteur radio...

—Mais d'où sortirait-il ?

—Ces pierres noires ressemblent beaucoup à des météorites, vous savez...

—Vous ne voulez quand même pas dire que...

—Que cet « appareil » n'est pas d'origine humaine ? Si, c'est bien ce que je veux dire ; vous commencez à concevoir que ce genre d'information cadre mal avec le dogme, non ?

—Plutôt... Mais qu'est-ce qu'elle émet, la pierre ?

—Un message assez simple, a priori, et répétitif, mais nous avons été incapables de le décrypter, même en faisant appel aux meilleurs spécialistes.

Alex tentait désespérément de rassembler et de donner un sens à ce déluge de révélations.

— Je commence à comprendre pas mal de choses, mais cela ne justifie quand même pas le silence de l'Église sur ces histoires ; et la plupart sont anciennes.

— Anciennes ? Pas tant que ça.

52

Le Vatican, le 28 Septembre 1978.

Jean-Paul Ier était fatigué. Mais il se dit qu'il avait toutes les raisons pour l'être. Sa journée avait été lourde de décisions graves pour l'Église. Il avait enfin commencé à prendre des dispositions radicales pour nettoyer ce qu'il appelait en privé les « écuries d'Augias » du Vatican.

D'abord, il avait appelé le cardinal Villot, son secrétaire d'état, pour lui annoncer qu'il allait le remplacer par le cardinal Benelli. Monseigneur Villot n'avait pas totalement démérité dans son poste, mais s'était beaucoup trop compromis avec les responsables de la banque vaticane, et il ne pouvait pas ne pas être au courant des malversations financières de cette dernière.

Il avait ensuite tout préparé pour évincer de son poste à Chicago le cardinal John Cody, empêtré dans un scandale tout autant financier que sexuel. Même si l'affaire paraissait compliquée, il semblait bien que le cardinal américain avait détourné des sommes importantes (certains journaux parlaient d'un million de dollars) en faveur de... sa maîtresse ! Il n'était plus possible de laisser ternir ainsi l'image de l'Église...

La troisième décision avait été d'éloigner de Rome le cardinal Baggio en le nommant patriarche de Venise ; Baggio était devenu l'opposant le plus féroce à toutes les réformes proposées par Jean-Paul Ier, et intriguait pour faire capoter toutes les nominations qu'il prévoyait.

La quatrième décision était sans doute la plus importante. Il avait appelé le cardinal Paul Marcinkus pour lui signifier qu'il le révoquait de son poste de responsable de la Banque du Vatican. Jean-Paul Ier avait été horrifié en découvrant les malversations financières de la banque, et les incroyables connections avec la sulfureuse loge P2, ainsi que les liens quasiment officiels avec la maffia, qu'il soupçonnait d'utiliser la banque du Vatican pour blanchir son argent sale. De fait, dès 1971, alors qu'il n'était que l'obscur cardinal Luciani, Jean-Paul Ier s'était opposé violemment à Marcinkus, qui avait vendu, à l'insu des évêques de Vénétie, la Banca Cattolica del Veneto, considérée comme la « banque des prêtres », à un financier véreux qui en avait fait immédiatement un outil à la solde d'entreprises peu recommandables. Jean-Paul II n'était pas particulièrement rancunier, mais la façon dont il avait été proprement mis à la porte par Monseigneur Marcinkus quand il était venu lui demander des explications sur cette vente, lui était resté en mémoire...

Et enfin, il avait pris la décision de lever l'omerta sur l'histoire séculaire de la pierre noire qui dormait depuis cinq siècles dans un coffre, au fond d'une cave secrète du Vatican. Il y allait de la nécessaire transparence de cette « Nouvelle Église » qu'il souhaitait instaurer.

Jean-Paul Ier se leva de son bureau. La tête lui tourna. Il regarda l'heure : vingt heures. Il avait soif. Il se dirigea vers son lit. Il sentit quelque chose couler de son nez ; il se moucha. Il saignait du nez. Il eut de nouveau un grand vertige. Il s'appuya sur le lit. Une idée lui traversa l'esprit, et il la repoussa.

— Non, ce n'est pas possible...

Il s'assit sur le lit, le souffle court et nauséeux. Il se sentait de plus en plus mal. Il se releva péniblement. Il regarda le gros oreiller qu'on lui avait installé quelques semaines auparavant. Il s'approcha et le souleva. Il recula d'un pas.

— Ils ont osé ! Ils ont osé...

Il tituba jusqu'à la salle de bains. Là, il s'écroula.

Le corps de Jean-Paul Ier ne fut découvert que le lendemain à cinq heures. Sans aucune autopsie, on porta le diagnostic d'infarctus du myocarde.

53

Le cardinal Monsanto s'était levé et avait fait quelques pas jusqu'à la grande fenêtre qui s'ouvrait sur la place Saint-Pierre. Des nuages noirs commençaient à obscurcir le ciel.

Alex était resté assis, n'osant pas bouger.

— Alors, la mort de Jean-Paul Ier, elle n'était pas naturelle ?

Monsanto se retourna avec un léger sourire.

— Je croyais qu'il n'y avait plus personne pour croire qu'elle était naturelle.

— Et qu'est-ce que Jean-Paul Ier souhaitait révéler au sujet de la pierre noire ?

Le cardinal Monsanto leva les yeux vers le ciel.

— Il voulait révéler l'ultime secret de la pierre noire, celui qui ne peut et ne doit en aucune façon être dévoilé aux fidèles de notre Église...

Alex risqua :

— Ah bon ?

Monsanto eut l'air un peu las. Il regardait toujours le ciel qui continuait à se charger de nuages.

— Oh, après tout... Au point où nous en sommes arrivés...

Il y eut un long silence, qu'Alex ne voulut pas rompre. Monsanto reprit.

— Je pense que vous faites partie des gens cultivés qui se sont toujours étonnés de... Disons l'apathie, ou même le mutisme du pape Pie XII devant la « solution finale » d'Adolf Hitler, alors qu'il avait été mis au courant, et avec suffisamment de détails, de ce qui se passait dans les camps de la mort ?

Alex se demanda ce que cette réflexion venait faire là. Il répondit de manière un peu automatique.

— Oui... Effectivement.

— Si Pie XII ne s'est pas exprimé sur ce drame, c'est parce qu'Adolf Hitler l'avait menacé de dévoiler au monde entier le dernier secret de la pierre noire...

Alex ouvrit de grands yeux. Il n'osa pas interrompre le cardinal. Celui-ci continua.

— Vous vous souvenez de la création des ghettos juifs par Paul IV ?

Alex, silencieux, se contenta d'hocher la tête.

— Et bien, ce n'était pas simplement pour le plaisir de les rassembler que Paul IV avait pris cette décision. Une fois les Juifs établis dans leurs ghettos, il envoya ses Gardiens de la foi pour cacher dans les maisons, en la changeant de place tous les mois, la pierre noire, sortie bien entendu de son coffre protecteur. On considéra à l'époque qu'il s'agissait d'une épidémie... En fait une véritable hécatombe, qui ne prit fin qu'à la mort de Paul IV, en 1559. Rassembler les Juifs dans des endroits bien précis pour les exterminer, cela ne vous rappelle rien ?

— La Shoah...

— Exactement. Et Adolf Hitler, qui avait percé ce secret, menaçait de révéler que pour sa « solution finale », il n'avait fait que s'inspirer directement des décisions d'un pape catholique !

Alex réalisa.

— Et c'est parce que Jean-Paul Ier voulait crever cet abcès, et révéler la vérité, qu'il a été tué ?

— Vous avez compris qu'il y avait plusieurs excellentes raisons pour faire disparaître Jean-Paul Ier, mais celle-ci était l'une des principales.

— Mais cela veut dire que ces « Gardiens de la foi » sont toujours actifs de nos jours ? Mais si vous êtes au courant, pourquoi ne faîtes-vous rien ? Il faut les dénoncer, les arrêter !

— Je n'en ferai rien.

— Rien ? Mais pourquoi ?

— Parce que je suis leur chef.

La réponse tétanisa Alex. Ses idées s'embrouillaient. Soudain, un affreux doute lui traversa l'esprit.

— Mais... mais alors, la mort de mes... collègues...

— Je me demandais quand vous alliez finir par réaliser, mon fils. Oui, vous et vos amis étiez parvenus beaucoup trop près des secrets de la pierre noire. Oui, c'est bien nous qui sommes responsables des disparitions tragiques de vos collègues Laura, William et Victor. C'est nous aussi qui avons récupéré, avant que votre ami Luis-Felipe ne le fasse, la seconde pierre noire dans le tombeau du père de Bascalante.

Alex, muet, pensa à ses autres amis encore vivants. Monsanto sembla lire dans ses pensées :

— Quant à vos autres collègues, nous nous en occupons aussi. Brad Gettler et Patrick Gousset viennent d'être envoyés en Tchétchénie pour un soi-disant accident lié à la perte de plusieurs sources de Césium 137 de haute activité. Vous n'êtes pas sans savoir que la Tchétchénie est un pays dangereux, où de plus les tueurs à gage sont particulièrement bon marché ; les « contrats », comme on dit, se négocient autour de la centaine de dollars... Votre ami Luis-Felipe, pour sa part, doit subir une intervention orthopédique ; la pose d'une prothèse de genou droit. Malheureusement, il va être victime d'un accident d'anesthésie. Quant à votre jeune amie péruvienne...

Le cœur d'Alex s'accéléra.

— Son état vient brusquement de s'aggraver. Il n'est pas certain qu'elle soit encore en vie à l'heure qu'il est.

Alex eut brutalement envie d'aller étrangler le cardinal. Il reprit d'une voix blanche.

— Mais... Pourquoi me dites-vous tout ça ? Je pourrais tout révéler... Tout raconter...

— Vous ne raconterez rien du tout.

— Mais pourquoi ? Comment pouvez-vous être sûr que...

— Parce que vous serez mort dans quelques minutes.

Alex s'étrangla.

— Je...?

— Le jus d'orange à l'air inoffensif que vous venez de boire n'était pas si inoffensif que ça. Dans quelques minutes, ou même avant, une douleur terrible va vous déchirer le thorax, et vous perdrez connaissance. Votre autopsie révélera un infarctus du myocarde massif, ce qui n'étonnera personne, compte tenu de l'existence trépidante que vous avez menée. Je rédigerai un communiqué peiné et je célébrerai dans la foulée une messe pour le repos de votre âme.

Alex eut une sorte de hoquet. Brusquement, l'air lui manqua. Il porta les mains à ses côtes. Un effroyable étau commençait à lui broyer la poitrine.

......

Loin, très loin, au-delà des étoiles, le message venait de parvenir à destination. Il fut rapidement déchiffré. Il était bref.

Il disait : « Venez »

Postface

Ce livre est un ouvrage de fiction et il se revendique clairement comme tel.

Moyennant quoi, il se repose bien souvent sur des faits authentiques. On ne mentionnera ici que les principaux.

1ère partie ;

- Les Garamantes furent parmi les premiers occupants du Sahara dans l'Antiquité ; leur existence est attestée par des gravures rupestres et quelques ruines de leurs cités ; c'est Hérodote qui a décrit leurs chars tirés par quatre chevaux ainsi que leurs luttes incessantes contre les « Éthiopiens ».

- Le fer météoritique était effectivement dans l'Antiquité plus précieux que l'or.

- Il est exact que la momie du jeune pharaon Toutankhamon portait à la ceinture une petite dague forgée dans du fer provenant d'une météorite.

- Il n'est pas avéré que des navires carthaginois aient pu forcer le blocus de la ville pendant la troisième guerre punique, mais la sortie d'une flotte improvisée en abattant une partie de la muraille de la ville est rapportée par Polybe, qui fut un témoin oculaire de la fin de Carthage.

- Nombreux sont les historiens qui considèrent que les marins carthaginois ont traversé l'océan Atlantique. Il est raisonnable de penser qu'ils en avaient les moyens. Une inscription punique sur une falaise brésilienne, bien que d'authenticité discutée, serait en faveur de cette hypothèse. Un chercheur allemand voit même dans l'étrange population de race blanche des Chachapoyas au Pérou, les « soldats oubliés » de Carthage !

2ème partie ;

- Cette partie est très largement basée sur les expériences personnelles de l'auteur, et nombre de collègues s'y reconnaîtront sans trop de difficultés. Que l'on se rassure néanmoins : ils sont, dans la vraie vie, tous vivants et en bonne santé !
- L'épisode de la mission de l'Agence Internationale pour l'Energie Atomique au Mexique correspond, à très peu de choses près, à une mission réelle qui a été délocalisée pour les besoins du texte.
- La pyramide de Cholula est effectivement, en volume, la plus grande qui ait jamais été érigée par l'homme.

3ème partie ;

- Les premiers épisodes de la conquête du Mexique par Hernan Cortès ont été à peine romancés, pour la simple raison qu'ils n'en avaient pas vraiment besoin...
- L'effroyable (et gratuit) massacre de Cholula est un fait historique, décrit par Cortès lui-même dans une lettre à Charles Quint, confirmé par le journal de Bernal Diaz del Castillo, et détaillé dans le remarquable et exhaustif « Conquest » de Hugh Thomas.

- Paul III fut historiquement aussi sulfureux (voire plus) que décrit dans cet ouvrage.

4ème partie ;

- La nature avait effectivement inventé les réacteurs nucléaires des millions d'années avant l'homme ; du fait d'une concentration naturelle exceptionnelle d'uranium, des réactions en chaîne ont pu démarrer spontanément et les réacteurs naturels aujourd'hui éteints des sites gabonais d'Oklo sont bien connus des spécialistes.

- Tout ce qui est dit sur Tchernobyl et sur l'accident beaucoup moins connu de Kyshtym en 1957 est strictement authentique.

- La présentation quelque peu surréaliste des terribles conséquences de l'accident de Kyshtym et de la contamination des sites de l'Oural à l'Académie de Médecine française par le professeur Pierre Pellerin, celui-là même qui fut voué aux gémonies car accusé d'avoir « arrêté le nuage de Tchernobyl à la frontière » est tout à fait exacte : l'auteur y a assisté.

- L'extraordinaire bibliothèque d'Arequipa au Pérou, dans le petit couvent de la Recoleta, existe réellement.

- La controverse de Valladolid est un épisode fameux de l'histoire de la Papauté : il avait inspiré à Jean-Claude Carrière un roman qui fit l'objet d'une adaptation mémorable pour la télévision en 1992.

- Le Gian Pietro Carafa/Paul IV historique était *de facto* un personnage peu sympathique ; pour s'en convaincre, il suffit de se remémorer les scènes de liesse qui agitèrent Rome à la nouvelle de sa mort en 1559... Quant à son neveu, Giovanni Carafa, duc de Paliano, qui finit décapité en 1561,

Stendhal avait déjà fait passer à la postérité ce sinistre personnage dans sa nouvelle « La Duchesse de Paliano » (Laquelle était son épouse qu'il avait fait assassiner alors qu'elle était enceinte).

- Marcel II et Jean-Paul Ier ont eu en commun, à quatre siècles d'intervalle, d'une part des règnes parmi les plus courts de la papauté, et d'autre part des disparitions précoces qui arrangeaient vraiment beaucoup de monde.

Tout le reste n'est que fiction, mais qui sait...